dtv

1955. Kolbstadt. Eine kleine Großstadt im Süden Deutschlands. Wiederaufbau. Wirtschaftswunder. Borgward Isabella, Fußballweltmeisterschaft – wir sind wieder wer. Nur die Familie Kirsch versäumt den Zug in die strahlende Zukunft des Landes. Der Vater, Richard, Angestellter bei einer Behörde, verliert seine Stelle, weil er ein biographisches Detail verschwieg, das mit der finsteren Geschichte des sogenannten tausendjährigen Reiches zusammenhängt. Ohne Arbeit aber reicht das Geld nicht für die Reise nach Italien, die sich die Mutter, Maria, so sehr wünscht. Dietmar, der Älteste, hat es schon zu etwas gebracht. Als erfolgreicher Bonbonvertreter reist er durch die Lande, Dagmar, die jüngere Schwester, arbeitet als Botin in einer Anwaltskanzlei und »geht« mit Roman, dem Juniorchef des besten Modehauses am Ort. Und Christian, der Jüngste, tritt im Endspiel um den »Silbernen Fußball« absichtlich ein bisschen zu hart in die Beine des Gegners – eine Lappalie, aber es folgt der Elfmeter, und das Spiel ist verloren.

Mit diesem Roman setzt Hurts Chronik der damals noch jungen Bundesrepublik ein – ein »heute wieder besonders aktuelles Stück Zeitgeschichte, in dem sich das Zeitgeschichtliche mit der eindringlichen Studie eines Heranwachsenden verbindet« (Albert v. Schirnding in der ›Süddeutschen Zeitung‹).

Benno Hurt, geboren 1941, lebt in Regensburg und ist Jurist. In den sechziger Jahren begann er, Lyrik, Prosa und Essays zu veröffentlichen, wurde dann Richter und wandte sich gleichzeitig der Photografie zu. Ab 1986 entstanden vielgespielte Theaterstücke. Zuletzt erschien ›Der Samt der Robe. Erzählungen aus der Justiz‹ (2002). Weitere Werke sind bei dtv in Vorbereitung.

Benno Hurt

Eine deutsche Meisterschaft

Roman

Deutscher Taschenbuch Verlag

Ungekürzte Ausgabe
Mai 2006

www.dtv.de
Umschlagkonzept: Balk & Brumshagen
Umschlagphoto: © plainpicture/C. Adler
Satz: Greiner & Reichel, Köln
Gesetzt aus der Sabon 10/12·
Druck und Bindung: C. H. Beck, Nördlingen
Gedruckt auf säurefreiem, chlorfrei gebleichtem Papier
Printed in Germany
ISBN-13: 978-3-423-13456-9
ISBN-10: 3-423-13456-9

»Wir spüren immer deutlicher, daß wir die bessere Kondition haben. Mehr und mehr befreien wir uns aus der langsam erlahmenden Umklammerung und diktieren selbst das Geschehen.«

Fritz Walter, 1954

1

Weil er den Kopf nah über den Teller hielt, aus dem Suppendampf stieg, schwitzte Christian Kirsch. Er saß am Tischende, allein, Dietmar war nach Schulschluß in der Milchbar Kleine Liebe am Arnulfplatz, und Dagmar kam samstags gegen ein Uhr aus der Anwaltskanzlei, in der sie als Gehilfin arbeitete. Ihr Nachhauseweg war der kürzeste, aber seit sie Roman kannte, führte er durch die Stadtallee und im Sommer manchmal zum Stadtrand hinaus, wo einmal Häuser stehen sollten, jetzt aber nur Wiesen wucherten und die ausrangierten gelben Waggons der städtischen Straßenbahn abgestellt waren.

Christ Kirsch hatte den Tisch frei für die Zeitung. Immer dieselben Seiten, auch die Schlagzeilen waren nicht neu. Wer wird 1955 Süddeutscher Fußballmeister? Gelingt es dem Club, die Auswärtshürde zu nehmen? Wer führt unseren Sturm? Pit Adam führte den Sturm. Pit Adam, flüsterte der Junge, Pitty. So nannten ihn seine Freunde; Alfred, er ging in die Abiturklasse, kannte ihn persönlich, stand in der Pause im Schulhof, umgeben von seinen Verehrern (er hatte im Endspiel gegen die Gymnasiasten den Hat-Trick vollbracht), schrie seine Prognosen über die Köpfe der Unterklassler hinweg: Pitty ist am Sonntag nicht zu halten. Hat er mir selber gesagt.

Christ nannte ihn auch Pitty, jetzt, da er über der Suppe saß und das Dreieck der Spielerformation studierte, die Haarsträhne mit einem Schwung aus dem Gesicht warf. Sie fiel immer wieder zurück in die Stirn. Für eine

Haarspange war er zu alt. Unvorstellbar: Sturmführer mit Haarspange köpft zum Ausgleich ein.

Sturmführer wollte er werden. Vater wollte seinen Namen abgedruckt sehen. Dietmar interessierte sich für das Gehalt eines Vertragsspielers.

Es war März. Mutter öffnete das Fenster, damit der Küchengeruch abzog. Das Pfeifen des Straßenkehrers war zu hören; Singvögel von Kolbstadt nannte Dietmar die Männer der städtischen Reinigung. Straßenkehrer ist auch ein Beruf, wies ihn Mutter zurecht.

Die Balkontür, die den Winter über am Steinboden festgeeist war, ließ sich wieder öffnen. Er stand jetzt oft draußen und beobachtete das Spiel der Nachbarjungen. Sie waren jünger als er. Sie spielten auf ein Tor, »Blauweiß« nannten sie das. Er legte die Unterarme auf das rostige Eisengeländer, schloß die Hand zu einer Tüte, dachte sie sich als Mikrophon, übertrug, was er sah. Er lobte die Fairneß der Spieler, die Bodenverhältnisse und die Objektivität der Fünfundzwanzigtausend, die gekommen waren, die von den Sitzen hochgingen, in Sprechchören riefen, den Namen des Sturmführers, Vollstrekkers. Dann war es immer sein Name, sein Alleingang, sein Tor. Er schämte sich, hatte Angst, Mutter könnte seine Gedanken erraten, ging hinein, durch die Küche, in das Zimmer hinüber, das er mit Dietmar teilte, vergaß, die Balkontür zu schließen, hörte Mutter, die es für ihn machte; lag mit dem Bauch auf dem Bett, versuchte, sich zu entspannen, wurde sich seiner Füße bewußt, es kribbelte in den Sohlen, holte sich den Wecker ans Bett, stellte ihn auf den Teppich. Noch zwei Stunden bis zum Spiel. Es ging um die Meisterschaft der Ersten Schüler. Er wollte den Minutenzeiger beim Springen ertappen, doch es gelang nie. Es läutete an der Tür, er hob den

Kopf, Dietmar. Ob er nicht wisse, wann es Zeit zum Mittagessen sei …

Und Dietmar: Ich weiß, schöne Frau.

Bitte, rauch nicht in der Küche.

Einschläferndes Gezänk, nicht ernstzunehmen.

Er rauchte nicht. Es war nicht gut für die Lunge. Viertel nach eins. Beim zweiten Läuten kam Vater. Ist Dagmar schon da? Dietmars Stimme aus der Küche, die Tür nur angelehnt: Reg dich nicht auf, in der Allee sind die Bänke noch nicht aufgestellt. Du mußt es ja wissen! Mutter, Vater, oft beide antworteten das. Die Küchentür wurde zugeschlagen. Ein kurzes, dünnes Läuten: Dagmar, sie nahm leise ihren Teller aus dem Büfett, setzte sich an den Tisch.

Er betrachtete die Fettaugen, die auf der sonnenbeschienenen Suppe schwammen. Er begann, sie zu zählen, kam nie zu Ende damit, einige stießen zusammen, lösten sich auf, vereinigten sich, er versuchte, mit dem Löffel die kleinen Kreise zu zerhacken, stach daneben. Mutter kam in die Küche, er nahm den Löffel ordentlich am Griff, aß die Suppe.

Sie legte die losen Zeitungsblätter übereinander, faltete sie, steckte sie in den Spalt zwischen Büfettende und Wand, wo sie auch die letzten Nummern der EDEKA-Kundenzeitschrift ›Die kluge Hausfrau‹ aufbewahrte. Bring Vater nicht die Seiten durcheinander.

Sie nahm den Topflappen vom Nagel, hob den Deckel ab, hängte den Lappen wieder zurück und wischte sich mit der rechten Hand das Haar aus der Stirn.

Paß auf, daß sie dich nicht verletzen. Sie ging hinaus, bevor er antworten konnte.

Sonne schien auf den Tisch. Das gelbe Holz war zum Anfühlen warm. Er streckte seine Finger, spürte wohlig die Wärme. Es wurde Frühling. Die Mädchen aus seiner

Klasse schwangen in der Pause wieder ihre Röcke beim Gehen; er mußte an die Brauereipferde denken, die im Sommer in sengender Hitze vor dem Taxisbräu standen, die schweißnassen Köpfe gesenkt, geduldig warteten, bis die Männer mit abgeschnittenen Gummischläuchen über Händen und Unterarmen Eisstangen und Bierträger abgeladen und in das geöffnete Kellerfenster gereicht hatten; plötzlich warfen die Pferde den Schweif, um Fliegen zu verscheuchen. Daran erinnerte er sich. Manche der Mädchen hatten runde Hintern unter den Röcken.

Nachts lag er jetzt oft lange wach und wartete auf das Lachen der Verkäuferin vom Metzgerladen gegenüber, die von ihrem Freund bis vor das Einfahrtstor begleitet wurde. Er stellte sich ihr Gesicht vor beim Lachen, beim Flüstern, dann schepperte das Gittertor gegen die Mauer: Ihre Pfennigabsätze hämmerten hell auf dem Kopfsteinpflaster über den Hof, wo tagsüber Schweinehälften aus Pritschenwagen geladen wurden. Von der Turmuhr der Herz Jesu schlug es elf. Sie wohnte im zweiten Stock. Wenn sich im Schlafzimmerfenster das Licht aus ihrem Zimmer spiegelte, wußte er, sie war oben und zog sich aus. Aus Versandhauskatalogen kannte er Frauen in Höschen und Büstenhalter. Wie lange brauchte sie, aus ihrem engen Rock zu schlüpfen? Dann die Seidenstrümpfe, er sah sie im Halbdunkel: ein Bein auf den Stuhl gestellt, schlanke Finger öffnen den Straps, schieben sich in die Enge zwischen Strumpfende und Schenkel, schälen hauchzartes Gewebe hinab zu den Knöcheln, entblößen weißes Fleisch. Bei geschlossenen Augen fühlte er über seinen Beinen die Decke, fühlte ein Ziehen, entfernt, dann nah, das kam und ging; er stellte die Beine auf.

Mutter nannte sie Fräulein Muschi, begutachtete dabei die aufgeschnittenen Wurststangen in der Glasvitrine. Muschi, ein Viertel von dieser und ein Viertel von der Lyoner.

Im Schlaf folgte er ihr über den Hof die Holztreppe in ihr Zimmer hinauf. Flach hingestreckt lag sie. Weiß schimmerten Höschen und Büstenhalter.

Warum kommst du immer mit deiner Mutter? fragte sie ihn.

Jetzt bin ich allein, antwortete er.

Christ, sagte sie. Kennst du die stärkste Form von nah zwischen dir und mir?

Er wußte Bescheid. Doch er antwortete nicht.

Rück den Stuhl näher ans Bett. Sag Muschi zu mir. Muschi.

Und es klang ganz anders als bei Mutter im Laden. Sie räkelte sich, grätschte die Beine, gähnte: Rot schwamm ihre Zunge; die schwarze Flut ihrer Haare fiel ins Gesicht.

Haben Fußballer Muskeln an den Beinen? wollte sie wissen.

Er nickte.

Zeig her, Christ.

Er bewegte sich nicht auf dem Stuhl. Alles um ihn war dunkel, nur ihre Wäsche schimmerte weiß, genauso wie in Versandhauskatalogen. Er sah sie mit engem Höschen und engem Büstenhalter.

Zeig her, Christ.

Ihre rauhe Stimme berührte ihn, fliehend, leicht, spürbar wie eine Hand. Komm näher. Zeig. Du bist stark.

Es war ihre Hand, nicht mehr ihre Stimme, die über seine Beine strich. Er hatte Muskeln, war auf Muskeln stolz wie auf gute Noten, erfuhr, daß sie daran Gefallen fand, daß sie seine Muskeln sehen wollte, danach faßte und dabei stöhnte. Es zog, sammelte sich, schwoll an zu einem Schmerz. Als der Schmerz wich, wachte er auf.

Mutter kam in die Küche. Sie ging zum Fenster, blickte besorgt hinaus. Warum war Vater noch nicht zurück vom Büro? Sie wischte mit einem Staubtuch über die Fensterklinke. Verstehe nicht, wo er bleibt.

Vielleicht hat Vater eine dienstliche Besprechung, beruhigte er sie.

Das ist möglich, wiederholte sie in einem bedeutungsvoll langgezogenen Ton.

Er beugte sich über den leeren Teller. Eine dünne, fettig glänzende Schicht überzog den Boden des Porzellans, im Sonnenlicht sah es wie eine Ölpfütze aus.

Er hatte Vater und Mutter gelegentlich reden gehört, nachts in der Küche, als er sich einen Becher Wasser holen wollte. Barfuß, das Gesicht nah an der Tür, lauschte er auf das, was sie sprachen zu ungewohnter Zeit; seltsam, wie sein Name und die Namen seiner Geschwister im Gespräch der Eltern klangen. Oft verzichtete er auf den Becher Wasser, schlich sich durchs Schlafzimmer der Eltern in das Zimmer zurück, in dem er mit Dietmar schlief, vergaß, daß er Durst hatte. Lag wach, mit offenen Augen, überdachte, was er gehört hatte. Vater wollte sich beruflich verbessern, von Aufstieg war die Rede, über eine Prüfung waren Worte gefallen. Nicht auszudenken, Vater als Prüfling. Wird man in Vaters Alter noch immer benotet? Und wer entschied über Vaters Leistungen? Im Traum ging Vater mit einem Schulranzen auf dem Rücken auf eine offenstehende Klassentür zu, ausgerechnet seine Klasse mußte es sein; Vater setzte sich in die vorderste Bank, Weigl stand vor dem Pult, das blaue Notenheftchen in den Händen, überflog er leise die Namen, das Gesicht halb von dem Heft verdeckt, plötzlich deutete er auf Vater, stellte Fragen, die Vater nicht verstand, weil die Klasse lärmte, Vater bat um Wiederholung, Weigls Mund bewegte sich wütend schneller, die

Klasse lachte, brüllte, wand sich in den Bänken, Vater stand geduckt neben seiner Bank, Weigl klappte das Heft zu, nachdem er in großem Bogen für alle ersichtlich die Note eingetragen hatte.

Er schlug die Augen auf, sein Kopf ruhte tief im Kissen. Er hatte Durst, aber er wagte es nicht, durch das Schlafzimmer der Eltern zu gehen. Ein Auto fuhr die Simmernstraße hinauf, im Scheinwerferlicht sah er für Augenblicke ein Stück geblümter Tapete an der Wand. Dietmar richtete sich im Bett auf, auf die Ellbogen gestützt, sah er zu ihm herüber. Was verdient ein Vertragsspieler im Monat? Zweihundertfünfzig Mark. Für Fußballspielen? Idiotisch!

Er fand es nicht idiotisch. Fußball war unbezahlbar. Ist es schwer, einen Vertrag zu bekommen?

Pit Adam zum Beispiel …

Laß diesen Pit! fluchte Dietmar. Was Pit Adam kann, kannst du auch. Und nach einer Weile sagte er: Ich gehe ab von der Schule. Ich mache freien Handelsvertreter.

In dieser Nacht konnte er nicht schlafen. Er hörte auf den gleichmäßigen Atem seines großen Bruders.

Er nahm den leeren Teller vom Tisch, stellte ihn aufrecht in das Gummigitter im Spülbecken, ging aus der Küche. Es war halb zwei. Vater war noch nicht zurück. Im Schlafzimmer der Eltern öffnete er die Balkontür. Auf dem Kopfsteinpflaster, in der Einfahrt zur Metzgerei, lag ausgestreckt der Dackel und hielt die Schnauze durch die Gitterstäbe des Tores. Vor Frau Zuckriegls Lebensmittelladen wartete der junge Mann, der seit einigen Wochen die Verkäuferin abholte. Den Winter über war sie mit einem italienischen Gastarbeiter gegangen.

Vater erschien aus der Seitenstraße, gebückt, den Blick zu Boden gesenkt. Etwas war geschehen. Das war nicht der aufrechte, weit ausgreifende Gang, mit dem Vater samstags pünktlich um zwölf Uhr dreißig auf das Haus zukam, das stürmische Läuten, das Fingerknöcheltrommelgewirbel gegen die Scheibe der Wohnungstür, seine Stimme, laut, spaßig, das unvermeidbare Wortspiel mit Dietmar: In der Allee sind die Bänke noch nicht aufgestellt.

Misch dich nicht in Dagmars Angelegenheiten! Nicht auszudenken, sie hätte einen Freund wie dich!

Vater dann in der Küche, und Mutter eilte hastiger zwischen Töpfen und Tellern hin und her. Christ, wie viele Tore wirst du heute nachmittag schießen?

Keines, ich bin als Verteidiger aufgestellt.

Dann schießt du eben als Verteidiger dein Tor, sagte Vater.

Das ist doch unmöglich.

Merk dir, Christ, nichts ist unmöglich.

Nichts war unmöglich an Samstagmittagen, wenn Vater aus dem Büro heimkam und sie um den Tisch vor ihren Tellern saßen.

2

In der Nacht von Sonntag auf Montag war Richard mehrere Male aufgewacht, er hatte gewohnheitsmäßig nach dem Wecker auf seinem Nachttisch gegriffen. Doch Maria hatte ihn ans Kopfende ihres Betts gestellt. Er hörte auf ihren Atem. Es schmerzte ihn, daß sie Schlaf vortäuschte. Auch er fand keine Ruhe.

Auf der gelben Wanduhr in der Küche war es Viertel nach drei. Es war Montag. Der Frühstückstisch, drei Tassen: für Dagmar, Dietmar und Christ. Seine Tasse fehlte. Sie war grün, feines, dünnes Porzellan. Seit Kriegsende schmeckte ihm aus keiner anderen Tasse Kaffee. Genußsüchtig bin ich geworden, dachte er, an Werktagsmorgen trank er Bohnenkaffee aus zerbrechlichem Porzellan. Die plumpen Henkeltassen, aus denen sie in den Kriegsjahren morgens und abends Malzkaffee getrunken hatten, standen im Kellerregal. Er hatte Gips darin angerührt. Der Gips war eingetrocknet, ließ sich nicht mehr lösen. Er steckte sich eine Zigarette zwischen die Lippen. Die Gasflamme im Boiler brannte blau. Er beugte sich über die Spüle, die Zigarette zockelte um die Flamme. Auf der Ablage des Radiotischchens türmten sich die Tageszeitungen der vergangenen Woche. An Samstagnachmittagen, wenn die Kinder außer Haus waren, Maria den Gesundheitskuchen für das Sonntagsfrühstück buk, blätterte er die Zeitungen nochmals durch. Er breitete die Samstagsausgabe vor sich auf dem Tisch aus und las unter »Gesucht wird« die Anzeigen.

Zuviel Geld, fand er, wurde für leichte Arbeit angeboten. Er traute den Versprechungen nicht. Man mußte sich überall bewähren, sich durchsetzen gegen die Konkurrenten, bestehen. Gesucht wurden junge, dynamische Leute, die bereit waren, sich anzupassen. Er war achtundvierzig.

Er ging ins Schlafzimmer zurück, um Maria nicht zu beunruhigen. Was ging in ihr vor? Schenkte sie ihm Glauben, oder hielt sie insgeheim das, was man ihm vorwarf, für nicht unberechtigt? Gegen ihren Willen hatte er sich in den letzten Jahren immer wieder schwere Motorräder zugelegt. Bei jedem Verkauf hatte er Verluste gemacht, draufgezahlt. Er legte sich nieder, zog die Deckel hoch bis zum Kinn, spürte seinen Magen, schwach, tief, leer. Nebenan schliefen Dietmar und Christ. Er erschrak bei dem Gedanken, daß sie es gewohnt waren, sich auf ihn verlassen zu dürfen. Dagmar hatte seit vier Jahren ein eigenes Zimmer. Auf Marias Betreiben. Er selbst hatte die Veränderung an ihr spät wahrgenommen. Eines Abends wollte er sich aus ihrem Schrank ein Badetuch holen. Er sah sie auf einem Mophocker sitzen; im schwarzen Schlüpfer, einen Seidenstrumpf über das Bein gelegt, da konnte er nicht mehr zurück. Und er war nie auf die Idee gekommen, sie aus dem Kinderzimmer (wie er den sechzehn Quadratmeter großen Raum neben dem Elternschlafzimmer immer noch nannte) herauszunehmen. Jetzt gestand er sich ein, daß er vieles nicht wahrgenommen hatte. Drei Gedecke standen auf dem Tisch, für Dagmar, Dietmar und Christ. Er würde darauf bestehen, daß sie auch zukünftig miteinander frühstückten. Darüber wollte er noch diesen Morgen mit Maria reden. Er sah zu ihr hinüber. War sie wirklich eingeschlafen? Im Hausflur sprang Licht in die Lampen, Schritte kamen über den Hof, durch das gläserne Oberlicht der Schlafzimmertür fiel Helle auf die Betten. Sie hatte die Augen geschlossen. Die dünnen schwarzen Brauen zogen zwei hohe Halbbogen in die Stirn. Noch immer fand er sie schön. Er stellte sich vor, neben einer fremden Frau zu liegen. Er gab sich dieser Vorstellung hin, erregte sich, für Augenblicke vergaß er, daß es bereits Montag war.

In den ersten Ehejahren hatte er donnerstags Freunde zum Kartenspielen eingeladen. Sobald Maria zu Bett gegangen war, wurde er unruhig, kribbelig bei dem Gedanken, daß sie schlief und nicht ahnte, daß er sie noch heute nacht besitzen würde. Er hatte die Freunde spät in der Nacht zur Haustür gebracht, sich leise von ihnen verabschiedet, sie waren in ihre Wagen gestiegen. Im Wohnzimmer hatte er die Asche und Zigarettenstummel in den Ofen geschüttet, mit einem Lappen die Tischplatte poliert, eine Decke darüber geworfen und die Stühle um den Tisch gerückt. Dann, am Fenster, das er geöffnet hatte, um den Zigarettenqualm abziehen zu lassen, sah er hinunter auf das Kopfsteinpflaster der Straße, das im Licht der Gaslaternen glänzte, wartete, bis er fröstelte, erst dann kleidete er sich aus, kam ins Schlafzimmer, machte kein Licht, schlüpfte zu ihr unter die Decke. Maria wandte sich schlaftrunken von ihm ab, er preßte sich von hinten gegen ihren Körper, spürte die Rundung unter dem dünnen Hemd; er legte sie auf den Rücken, schwer war sie, das Hemd schob er bis zu ihren Brüsten hinauf. Ihre Müdigkeit peitschte ihn auf. Willenlos überließ sie ihm ihren Körper. Er wärmte seine kalten Hände unter ihrem hochgeschobenen Hemd. Oft faßte sie plötzlich in sein Haar, zog seinen Kopf zu ihrem Mund herab.

Sie schlief tatsächlich. Er wagte nicht, sie zu wecken. Es war absurd: Er lag da und war erregt, an einem Montagmorgen ohne Arbeit. Sie hat drei Tassen auf den Tisch gestellt, dachte er wieder. Wie schnell sie sich umstellt. Daß er ohne die Kinder frühstücken sollte, beunruhigte ihn. Er schlüpfte aus dem Bett, schlich in die Küche, nahm aus dem Büfett sein Gedeck, den Silberlöffel mit Monogramm aus der Tischschublade, rückte die Gedecke weiter auseinander. Zwischen Dietmar und Christ wollte er sitzen; mit den Jungen würde er es schaffen. Aber konnte er noch auf sie rechnen? Lustlos hatte er ihre Zeugnisse zur Kenntnis genommen, über die Eins im Turnen von Christ kein Wort verloren. Er hatte Dietmar mit seiner Fünf in Latein allein gelassen. Dietmar hatte sich ins Klosett eingeschlossen. Er hatte von außen wütend gegen die Tür getrommelt, vorgetäuscht hineinzumüssen. In dem schmalen Raum hatte er sich an Dietmar vorbeigedrängt und, als er allein war, die Tür von innen verriegelt und dann am offenen Fenster gleichgültig eine Zigarette geraucht.

Er stellte seine Tasse ins Büfett zurück. Er blickte in den Spiegel. Seine Augen schauten fremd aus dunklen Schächten auf ihn; er mußte es sich abgewöhnen, in den Spiegel zu schauen. Er erinnerte sich an einen Urlaub im Schwarzwald: Es hatte tagelang geregnet, er war in dem Zimmer auf und ab gegangen, hatte Maria beim Lesen gestört, am Kofferradio gedreht und in den Spiegel geblickt.

Er knipste das Licht aus, tappte durch den Flur. Im Dunkeln suchte er die aufgeschlagene Decke. Er lag im Bett und versuchte, leise zu atmen. Er war erschöpft. Aber er wollte sich nicht dem Schlaf ausliefern. Er durfte nicht untätig sein und sich Träumen überlassen. Er hielt die Augen starr auf die weiße Kinderzimmertür gerichtet. Im Lärm des aufkommenden Berufsverkehrs schlief er ein. Der amerikanische Offizier, der ihm nach

Kriegsende die beschlagnahmte Zündapp 600 verkauft hatte, erschien ihm im Traum. Ein Verführer in schicker Uniform, der ihm lächelnd die sieben Zentner schwere Maschine aushändigte. Und er schwang sich hinauf, öffnete weit seine Arme, spürte die Noppen des Gummigriffs in seiner Faust, drehte kraftvoll die Faust im Handgelenk, die Maschine schoß vorwärts, zog in die Straßenmitte, Landstraßen breiteten sich vor ihm aus, Kurven tauchten plötzlich auf, er nahm die erste mit unverminderter Geschwindigkeit, bei neunzig stand die Tachonadel, die Räder rutschten, pfiffen, und er dachte noch: So also ist es, wenn man stürzt. So viel Zeit bleibt einem noch, die man nicht nützen kann. Er überlegte in aller Ruhe, daß seine Knie nun auf dem Schotter aufschlagen würden. Dann, am Boden, unfähig, sich zu bewegen, wartete er vergeblich auf das Einsetzen des Schmerzes. Vorsichtig, wie um dem Schmerz kein Zeichen zu geben, schlug er die Augen auf. Über ihm stand nicht der amerikanische Offizier, sondern Behördenleiter Grasser, dahinter seine eigene Familie, Maria, Dagmar, Dietmar und Christ. Sie sahen unablässig stumm auf ihn herab, während Grasser zu ihm sprach. Und er wußte nicht, dieses Schweigen zu deuten. Sie haben sich eine schwere Maschine gekauft. Viel zu schwer für den Verdienst eines Behördenangestellten.

Das ist mein Privatvergnügen.

Sie haben sich dabei verschuldet. Mir liegt ein Antrag auf Gehaltspfändung vor. Und dann ist da noch die Sache mit dem Fragebogen. Wir sind auf neue Unterlagen gestoßen. Sie haben bei Ihrer Einstellung über Ihre Parteizugehörigkeit falsche Angaben gemacht.

Aber 1937 bin ich wieder ausgetreten. Ich habe das Bild des Führers am Boden zertrümmert, als ich es aufhängen sollte. Meine Frau kann es Ihnen bestätigen. Er blickte auf Maria, die dicht hinter Behördenleiter Grasser stand. Doch in ihrem Gesicht regte sich nichts.

Versuchen Sie Ihr Glück in der freien Wirtschaft. In der freien Wirtschaft werden Männer wie Sie gebraucht.

Dietmar redete, sein miserables Jahreszeugnis in Händen, von nichts anderem als von freier Wirtschaft. Nein. Freie Wirtschaft und Glück, wiederholte er für sich. Zu diesen Begriffen hatte er kein Vertrauen.

3

Maria nahm das lindgrüne Gedeck aus dem Büfett, sie stellte es auf den Frühstückstisch, ihrem Gedeck gegenüber. Dagmar, Dietmar und Christian hatten die Wohnung verlassen; die Acht-Uhr-Nachrichten waren gesprochen; aus dem Radio klang Schlagermusik. Ein Montag begann. Ein Montag, an dem Richard nicht mehr zur Arbeit ging. Sie saß in der Küche. Er lag im Schlafzimmer. Sie bräuchte nur über den Flur zu gehen und eine Tür aufzumachen. Vor ihrer eigenen Schlafzimmertür stünde sie, ihre Hand würde sie heben, um anzuklopfen, bevor sie einträte, an das Bett träte, in dem er lag, auf der dem Fenster zugewandten Seite; Schlaf würde er vortäuschen, den er tatsächlich kaum gefunden hatte, diese Nacht von Sonntag auf Montag; was ihr nicht entgangen war. Schlaf hatten sie sich vorgetäuscht, beide.

Mit einer Täuschung hatte die Woche angefangen; mit einer Täuschung würde sich die Woche fortsetzen. Mit einer Täuschung betäubte man sich. Sie könnte keinen Gedanken fassen, der sich auf die Zeit richtete, die nun vor ihr lag, als Ehefrau, als die Mutter von Dagmar, Dietmar und Christ. Getäuscht und betäubt käme sie an die Zukunft ihrer Familie nicht heran. Hatte sie eine Zukunft, ihre Familie?

Was sie erlebte, hatte sie schon einmal erlebt. Alles würde sich wiederholen. Nur die Stimme ihres Bruders, an den sie lange nicht mehr gedacht hatte, würde sich nicht wiederholen. Ihr Bruder, der mit gedämpfter Stimme auf ihre Schwägerin einsprach, seine Frau, am Fenster des Schlafzimmers, er nahe an ihr, ohne sie zu berühren; ein Kochtopf, mit dem die Schwägerin ins Schlafzimmer geeilt war, als sie und Richard gerade die Wohnung betraten – unangemeldet, auf Stippvisite zum Abschluß dieses ersten Kriegsjahres –, der schwarze Kochtopf stand zwischen Schrank und Doppelbett, der Deckel verrutscht, so daß der heiße Silvesterpunsch dampfend aufstieg in die kalte Luft des Schlafzimmers, das nicht geheizt wurde. Richard saß schon in der Küche seines Schwagers; sie selbst war noch im Flur, wo an einem der Kleiderhaken steif die Uniformjacke ihres Bruders hing, als hätte sie die Erstarrung angenommen, die ihr Bruder annahm, sobald er in seine Kriegsgarderobe aus festem Tuch schlüpfte, Haltung nahm er an, sogleich. Ihr Bruder, er nahm alles an, was ihm die Zeit anbot; Richard, der kein Gespür zu haben schien für den Wandel der Zeit, schlug alle Angebote aus, die ihm gemacht wurden in den ersten Jahren dieser gewandelten Zeit, in der er immerhin schon eine Geschäftsstelle leitete, eine kleine Einheit aus drei Personen in einer kleinen Behörde. Sie als Hausfrau zu Hause spürte die Angebote, die der Behördenleiter ihrem jungen Mann machte, der ihn ermuntern wollte, auch außerhalb der Behördenräume sein Wort an Personen zu richten; und sie war sich sicher, daß es am Ende schon sehr bald mehr als drei Personen wären, die auf das Wort ihres Mannes zu hören hätten im Amt.

Rechts von der Uniformjacke befand sich der Garderobenspiegel. Sie legte ihren Hut neben die Dienstmütze ihres Bruders auf die Ablage; im Spiegel durch die halboffene Schlafzimmertür sah sie in dem vom Boden aufsteigenden Dampf des noch heißen Getränks die Schwägerin am Fenster, den blonden Kranz ihres geflochtenen Haars am Hinterkopf; ihr Bruder, der seine Frau etwas verdeckte, wie er sich zu ihr hinabbeugte, wie er es nicht wagte, sie zu berühren, sie, die sich von ihm abgewandt hatte und abweisend aus einem Fenster hinausblickte, die auf nichts anderes blicken konnte als auf Schnee in dieser Silvesternacht 1940, frisch gefallener Schnee vor einem Haus, das ihnen gehörte; auf Heimaturlaub, ihr Bruder, ihr Mann, nicht gefallen, nicht verletzt; unversehrt aber nur ihr Bruder, der Lehrer. Richard war als Arbeitsloser in diesen Krieg hineingezogen worden, in den es den Lehrer stolz trieb, als einen Teil der »Bewegung«, während es Richard herumtrieb in ihrer Zweizimmerwohnung, die zu klein geworden war für Dagmar, Dietmar, für sie und für ihn, ruhelos, ohne Arbeit, ohne Verdienst. Dann wurde er eingezogen und bekam eine Chance, sich verdient zu machen. Beschwichtigend redete ihr Bruder auf die Schwägerin ein, der blonde Kranz am Hinterkopf bewegte sich hin und her, als sie den Kopf schüttelte. Im Ehebett ihres Bruders lehnte eine Puppe im Dirndlkleid; der runde Puppenkopf reichte bis in Höhe des hölzernen Bettfußteils, und obwohl das Puppengesicht die genaue Nachbildung eines Mädchengesichts zu sein schien, wirkte das Gesicht seltsam gefühllos, ja unbarmherzig; sie sah mit einem einzigen Blick in dieses Puppengesicht und auf den blonden, festgeflochtenen Haarkranz der Schwägerin; die Bitten ihres Bruders schienen an beide gerichtet, an die Frau, die aus einem Fenster sah, und an diese mißlungene Nachbildung eines Lebewesens, die ihr, die sie immer noch in den Spiegel schaute, ins Gesicht sah, in diesem Spiegel. Kein Mitgefühl kam auf im Schlafzimmer, kein Mitleid im Spiegel. Sie wollte dieses Mitleid nicht für sich. Sie durften ihn nur nicht verletzen, die Schwägerin und ihr Bruder.

Im Grunde genommen gehörte er nicht zur Familie. Es war der Tisch ihres Bruders, an dem er saß. An einen fremden Tisch hatte er sich gesetzt, der festlich gedeckt war, auf einem flachen Teller stand der Suppenteller, das silberne Besteck mit dem Augsburger Fadenmuster exakt ausgerichtet zu beiden Seiten der Teller auf der weißen Leinentischdecke, in die grüne Tannenzweige gestickt waren. Ein Tannenzweig zierte auch den braunen Rahmen an der Wand, aus dem Adolf Hitler finster auf die weißen Teller herabsah; der schwarze englische Schnurrbart in seinem deutschen Gesicht glänzte, das in die Stirn gekämmte, gerade Haar glänzte in dem hochpolierten Rahmen. Bedrückte sie dieses Bild, weil es aussah wie ein Sterbebild? Oder bedrückte es sie, daß er vor den zwei Gedecken saß und gut gelaunt mit den Fingerknöcheln der rechten Hand den flotten Rhythmus eines Liedes trommelte und dabei erwartungsfroh auf den Küchenherd sah, wo ein anderer Topf stand, aus dem es auch dampfte, Suppendampf? Kartoffelsuppe mit getrockneten Steinpilzen duftete in der Küche, Punsch duftete im Schlafzimmer. Im Flur, wo sie sich aufhielt, kamen die Düfte zusammen. In ihrem Kopf kam alles zusammen. Sie blickte in das Puppengesicht, während sie auf die Stimme der Schwägerin hörte; nicht in Schlafzimmerlautstärke sprach sie, in Zimmerlautstärke drang es heraus auf den Flur: Für diesen Arbeitslosen koche ich keine Suppe!

Sie wandte sich vom Spiegel ab, eilte zu ihm in die Küche, setzte sich lächelnd zu ihm an den Tisch. Er griff nach ihrer Hand, sie senkte den Blick: Seine Hand, seine starke Hand, die Hand eines arbeitslosen Mannes ruhte auf ihrer Hand; ihre kraftlose Hand ergab sich dem schweren Gewicht seiner Hand; grüne Tannenzweige in der Tischdecke rahmten das Bild übereinanderliegender Hände.

Es blieb bei zwei Tellern. Zwei Ehepaare sahen betreten in zwei leere Suppenteller. Die Schwägerin stand auf und schob den Topf von der heißen Platte, damit die Kartoffelsuppe nicht überkochte. Irgendwann rückte sie den fremden Stuhl, auf dem sie saß, und erhob sich. Richard erhob sich. Ein gutes Neues!

Sie verließen dieses Haus. Wie friedlich, wie freundlich das Haus ihres Bruders in der Kreuzgasse aussah, im Laternenlicht, im Schnee, der in den letzten Stunden des Kriegsjahres 1939 gefallen war. Sie hakte sich bei ihm unter. Sie weinte, als sie seinen starken Arm spürte. Was nicht auffiel in dieser Silvesternacht, die kalt war und windig, so daß es einem die Tränen in die Augen trieb.

Das Bild an der Küchenwand ihres Bruders, die gleiche Photographie war ihm zum Verhängnis geworden, im März des zu Ende gegangenen Jahres.

Der Behördenleiter, der einen Narren an seinem jungen Geschäftsstellenleiter gefressen hatte, wünschte, daß er die gerahmte Photographie hinter Glas in seinem Büro aufhängte. Da stand die Slowakei schon unter dem »Schutz« des Deutschen Reiches. Da waren die deutschen Truppen schon einmarschiert. Alle Zeichen standen auf Sturm. Ihr Bruder, der Lehrer, sprach zu ihr, seiner Schwester, wie zu seinen Schulkindern, Deutschland ist reich und weit und tief, von unserer Demut sprach er, von der tapferen Erfüllung sich daraus ergebender Pflichten. Eine Bewegung erfaßte alle, die deutsche Blume, den deutschen Baum, in deutscher Erde, in deutschem Boden, die deutsche Heimat. Ob Krieg oder Frieden, der Ruf der Heimat schwieg nie. Nur er schwieg in dieser Heimat, in der die Rufe immer lauter erschallten; nur er bewegte sich nicht von der Stelle, in dieser Heimat, die sich aufgemacht hatte, ihren Lebensraum zu erweitern. 1937 trat er aus dieser Partei aus, der er als aktives Mitglied nie angehört hatte. Er sprach mit ihr nicht darüber. Was ging es sie an? Seine Mitgliedschaft war ihr nicht aufgefallen, hatte sich nicht ausgewirkt auf die Familie, nichts war der Familie zugewachsen, was er sich nicht verdient hätte in seiner Behörde.

Er weigerte sich, in seinem Dienstzimmer das Bild an die Wand zu hängen, das damals schon in der Küche ihres Bruders hing. Als Geschäftsstellenleiter wäre ihm keine Perle aus der Krone gefallen, so ein Bild hängt doch in jedem Büro, sagte sie ihm.

Wir leben in einem freien Land, antwortete er damals; einen Satz, den er wiederholte, noch vor wenigen Wochen.

Sie hängten das Bild in seiner Abwesenheit auf. Als er am Montagmorgen das Führerbild auf den Boden warf, wo es zerbrach, war der erste Arbeitstag dieser Woche sein letzter Arbeitstag in diesem Amt gewesen. Seinen Freund, den Behördenleiter, hatte er sich zum Feind gemacht.

Er stand allein da. Sie stand allein da mit Dagmar, Dietmar, mit ihm. In ihrer Zweizimmerwohnung trieb es ihn umher wie in einem Gefängnis. Die Tür ging auf und zu in der Küche, im Kinderzimmer, im Wohnzimmer, in dem Richard und sie nachts schliefen.

Er hatte keine ausgeprägte politische Überzeugung, wie sie die Redakteure der ›Mittelbayerischen Nachrichten‹ im »Streiflicht« zum Ausdruck brachten, das sie gelegentlich las. Er schimpfte auf Hitler, wie er später Erhard lobte. Der dicke Mann mit der Zigarre hatte es ihm angetan. Auch er versprach, daß es vorwärtsgehen würde in Deutschland. Ein Versprechen, das er einlöste, auch für Schimpels und Kliemkes; nur ihrer Familie gegenüber stand er im Wort. Der Mann mit der Zigarre ermöglichte Wohlstand für alle. Und dieser Wohlstand war möglich, weil alle nach vorne blickten. Nur er sah sich um. Er hielt ihnen den Spiegel vor, wie er das nannte. Und das, was sie im Spiegel sahen, machte ihnen angst. Es war wie mit dem Garderobenspiegel ihres Bruders, in den sie geblickt hatte. Auch wenn es stimmte, daß er damals dagegen gewesen war und sie dafür gewesen waren, was spielte das heute noch für eine Rolle? Er verstellte sich mit seinem Blick zurück die Sicht nach vorne. Er stand sich und seiner Familie im Weg. Er fuhr schwere Motorräder, um sie »einzustauben«, wie er den Überholvorgang lachend nannte; in Wirklichkeit hängten sie ihn ab. Er und die Familie, sie standen auf einem Abstellgleis. Keiner sprach über Hitler, nur er, der dem Führer nicht gefolgt war, kam nicht von ihm los; nur er nahm den Namen des Führers noch in den Mund. Er brachte seine Familie in Gefahr.

Er fügte sich nirgendwo ein. Er war nie Mitglied eines Vereins gewesen. Nur mit den Herren Dr. Tröndle und Dr. Jagusch hatte er Karten gespielt, in der Gaststätte der Trabrennbahn; Mittwoch war das, erinnerte sie sich; Mittwoch war nämlich Fleischtag gewesen. Er hatte sie aus den Augen verloren, die »Herren Akademiker«, redete er sich ein. Die Wahrheit war, sie hatten sich aus dem Staub gemacht, nachdem er sie »eingestaubt« hatte mit seiner Zündapp 600.

Die Bewegung, die Deutschland bewegte, erfaßte ihn nicht. Er blieb unerfaßt. Er blieb allein. Ihm blieb nur die Familie. Darin unterschied er sich von ihrem Bruder. Am Ende aber war auch ihr Bruder allein zurückgeblieben: Als er in Rußland fiel, kam er mitten in der Bewegung zum Stehen. Aber vielleicht war ihr Bruder in dieser Silvesternacht schon allein gewesen, als er im Schlafzimmer auf diese Frau, die ihre Schwägerin war, eingeredet hatte? Später, als die Schwägerin erfuhr, daß er nicht mehr heimkehrte, schaute sie wieder aus dem Fenster. Der festgeflochtene blonde Haarkranz auf ihrem Hinterkopf ähnelte dem Kranz auf einem Grab. Die Puppe im Dirndl lehnte wieder gegen das Fußteil des Bettes ihres Mannes. Das Bett war gemacht. Sie war der Schwägerin ins Schlafzimmer nachgegangen, in das sie geflüchtet war. Vor wem war sie auf der Flucht? Für wen war das Bett gemacht? Warum sah sie ihnen nicht in die Augen? Warum blickte sie aus dem Fenster? Was sah sie? Sah sie schon die runde, silbrige Limousine die Kiesauffahrt zu einem Herrenhaus im Stadtwesten von Kolbstadt nehmen, in dem sie nach Kriegsende als Dame lebte mit einem distinguierten Herrn, der von Immobilien lebte? Die Villa lag im Stadtwesten, die Simmernstraße am anderen Ende von Kolbstadt. Nur Dietmar und Christ fuhren täglich auf ihrem Weg zur Schule an der mannshohen Steinmauer vorbei, die die Villa der Immobilien-Eheleute Sparrer umgab.

Sie hatte die Schwägerin und ihren Bruder gemieden nach dieser Silvesternacht. Sie hatte den Bruder nicht mehr besucht in seinem Haus in der Kreuzgasse, wo in der Küche ein Bild an der Wand hing, das sie bedrückt hatte, weil es ein Sterbebild war, wie sie jetzt wußte. Richard hatte das Bild nicht aufgehängt, obwohl ihm keine Perle aus der Krone gefallen wäre. Richard lebte. Ihr Bruder war tot.

Er lebte in ständiger Gefahr, die ihn umgab oder die er sich schuf. Von der Maginot-Linie schickte er ihr 1941 eine Photographie: Er lümmelte sich mit verschränkten Armen auf einer runden Kuppel, die bei einem ersten Hinsehen wie ein Schokoladenigel aussah; er trug Uniform. Bei einem zweiten Hinsehen entpuppten sich die Stacheln als Einschüsse in den Beton. Er hatte eine Zigarette im Mundwinkel, grinste, war guter Dinge. Auf einem vier Monate später aufgenommenen Lichtbild, das er ihr aus Krasnibor nach Kolbstadt schickte, stand er, umringt von russischen Kriegsgefangenen, vor einer Bretterbude, die er auf der Rückseite der Photographie »Büro und Halle III« nannte. Schnee lag auf den Planen zweier Lastwagen, Schnee lag auf den Säcken, die die Russen trugen. Proviant war in den Säcken, nicht für die in unförmige Mäntel gehüllten Träger. Die russischen Kriegsgefangenen überlebten, weil er sie nachts heimlich mit Proviant versorgte. Er wurde ertappt. Dort, wo man ihn hinschickte, wartete der Tod als die gerechte Strafe auf ihn. Als er das Lager in Krasnibor verließ, warfen sich die Russen vor ihm auf die Knie und baten ihn, der er erschossen werden sollte, er möge sie erschießen. Er kehrte aus Smolensk im Dezember nach Kolbstadt zurück wie von seinen sonntäglichen Pferderennen; er verlor kein Wort darüber, ob er auf das siegreiche Pferd gesetzt oder verloren hatte.

Er verlor. Er hatte kein Glück. Er war ein Verlierer. Aber er kam nicht um. Er hielt sie in Atem. Auch nach dem Krieg.

Dagmar saß auf dem Sozius seiner schweren Maschine, Dietmar zwischen seinen ausgestreckten Armen auf dem Tank, im Beiwagen waren Christ verpackt und das Meißner Tafelservice. Bei seinen ersten Hamsterfahrten nahm er noch die Kinder mit, um die Herzen seiner hartgesottenen bäuerlichen Kontrahenten zu rühren. Ihr zerriß es das Herz, als die Maschine anfuhr, in der Simmernstraße vor Frau Zuckriegls Laden, als es die Köpfe der Kinder mit einem Ruck nach hinten warf, als das Meißner Porzellan im Beiwagen schepperte und klingelte, was sie, am offenen Fenster stehend, vernahm; Dagmar drehte sich auf dem Rücksitz um und sah zu ihr hoch; sie, die Mutter, blieb in Todesängsten zurück. Bevor er mit Dagmar, Dietmar und Christ in die Moritzstraße einbog und ihren Blicken entschwand, nahm er die linke Hand vom Lenker, um ihr zuzuwinken, mit sieghaft gestreckten Fingern. Frau Zuckriegl trat auf den Rand des Trottoirs; offensichtlich hatte sie sich an den Obst- und Gemüsestellagen zu schaffen gemacht, die in den Sommermonaten vor ihrem Laden standen und damals nicht mehr enthielten als ein paar Äpfel, Birnen und Kohl. Natürlich war ihr der schlappe Rucksack auf Richards Rücken nicht entgangen; natürlich verlöre sie die Heimkehr der »Hamsterer«, wie sie Richard und die Kinder in ihrem Konkurrenzdenken boshaft bezeichnete, nicht aus ihrem griesgrämigen Krämerinnenblick.

Sooft sie an diesem Tag ans Fenster trat, um die Simmernstraße hinaufzuschauen, schaute sie auf die junge Zuckriegl, die, einen Apfel, einen Kohlkopf in der Hand die Abbiegung Simmernstraße–Moritzstraße kontrollierte. Als sie spätabends zurückkehrten, war Zuckriegls Laden schon lange geschlossen. Dietmar saß wieder auf dem Tank, Dagmar auf dem Rücksitz, Christ eingewickelt im Beiwagen; seine Augen schauten müde aus einer Wehrmachtsdecke, die in der Familie Pferdedecke hieß, ein Ausdruck, den keiner hinterfragte; abgekämpft sahen die Kinder aus; aber ihre Augen leuchteten, als sie, wie auf ein geheimes Kommando, alle auf einmal zu ihr hochblickten. Einen prallen Höcker trug ihr Vater jetzt auf seinem Rücken. Keine Erschöpfung war ihm anzumerken, als er die zentnerschwere Maschine am Lenker hob, um das Vorderrad über die Trottoirkante zu schieben. Die Kinder eilten hinter ihm und der Zündapp 600 her, die Augen auf den runden Rucksack gerichtet. Im Hof bockte er die Maschine auf: ein kurzes, metallenes Schnappen. Die vielen Schritte, die sie dann hörte, liefen im Hausinnern die Treppe hinauf. Sein Fingerknöcheltrommelgewirbel von außen gegen die Scheibe; sie lag in seinen Armen, die Kinder stürzten an ihnen vorbei. In den Geruch seiner Zigarren, den sie einatmete, Wange an Wange, mischte sich der Duft von Kuhstall, von Milch, die würzige Strenge von Geräuchertem. Der Weg in die Küche wurde für ihn und die Kinder zum Triumphzug; über die Freude der »Hamsterer« vergaß sie den Schmerz, den sie den Tag über empfunden hatte bei der Vorstellung des kobaltblauen Porzellans auf einer weißen Tischdecke.

Wir haben sie abgehängt, schrien die Kinder. Mit dem Ofenrohr schauen sie ins Gebirge!

Die MP hat nach uns geschossen, jubelte Dietmar. Sie fühlte das Blut aus ihrem Gesicht weichen.

Wir haben sie eingestaubt, bestätigte er sachlich. Das hat den Siegern gar nicht gefallen.

Schauderhafte Geschichten erzählten die Kinder, während sie Brote strich. Auf die dicken Schwarzbrotscheiben schmierte sie die gehamsterte Landleberwurst. Sie trieb den Dorn des Dosenöffners in den Deckel, die Schneide durchritt eine kreisrunde Spur. Goldfarben war die Dose; die Innenseite des Deckels aber, den sie abhob, blechweiß. Weiß und cremig war die Fettschicht obenauf, vermengt mit dünner, wackeliger Gelatine, zu der sich die Fleischbrühe, die aufgegossen wurde, um die Dose randvoll zu füllen, verdickt hatte. Gerecht verteilte sie das fingerdicke Schmalz auf vier Brote, die vier Brote der Hamsterer. Die Kinder verschluckten sich bei den ersten Bissen, sie wollten essen und reden zugleich. Mit vollem Mund spricht man nicht, versuchte er, ihnen den Mund zu verbieten. Der Beiwagen hätte sich fast von der Zündapp gelöst, als das Rad, auf dem er lief, von der Straße abkam und ein weiches Feld durchfurchte; das Beiwagenrad verlor Bodenhaftung, wenn in einer scharfen Linkskurve die Maschine in Schräglage ging; sie überholten PS-arme »Schnauferln«, hängten sie ab, ließen sie wieder kommen, um es ihnen zu zeigen, diesen »Bummlern«, daß ihnen die Luft ausging. Christs blondes Haar hing wirr in die Stirn, seine Wangen glühten. Mit Dietmar besprach Richard bereits die Route einer neuen Fahrt. Sie rieb im Flur mit Feuerzeugbenzin die Öl- und Schmierflecken aus den Anoraks.

Die Dosen reihten sich auf dem Schlafzimmerschrank, in einer Höhe, die unerreichbar schien für die Kinder. Das rundgeformte Blech glänzte über der Hochglanzkirsche. Landleberwurst und Schweinefleisch in Dosen standen Spalier. Die Dosen mit Schweinefleisch waren nur zu greifen, wenn der Frisierstuhl an den Schrank geschoben wurde. Stand der Frisierstuhl nicht vor der Frisierkommode, hatte sich Dietmar am Eigentum der Familie vergriffen. Die Dosen waren abgezählt und durchnumeriert. Dietmar löschte die Kreidezahlen; mit seiner Kinderhandschrift versuchte er, die Vorratsverknappung zu vertuschen.

Wie sein Vater neigte der Sohn dazu, sich über allgemeingültige Vorschriften hinwegzusetzen. Waren Vater und Sohn allein mit der Zündapp unterwegs, saß Dietmar auf dem Tank, um Einfluß auf die Geschwindigkeit nehmen zu können, mit der sie die Kurven anfuhren. Diskret zog sich die Vaterhand zurück, machte der Hand des Sohnes Platz, die stolz am Gummigriff des Gashebels drehte und Vollgas gab. Begeistert erzählte ihr Dietmar von ihren Kurvenabenteuern. Richard stritt alles ab. Jahre später fuhr Dietmar in fremden Wagen durch die Maximilianstraße von Kolbstadt, ohne einen Führerschein zu besitzen. Franzi, die Tochter vom Hausmeister der Pestalozzischule, fand sich vor Frau Zuckriegls Laden ein, um ihn abzuholen. In ihrem roten, selbstgeschneiderten Kostüm wartete das Mädchen auf ihn, während er im Stadtpark mit einer anderen »schob«. Als erfolgreicher »Hamsterer« hielt er sich nicht an ihre Bitte, im Hof die Brotschnitte so zu halten, daß die Leberwurst nach unten wies. Warum Neid erwecken? Den Neid der Besitzlosen. Der Neid hatte scharfe Augen. Frau Schimpel hielt die Augen offen, sogar wenn sie den Teppichklopfer gegen die Perserimitation schwang. Die Kliemke trat auf den Balkon, sobald Christs Lederball gegen die Hausmauer klopfte.

Das ist mir Wurscht, sagte Dietmar frech.

Und ausgerechnet der Vater unterstützte den Bengel: So wie der Mann geraten, wird ihm die Wurst gebraten!

So wie ihre Männer Richard und Dietmar geraten waren, bereiteten sie ihr Sorge. Der Vater fuhr schwere Maschinen. Der ältere Sohn saß vornübergebeugt auf dem Tank und beobachtete die Tachonadel, wie sie sich über »130« zitternd bewegte. Die Kinder vertrauten ihm; seinen weit offenen Armen, seinen starken Händen, mit denen er den Lenker hielt. Dagmar klammerte sich an ihren Vater, schmiegte ihr Gesicht an das weiche Leder des Rucksacks, das nach Speck und nach Bauernhof roch; Christ schlief friedlich, in die Pferdedecke gehüllt, im Beiwagen. Ihre ganze Familie schwebte in Lebensgefahr.

Im Finstern näherten sie sich einem Bauernhaus. Eigelb, erzählte er ihr später, stand Licht in zwei niedrigen Fenstern. Seine rechte Hand hielt Dietmars Hand; seine linke Hand führte Dagmar, die sich auf ihren Vater verließ; auf Dagmar verließ sich Christ. Die »Kirsch-Linie« rückte zaghaft, Schritt für Schritt, an ihr eigelbes Ziel heran. Er, einen halben Schritt voraus, dachte an frische Eier, die als Spiegeleier in der Pfanne brutzelten, das geronnene Eiweiß warf Blasen. das Wasser lief ihm im

Mund zusammen; sorgloser schritt er aus; seine Hände zogen die Kinder nach: Er war der erste, der plötzlich keinen Boden mehr unter den Füßen spürte. Er stürzte in die Jauchegrube, seine Familie riß er mit. In ihren schweren Wintermänteln aus Wehrmachtstuch gingen sie unter. Angeblich zog sich Dagmar als erste über den Grubenrand aus der Jauche. Angeblich brannte erst dann Licht über dem Haustor und an dem Stallgebäude, als sie sich alle schon wieder an Land gerettet hatten.

Er wusch sich die Hände im Regenfaß vor der Haustür. Schlotternd saßen sie neben dem Ofen auf einer Holzbank. Die jauchegetränkten Mäntel lagen draußen im Hof.

Dr. Jagusch brachte Dagmar, Dietmar und Christ noch in der Nacht nach Kolbstadt zurück. Der verbeamtete Mediziner breitete eine Decke über den Rücksitz seines Opel Olympia, auf der die Kinder sich aneinanderdrängten. Dr. Jagusch, sie konnte es ihm nicht verdenken, fuhr mit gekippten Ausstellfenstern. Richard folgte auf seiner Zündapp 600. Er fuhr mit aufgeblendetem Licht; er leuchtete das Innere des Opel Olympia aus; er leuchtete den Kindern, um ihnen zu sagen, sie waren auf dem richtigen Weg nach Haus.

Das lindgrüne Gedeck stand dem weißen Gedeck gegenüber. Es war Montag, Viertel nach acht. Wo blieb er? Das Radio lief. Wieder spielten sie diesen Schlager »Es blüht eine weiße Lilie in blauer Tropennacht« … Er kam in die Küche, er setzte sich gleich vor seine grüne Tasse. Er sah nicht sie an, aber er sah auf ihre weiße Tasse. Er war ganz weiß im Gesicht.

4

Bevor Christ die Wohnung verließ, wollte er nach Vater sehen. Aber die Schlafzimmertür war verschlossen. Durch das Oberlicht drang keine Helligkeit. Unten im Hausflur steckte die Montagsausgabe der ›Mittelbayerischen Nachrichten‹ noch im Briefkasten.

Im Hof hob er sein Rad aus dem Ständer, klemmte die Mappe in den Gepäckhalter, saß auf. Vor Muschis Metzgerei wartete Manfred auf ihn. Pit Adam hatte das Spiel für die Kolbstädter entschieden. Der Club hatte die Auswärtshürde genommen. In der Süddeutschen Meisterschaft war noch alles offen. Manfred war informiert. Über den neuen Tabellenstand in der Oberliga, die Resultate, über die Torschützenkönige der verschiedenen Ligen, auch über ihr 1:0 gegen die Spielvereinigung Walhalla, zu dem der Mittelläufer Christian Kirsch nicht unwesentlich beigetragen hatte. Sie bogen in die Schillerstraße ein, stiegen von den Rädern, schoben sie übers Trottoir in den Schulhof, an der Turnhalle vorbei, die sich in einem eigenen Bau befand. Er war froh, daß sie montags nicht in die Halle mußten. Sie warfen die Räder in die Fahrradständer, zogen die Mappen von den Gepäckhaltern.

Durch die runde Öffnung in der Schulhofmauer, durch die Eisenverstrebungen hindurch, sah er auf dem gepflegten Rasen die amerikanischen Schüler Baseballschläger schwingen und Bälle in den blauen Himmel hinaufjagen, andere übten Fangen: Die gelben, dickwattierten Handschuhe schluckten die kleinen, flitzenden Kugeln mit mattem Ton. Sie trugen das Haar kurz geschnitten. Auch in seiner Klasse setzte sich dieser Haarschnitt durch. Amis hatten eierförmige Köpfe, fand er; sie waren immer gut aufgelegt, kauten ständig Kaugummi, und alle trugen die gleichen engen Jeans. Keinem sah man an, was sein Vater verdiente.

Weißt du, daß Amis keine Ahnung von Fußball haben? Die kennen nicht einmal ein rundes Leder.

Das ist doch nicht wichtig.

Das sagst du! wunderte sich Manfred.

Amerikaner sind gerecht. Manfred verstand nicht.

Unter dem Schulportal lehnte Alfred. Er hatte am Samstag sein Tor gemacht. Es war ihm anzusehen. Aus seiner Hemdtasche ragte der ›Sportkurier‹, rote Lettern verkündeten Sieger.

In den Gängen roch es nach Bohnerwachs. Das Muster in den Steinstufen war von den vielen Tritten abgewetzt, es verschwamm vor seinen Augen. Im zweiten Stock standen auf Blumenbänken großblättrige grüne Pflanzen in Steinguttöpfen. Im Biologieunterricht hatte er die deutsche und die lateinische Bezeichnung der Pflanzen erfahren. Er versuchte verzweifelt, sich der Namen zu erinnern. Irgendwie hing alles an diesem Montagmorgen davon ab, daß er sich an die Bezeichnungen erinnerte. Aber er hatte sich die Namen nicht eingeprägt. Er war ein Versager. Neben dem Lehrerzimmer hingen an dünnen Holzleisten die besten Bilder der Klassen 4a bis 4c.

Sein Bild war dabei. Jetzt ärgerte er sich, daß Zeitler den Fetzen Papier aufgehängt hatte. DEUTSCHE MÄDCHEN VOR AMERIKANISCHER KASERNE hieß das Thema. Ältere Studienräte hatten Bedenken erhoben. Weil die Farben auf seinem Bild frisch, die Hände, Füße und

Köpfe der Personen deutlich, groß und ungeschlacht waren, hatte Zeitler es für die Ausstellung gewählt. Der Busen des Mädchens war ihm zu üppig geraten. Er wollte die Spitzen etwas abrunden; dabei war ihm rote Farbe nach innen ins Blatt geschwommen, ein dünner Faden, den er mit einem Halbkreis ummalt und dann mit Farbe ausgefüllt hatte. Zeitler, der seine Schüler immer wieder ermunterte, in der Kunst nicht zimperlich zu sein, Malen habe nichts mit Religionsunterricht zu tun, bescheinigte ihm vor der Klasse, das Thema DEUTSCHE MÄDCHEN VOR AMERIKANISCHER KASERNE voll erfaßt zu haben.

Eine Bluse voll Pudding, hatte sein Vordermann kommentiert. Meine Schwester und ich, hatte Manfred gelächelt. Die Tür des Lehrerzimmers wurde aufgestoßen, Weigl überholte sie. Tempo! Tempo! Ich brauche einige persönliche Daten für den Jahresbericht. Dann gibt es eine Extemporale, meine Herren. Er eilte ihnen voraus, den Gang hinunter. Die breiten Stulpen seiner enggeschnittenen Hose standen über seinen lässigen Slippern.

Beim letzten Jahresbericht, erinnerte sich Manfred, hatte einer als Antwort auf die Frage nach dem Beruf seines Vaters den legendären Satz geprägt: Mein Vater ist Abteilungsleiter und verdient im Monat tausend. Weißt du noch, Christ?

Die Schüler der Klasse 1 a drängten sich an ihnen vorbei, rempelten, scherzten, lärmten. Manfred schlug mit der Schuhspitze nach einem, fluchte gekünstelt, als er nur die Schultasche traf. Aus der offenstehenden Klosettür drang der scharfe Geruch von Chlor und Urin. Eine Minute vor acht zeigte die Uhr am Ende des Gangs. Manfred fiel in Dauerlaufschritt. Er blieb zurück. Einer aus seiner Klasse wischte an ihm vorbei. Er sah seine Mitschüler ins Klassenzimmer treten. Eine Weile blieb die

Tür offen. Dann wurde sie von innen energisch zugemacht.

Im Vorraum des Klosetts tropfte der Wasserhahn. Wasserspritzer glänzten am Steinboden. Er umschloß den Griff, drehte ihn, in Gedanken versunken, so fest, daß es im Handteller schmerzte.

Dann, am Fenster, blickte er hinab auf ein paar Nachzügler, die über den leeren Hof kamen, gelassen, aufrecht, die Aktenmappe in die Seite geklemmt. Vielleicht lag alles daran, daß Vater keine höhere Schule besucht hatte. Aber zu Haus hatte er in den ersten Ehejahren oft gelernt, erzählte Mutter. Sie hatte in den Broschüren, aus denen er Wissen bezog, mitgelesen, ihn abgehört. Aber es konnte auch mit der Zeit zu tun haben, über die Weigl im Unterricht soviel sprach. Andere Lehrer schwiegen, brachten das Gespräch auf ein anderes Thema, wenn aus der Klasse Fragen gestellt wurden. Offensichtlich war man uneins, ob diese Zeit zum Unterrichtsstoff gehörte. Dietmar redete mit Vater und Dagmar manchmal darüber. Aber er hatte nicht mehr mitbekommen, als daß Vater damals dagegen gewesen war und viele Leute, die heute mehr verdienten als Vater, damals dafür gewesen waren und es Vater übelnahmen, daß er dagegen war, obwohl sie einsahen, daß man dagegen sein mußte. Und weil Vater nicht aufhörte, ihnen Vorhaltungen zu machen, schnüffelten sie, wie Dietmar sich ausdrückte, in seiner Vergangenheit. Da war ein Fragebogen, ein längst vergessener Fragebogen, in dem Vater etwas Falsches angekreuzt hatte.

Unten schwangen die Amerikaner ihre Schläger gegen helle, kleine Kugeln, und er sah in den blauen Himmel, wenn er die Flugbahn der Bälle verfolgte. Er beneidete diese Amerikaner. Sicher hatten sie alle Väter mit guten Berufen. Alle trugen die gleichen Hosen, dieselben bequemen gestreiften Hemden. Durch die Mauer, die das Gelände in zwei Schulhöfe teilte, wurden sie, die deutschen Schüler, von den amerikanischen getrennt. Von hier oben aber, vom Vorraum des Klosetts aus, hatte er einen Überblick. Alfred erzählte, daß sie dreimal in der Woche ihre Jeans in sogenannte Waschmaschinen stopften, damit der Jeansstoff ausgelaugt, weißschimmernd blau wurde. Der Jahresbericht, dachte er, würde es an den Tag bringen, daß Vater die Stellung verloren hatte. Hinter »Christ Kirsch« würden es alle lesen, die mit ihm diese Schule besuchten, und deren Mütter, die sich für die Väter der Schüler und deren Berufe interessierten. Auch er erinnerte sich an die Befragung vor einem Jahr: Peter Huber, der Beruf deines Vaters?

Angestellter der städtischen Verkehrsbetriebe Kolbstadt, sagte Huber leise, den Kopf über die Schreibfläche gebeugt.

Ausgerechnet in die Stille hinein, als Weigl die Berufsbezeichnung in das Formular eintrug, sagte Manfred: Trambahnschaffner, wenn mich nicht alles täuscht.

Er starrte in den Hof hinab: Von dem flachen Dach der Fahrradhalle erhob sich ein Spatzenschwarm, er sah einen Ball aufsteigen, dann den Schwarm wie eine Wolke davor. Der Wasserhahn tropfte, oder klopften seine Schläfen? Wie an einem Julitag im vergangenen Jahr: eine Stille, in der es summte, er, auf der Chaiselongue in der Küche, Fieber, Nässe unter der Decke, klebrig am ganzen Körper. Sie hatten den Arzt geholt, Dietmar mit Vater. Der Wagen gehörte einem Mädchen von Dietmar. Der Wasserhahn hatte getropft, als der Wagen sich entfernt hatte. Er wollte ihn zudrehen und konnte nicht, Wasserperle nach Wasserperle drang aus dem Gummischlauch, hing: rund, dick; zog, wurde dünn, riß ab vom Gummi, fiel, klatschte tonlos in die Spüle, dann trommelte es in den Schläfen. Er preßte die Augen zu, die Perlen wuchsen, schwollen an zu Kinderköpfen, hingen beharrlich am Gummischlauch, vibrierten, zogen sich in die Länge, rissen endlich ab, aber nie fielen sie, und er wünschte, daß sie fallen würden, wünschte den Sturz, den Aufprall, doch er hörte kein Klatschen, dann hob er die Lider leicht an, sah durch die Wimpern auf die verschwommenen Konturen seiner Nase, über die ein Schweißtropfen lief, in die nasse Haut eine Bahn zog, kitzelte, die Augen schmerzten, Farbfetzen verschwammen, er strengte sich an, seinem Blick ein Ziel zu geben, etwas scharfzustellen. Eine Hand hatte sich auf seine Stirn gelegt. Der Hahn hatte zu tropfen aufgehört. Eine dünne Nadel hatte gestochen, war unter die Haut gedrungen, hatte Wärme versprüht, warmen Schmerz, der sich mit leichtem Brennen ausbreitete, nachließ, wich.

Der Arzt ist da, hatte er Dietmar gehört.

Der Arzt ist da, hatte Vater gesagt. Ich kann wieder ins Büro gehen.

Gehen Sie ruhig. Es ist vorbei.

Vielleicht lag alles an dieser Zeit, über die Weigl im Unterricht soviel redete und die er nicht verstand. Er mußte weg von hier, Weigl hatte ihn auf der Treppe gesehen. Er hörte Schritte im Gang. Er ging weg vom Fenster, hinein in den Raum, wo die Sitzaborte waren und die mannshohe, geteerte Wand. Der penetrante Geruch von Urin störte ihn nicht. Die Tür zum Waschraum wurde aufgestoßen. Er stellte sich mit dem Gesicht zur schwarzgeteerten Wand und fingerte am Reißverschluß seiner Hose. Eine Hand legte sich auf seine Schulter. Den Beruf deines Vaters wollen sie wissen.

Das Blut stieg ihm brausend zu Kopf.

Komm. Die Stunde liegt in den letzten Zügen.

Bedächtig zog er den Reißverschluß zu. Hat Weigl was bemerkt? fragte er gespielt gleichgültig.

Ich habe gesagt, dir ist schlecht geworden, sagte Manfred.

Danke.

Und – ist dir schlecht?

Ja. Ich glaub schon.

Sie traten auf den Gang hinaus. Vor dem Klassenzimmer wartete Weigl. Er hatte eine Hand in der Hosentasche, mit der anderen stieß er die Tür auf, so daß Manfred eintreten konnte. Auch er wollte an Weigl vorbei, der aber faßte ihn am Arm, hielt ihn zurück. Weigl schloß von außen die Tür. Im Klassenzimmer lärmten die Schüler.

Sie gingen nebeneinander zu den beiden Fenstern vor. In Steinguttöpfen, auf Blumenbänken, standen die großblättrigen Pflanzen, an deren Namen er sich nicht mehr erinnern konnte. Sonne fiel durch die Fensterscheiben, wurde an den weißlackierten Sprossen reflektiert, Staub tanzte über dem Streifen roten Linoleums, das unter die Blumenbänke geschoben war. Noch immer hielt Weigl seinen Arm umfaßt. Er hatte Weigl bisher nur aus der sicheren Entfernung der vorletzten Bank erfahren. Jetzt stand Weigl neben ihm, hatte nichts mehr mit der Klasse zu tun, die im Schulzimmer lärmte; beide sahen sie hinunter auf die Amerikaner, die die Positionen Schläger und Fänger wechselten. Die Art, wie Weigl neben ihm stand, erinnerte ihn an Dietmar, wenn sie abends in ihren Betten nebeneinanderlagen und noch nicht einschlafen konnten. Er wußte nicht, was Weigl fragen wollte. Er wußte nur, daß er jetzt alles sagen konnte. Ich denke, dir ist gar nicht schlecht, sagte Weigl.

Nein, gab er zu.

Ich habe die Extemporale nicht gehalten. Der Jahresbericht hat Zeit in Anspruch genommen. Einige wußten den Beruf ihres Vaters nicht. Es entstand eine Pause, in der sie schwiegen. Auch im Klassenzimmer wurde es ruhig. Geräuschlos schluckten die gelben, wattierten Handschuhe die Bälle.

Auf deine Angaben konnte ich verzichten. Behördenangestellter – so war es doch?

Ja, so war es im letzten Jahr, sagte er.

Nur für statistische Zwecke, sagte Weigl. Es ist alles in Ordnung.

Als sie ins Klassenzimmer eintraten, sahen die Schüler erwartungsvoll auf. Er setzte sich neben Manfred. Er blickte ihn von der Seite an. Manfred grinste nicht.

Er verließ als letzter das Klassenzimmer. Durch die Türen drangen gedämpft, belehrend die Stimmen ihm bekannter Studienräte. Er legte seinen bloßen Arm auf das breite Marmorgeländer, das kühlte. Neben dem Lehrerzimmer sah er wieder die besten Bilder der Klassen 4a und 4c. Vor seinem Bild blieb er stehen. Auch er fand die Größe des Busens übertrieben. Aber bestimmt gab es Mädchen mit solchen Busen. Er sollte sich darüber Klarheit verschaffen. In der Straßenbahn hatte er erlebt, daß Mädchen sich anlächeln ließen, Mädchen, die älter waren als er. Es hatte ihn überrascht, daß sie sich einfach anlächeln ließen und zurücklächelten. Dabei hatte beim ersten Mal sein freundliches Lächeln dem Schaffner gegolten, der ihm abgenommen hatte, daß er noch unter vierzehn sei. Man muß sie anlächeln, dachte er. Einfach anlächeln. Dann fiel ihm Vater ein. Er schämte sich, daß dieser Busen aus seinem Pinsel stammte. Alle konnten sich davon überzeugen. Malen hat nichts mit Religionsunterricht zu tun. Aber sicher war das nur Zeitlers Meinung.

Er kauerte unter der Wellblechüberdachung für die Fahrradständer. Sein Blick war unablässig auf den Geräteschuppen gerichtet. Erst wenn die Tür aufgestoßen wurde und sie über den Hof stürmten, Richtung Fußballplatz verschwanden, konnte er sich entfernen. Die Gruppe, die nach der vierten Unterrichtsstunde noch trainieren wollte, befand sich im Geräteschuppen. Drei Minuten verbrachten sie schon in der stickig warmen Holzkiste. Es interessierte ihn nicht, mit welchem Ball sie heute herausstürzen würden. Er wollte nur warten, bis sie hinter der Mauer der Fahrradhalle verschwunden waren, dann konnte er sein Rad aus dem Ständer nehmen, sich unbemerkt davonmachen. Sicher würden sie ihn vermissen. Er trainierte die Elf für die Klassenspiele. Er war immer dabei, wenn sie hinter dem Leder herjagten. Auch in Freistunden, wo es sich nicht lohnte, nach Haus zu fahren, lernte er nie; nicht einmal vor einer Arbeit.

Drinnen im Geräteschuppen spielte sich immer das gleiche Ritual ab: Sie standen um Gustav Paschke, den Turnlehrer. Paschke, hoch aufgeschossen, hager, trug Sommer wie Winter Kniebundhosen. Wenn er auf der Aschenbahn mit ihnen den Start zum Einhundertmeterlauf übte, sich im Zeitlupentempo aus den Startpflöcken hob, mit weit ausgreifenden Schritten, die Knie zum Bauch angezogen, Starten und Laufen demonstrierte, ähnelte er einem Känguruh. Deshalb hieß er für sie »Beutel-Gustav«. Jeder Griff, jede Drehung verrieten Disziplin. Das Leben bestand aus Leibesübungen. Bei der Begutachtung der Bälle hielt er stets dieselbe Reihenfolge ein: Er begann mit dem obersten Regal, in dem die ausgetrockneten, verrunzelten, rissigen Lederbälle aufbewahrt waren, die seit Kriegsende nach Fett lechzten. Ball für Ball hob er prüfend vor sein mißmutiges Gesicht. Er tippte jeden Ball auf die Holzbohlen, mancher kam nicht mehr hoch. Einer von ihnen hob ihn dann auf, reichte ihn Paschke wortlos, bat den Lehrer, doch ein Regal tiefer zu gehen. Gelegentlich hielt sich Manfred nicht zurück und wimmerte, den Blick bittend auf Paschke gerichtet: Bitte, bitte, nicht dieses Ei! Hatten sie Glück, legte Paschke tatsächlich die deformierte Lederkugel behutsam in das obere Regal zurück. Nur selten übersprang er in einem Regal Bälle. Begleitet vom Händeklatschen der Schüler, die sich um ihn drängten, ging er ein Regal tiefer. Insgesamt gab es vier Regale. Aus dem untersten Regal gab es Bälle nur für offizielle Klassenspiele. Einmal, an einem Junisamstag, hatte er eine Ausnahme gemacht und ihnen lächelnd einen gelben, prallen, ungespielten Lederball zugeworfen. Es hatte sich wie Feuer im trockenen Gras unter den Klassen verbreitet: Studienrat »Beutel-Gustav« war Oberstudienrat geworden.

Die Holztür des Schuppens flog auf, kreischte beim Ruck über den sandigen Boden, Staub stieg auf, hüllte die kleine Gruppe ein, sie eilte der Wolke jubelnd davon, Manfred allen voraus. Er hielt den Ball wie ein Footballspieler an die Brust gepreßt. Im Schutz des Fahrradunterstandes sah er durch die Maueröffnung den Rasen: kurz geschoren, grün, ohne Wellen, das Tor, das Netz mit den engen Maschen, in dem Bälle wie Fische zappelten.

Er hob mit schwachen Armen sein Rad aus dem Holzständer, klemmte die Mappe ein, stellte einen Fuß auf das Pedal, trieb das Rad über den Hof.

Er konnte jetzt nicht nach Haus. Er wollte hinaus nach Birkengut zum Straßenbahndepot.

Als er über die Brücke fuhr, schnitt der Wind wie Rasierklingen in sein Gesicht, und er dachte: Schwindel, nur in den Straßen ist Frühling. Noch den Berg hinunter, und er hatte Kolbstadt hinter sich gelassen – vereinzelt Häuser, der weite Dultplatz, wo an Karussells und Zelten Männer mit tätowierten Armen arbeiteten. Wuchtig trat er in die Pedale, der Glockendeckel schraubte sich locker, hämmerte metallen in seinen Ohren. Mit Vater war er über diesen Platz noch im September gegangen: Krachmandelduft, Drehorgelmusik, hölzerne Dirigenten ruckten die Arme, Ketten farbiger Birnen schwangen an hohen Gerüsten, niedrige Wagen schüttelten sich in den Fugen, an Buden vorbei, wo halbbekleidete Mädchen, aufreizend wehrlos wie Puppen, an Wänden lehnten, die Gondeln des Riesenrads stiegen auf zum nächtlichen Himmel, spitze Mädchenschreie, junge Verfolger, erregt durch vom Fahrtwind aufgeflatterte Röcke, griffen, suchten, spürten. Er gab sich blasiert, spazierte neben Vater, der gelegentlich bemerkte: Für diesen Blödsinn geben wir kein Geld aus. Nicht wahr, Christ?

Einmal war er doch mit dem Riesenrad gefahren und hatte aus nächster Nähe erlebt, warum Liebespaare sich in die Gondel drängten. Ein zweites Mal wollte er nicht mehr den zitternden Steg nebeneinandergelegter Bretter zur Kasse hinaufstapfen und seinen Blechgroschen in den Teller knallen. Die Nächte mußten aufhören, schlaflos zu sein. Auf nichts anderes als die Meisterschaft in der Gruppe A lebte er hin: Erste Schüler, Erste Jugend, Oberligareserve. Pit Adam stand mit achtzehn Jahren schon unter Vertrag.

Auf dem Heimweg schritten sie wieder über die Brükke, vom Fluß fauchte es schon dumpf, kalt herauf. Bunte Wimpel in den Fenstern, an Masten. Alles Nepp, Christ. Na, wenigstens schmeckt das Eis.

Übel war ihm gewesen, flau. Man gab fünfzig Pfennig aus und stieg mit einem Mädchen in die Gondel. Und die Mädchen lüpften die Röcke, wenn sie über die Absperrkette stiegen. Hat das Eis geschmeckt? fragte Vater. Ein flaues Gefühl, eine Enttäuschung, von der er nicht wußte, woher sie rührte. Dieselbe Enttäuschung wie nach den Maiandachten vor einem Jahr, die er in Wirklichkeit geschwänzt hatte. Statt dessen kamen sie auf ihren Rädern von dem unbebauten Terrain, das sich an die Rückseite des Nordfriedhofs anschloß. Scharfe Kriegsmunition, Sprengkörper waren angeblich in dem bauchhohen Gestrüpp verborgen. »Betreten verboten!« Doch die Schrift blätterte ab auf dem Stück Preßspan, das sich bei Regen und Nässe vollsaugte, im Sommer trocknete, rissig wurde, sich warf. Das Verbot verlor Jahr für Jahr an Schrecken. Sie hatten etwas gesucht, nichts gefunden. Aus der Mauer waren Steine gebrochen. Auf dem Bauch lagen sie in der Wiese, neben ihren Rädern, warfen mit Steinbrocken, zielten durchs Mauerloch. Wenn es krachte, hatte einer einen Grabstein getroffen. Sie warfen, bis das Handgelenk schmerzte. Und in das schlechte Gewissen, das er hatte, weil er die Maiandacht schwänzte, mischte sich die Ahnung, daß es etwas gab, irgendwo in dem Kiosk am Bahnhof, weiter drinnen in diesem Gestrüpp, wo manchmal junge Paare, die sich an der Hand hielten, verschwanden. Aber da waren nur er und die beiden Mitschüler mit den polnisch klingenden Namen. Sie hatten mit ihm die Aufnahmeprüfung gemacht und bestanden. Schon nach Ablauf der Probezeit waren sie wieder in die Pestalozzischule zurückgekehrt, die Volksschule, aus der sie gekommen waren. Die Zischlaute in ihren Familiennamen hatte er im Ohr. Das dumme Gesumm der Insekten, eine summende Schwäche, als sie im Gras lagen und durch die Öffnung der Friedhofsmauer sahen: Gräber, das hohe Steinkreuz inmitten der Grabsteine. Herr, ich bin nicht würdig ... Warum hatte er die beiden aus den Flüchtlingsbaracken in die Mannschaft genommen, sich mit ihnen eingelassen? Er verstand sich nur auf Fußball. Doch die beiden wußten Bescheid. In der Pause standen sie im Waschraum, klatschten mit nassem Kamm das Haar auf ihre großen Köpfe, formten sich mit der flachen Hand eine Welle, drückten sie in die Stirn. Gräber, Kreuz, die Monatsbeichte ... Seine Angst vor dem Entsetzen des Pfarrers, Stolazipfel, Worte, gedämpft, über seinen Körper, Worte über das, was er meiden mußte; seine Ellbogen aufgestemmt, die Knie heiß auf dem Brett. Gereinigt kniete er schon eine Minute später im Mittelschiff der Antoniuskirche. Durch den staubhellen Lichtbalken, der sich durch ein Fenster streckte, blickte er dankbar zum Altar, bevor er das Gesicht in die Hände vergrub: O Herr, ich bin nicht würdig ... führe mich nicht in Versuchung ... aber sag, was es ist ...

Er fuhr die Friedhofsmauer entlang. Dort, wo der Weg endete, überging in die wildwachsende Wiese, die nie abgemäht wurde, stand ein Borgward geparkt. Er gehörte Roman. Er sah auf seine Armbanduhr. Es war elf Uhr dreißig. Dagmar hatte sich also unter einem Vorwand aus der Kanzlei entfernt. Er kippte sein Rad ins Gras, legte sich daneben. Was sollte er tun? Das Gras schoß hoch auf. An einigen Stellen war es niedergetreten; Büchsen, Watte, Papiertaschentücher, zerknüllt, vergilbt, lagen herum. Einen Steinwurf von ihm entfernt, ragte der gelbe, ausgeschlachtete Straßenbahnwaggon aus dem Gestrüpp. Er pirschte sich heran. In den Staub an dem Waggon war eine Frau mit übergroßen Brüsten gekritzelt, die ihn an sein Bild erinnerte, das nun neben dem Lehrerzimmer hing. Die Frau mit den großen Brüsten forderte mit vulgären Worten auf, sie anzurufen. Er ging in die Knie, die Ellbogen auf die Oberschenkel gedrückt, spürte er, wie sein Herz dumpf in den Unterarm schlug.

Das ist der Normalfall, hörte er Roman. Es dauerte eine Weile, bevor sie antwortete. Er wußte, daß sie dem unverschämten Blick Romans nicht standhielt, daß sie zu Boden blickte oder auf ihren Rock, als hätte sie einen Grund, sich zu schämen.

Ich bin nicht der Normalfall.

In diesem Punkt sind alle gleich.

Warum gab sie ihm darauf keine Antwort? Aber vielleicht schüttelte sie den Kopf, oder sie würdigte ihn keines Blickes.

Ich bin anders als die anderen, sagte sie dann doch. Aber es klang nicht überzeugend. Ihm gegenüber trat sie viel entschiedener auf.

Schade, daß du so außergewöhnlich bist, spöttelte Roman.

Er verlor das Gleichgewicht, setzte sich ins Gras. Der Motorlärm vorbeifahrender Autos schluckte die Worte. Auf dem Kiesweg hinter der Friedhofsmauer knirschten Schritte; eine Gießkanne wurde abgesetzt, Wasser prasselte in die leere Kanne. Wie nah alles beisammenlag. Es war wie in den Nächten, in denen er aufstand, um sich ein Glas Wasser zu holen. Dann vor der Küchentür lauschte, auf das, was Vater und Mutter sprachen.

Wir sind hier, weil ich dir etwas erzählen wollte, antwortete sie ihm. Etwas, was meine Familie und mich betrifft.

Weißt du, daß mich mein alter Herr im Geschäft vermißt? Reden können wir auch heute abend.

Er kauerte sich im Gras nieder. Er griff nach einem Stein, der neben ihm lag. Zuerst kam Roman, dann kletterte sie aus dem Waggon. Sie trug den weiten Rock mit den aufgedruckten Montmartre-Szenen. In der Hand hielt sie Briefe und Warensendungen aus der Kanzlei. Er spürte den Stein in seiner Hand. Er konnte ihn werfen, fallen lassen, aber nicht länger halten. Er streckte seine Finger. Sie stiegen in den weißen Borgward. Er erhob sich, die Hände in den Hosentaschen, ging er langsam zu seinem Rad. Er drückte die Hände tief in die Taschen, seine Fingerkuppen spürten durch das Hosenfutter die Schenkel. Er fing zu laufen an. Er rannte die Mauer entlang.

Er mochte diesen Friedhof. Nichts lenkte ab. Nichts beunruhigte ihn, alles war entschieden. Es gab Bänke wie in Alleen. Er setzte sich. Grabsteine ragten auf. Er lehnte den Kopf gegen die Holzlehne, sah die Hochhäuser, die dunklen eng zusammengerückten Fenster. In solchen Häusern wohnten, nachdem die Barackensiedlungen aufgelöst worden waren, Familien mit polnisch klingenden Namen. Sie hatten eine eigene Mannschaft, den VFR. Genau wie seine Elf kämpfte der VFR um den »Silbernen Fußball«. Es waren hitzige Jungen, nicht zimperlich in der Wahl ihrer Mittel, die sich mit schwer einprägbaren Namen riefen.

Eine junge Frau näherte sich auf hochhackigen Schuhen; ihre Waden traten bei jedem Schritt hervor. Er folgte ihr, seinen Blick gedankenlos an die Naht ihrer schwarzen Seidenstrümpfe geheftet. Fähnchen, auf kurze Metallpfähle gesteckt, die den Eckfahnen auf Fußballplätzen ähnelten, nur schwarz, weiße Schrift auf schwarzem Grund, wiesen die Abteilungen des Friedhofs aus: vierte Abteilung, dritte Abteilung, zweite Abteilung, erste Abteilung. Sie bog links ab. Es knirschte. Sie trat in den aufgeschütteten Kies. Hier parkten die fünftürigen Limousinen der Beerdigungsinstitute. Aber er sah jetzt keinen der runden, glänzenden Wagen. Sie trat durch das hohe Gittertor. Er wandte sich nach rechts, ging die Treppe hinauf zu dem weiß gestrichenen zweistöckigen Gebäude, dünne Säulen unterteilten die Terrasse. Helles Licht breitete sich aus. Die Glasscheiben im zurückliegenden Inneren spiegelten dunkel. Er näherte sich zögernd dem Fenster. Vier Schritte entfernt, blieb er stehen. Er mußte ganz nahe heran.

Dann, als seine Nase das kalte Glas berührte, waren es das steife, weiße, blauviolettschimmernde Linnen, die Strukturen des Holzes, sein widerwärtiger Glanz, das tiefe Leuchten der roten und weißen Blumen, die ihn erschreckten und nicht das graue, müde Gesicht, mit einem Mund wie Vater beim Schlafen. Was soll der Mann mit den Blumen? Darauf wußte er keine Antwort. Ein alter Mann mit schwarzem Jackett, der in einem Buch hätte lesen können, vielleicht gelesen hatte, gestern abend, daheim, im eigenen Bett.

Er wurde gestoßen. Eine Frau mit Einkaufstasche lief suchend die Fensterreihe entlang, ihre Lippen formten die Namen, die sie ablas. Das Knirschen von Rädern auf dem Kies, das dumpfe Schlagen von Wagentüren vertrieben ihn. Die uniformierten Männer faßten einen Sarg, hoben ihn aus dem Wagen. Sie bewegten sich automatenhaft routiniert wie die Männer, die vor dem Taxisbräu Eisstangen ausluden. Er sah nicht hin. Aber das rhythmische Knirschen ihrer Schritte auf dem Kiesweg verriet ihm, daß sie jetzt den Sarg in die Aussegnungshalle trugen.

Er wollte nach Haus. Neben dem eckigen Steinbrunnen lag eine Gießkanne, von der Lack blätterte. Der Wasserhahn tropfte. Blüten trieben langsam über den grünen Wasserspiegel. Er umfaßte mit einer Hand das Rohr, das zum Wasserhahn führte, mit der anderen drehte er auf. Er bückte sich, öffnete den Mund, das Rohr hustete mit hohlem Ton Wasser aus. Wasser lief ihm von den Mundwinkeln zum Hals. Es schmeckte abgestanden, schal. Er drehte den Hahn zu. Ein dünner Faden lief weiter, stach in den Boden. Er wandte sich ab.

5

Heute war Montag. Noch letzte Woche, wenn Richard sich auf dem Weg ins Büro befand, Dagmar in der Anwaltskanzlei Diktate in die Maschine übertrug, Dietmar in der Kleinen Liebe saß und Christian im Hof den Ball schon wieder gegen die Hauswand schoß, war für Maria Tagmitte. Dann gab es zwischen Mittag- und Abendessen eine Stunde, die ihr gehörte. Eine Stunde lang verfügte sie über ihre Zeit. Sie setzte sich in Dagmars Zimmer. Sie betrachtete sich im Spiegel der Frisierkommode, bis sie zur Ruhe kam. In Dagmars Zimmer fand sie für eine Stunde die Ruhe, zu der sie nirgendwo in der Wohnung fand. Der Schleiflack, in dem Bett, Frisierkommode und Schrank gehalten waren, hatte die Farbe von Sekt. An goldenen, anmutig abwärts weisenden Bügeln ließen sich die drei Schubladen der Kommode öffnen; auf der Glasplatte der Kommode standen auf den kleinen, runden Inseln zweier Häkeldeckchen eine Vase und eine Porzellanfigur. Der schlanke Hals der Vase schwoll zur Mitte an zu einem Bauch, gefüllt mit Wasser, in dem eine Rose steckte; das Sonnenkind stand auf gleicher Höhe der Vase, es stand mit seinem rechten Fuß auf einer goldenen Kugel, seine Arme waren weit ausgebreitet, das linke Bein nach hinten geschwungen. Das Gesicht des Sonnenkindes blickte in einer Verzückung, die von der Sonne herrührte und der Figur ihren Namen gab, zum Himmel. Das Sonnenkind war nackt. Seine straffen Brüste reckten sich wie seine Arme nach oben;

sie widerlegten seinen Namen. Aber sie war sich nicht sicher, ob die Herstellerfirma die Porzellanfigur auf diesen Namen getauft hatte. In der Familie war die zwanzig Zentimeter große Nackte mit diesem Namen eingeführt. Das ersparte Erklärungen. Das Sonnenkind hatte seine Schenkel geschlossen. Dazwischen verfügte es über kein Geschlecht. Der Bauch war, ebenso wie die Brüste, straff. In Gedanken versah sie das Sonnenkind mit dem Bauch der gleich hohen Vase. Das Sonnenkind hätte schwanger auf der goldenen Kugel nicht das Gleichgewicht gehalten.

Nur Dagmars Zimmer war tapeziert. Richard sagte, die Tapete weise die Farbe von Champagner auf. Sie durfte ihm vor den Kindern nicht widersprechen, wenn er sich zu der Behauptung verstieg, schon einmal Champagner getrunken zu haben. Gefragt, worin sich Sekt und Champagner unterschieden, verwies Richard auf den Unterschied, der zwischen dem Schleiflack der Möbel und der Tapete an der Wand bestand. Sekt und Champagner waren für sie so weit nicht auseinander, Möbel und Tapete gingen ineinander über, hoben sich nicht voneinander ab, hoben sich allenfalls in einer Leichtigkeit ab, körperlos, die sie mit Sekt und Champagner verband; auch die Haut des Sonnenkinds hatte den Farbton dieses prickelnden Getränks. Waren die Stores in einem hellen Rosa vor die Fenster gezogen, so schwebte, im Spiegel gesehen, das Sonnenkind in einem Gleichklang von Farben vor den gerafften Vorhängen wie vor einem Schleier. Es schwebte in einem Sekt- oder Champagnerschwips, in einer Verzückung, die bei diesem rötlichen Licht verboten wirkte. Aber vielleicht kam ihr das nur wegen der Kinder in den Sinn.

Aus Dietmars Zimmer entlieh sie sich den Phonokoffer. Mit beigem Kunstleder war er bezogen, an einem echten Ledergriff hob sie ihn auf die Glasplatte. Ihr gehörte nur eine einzige Schallplatte, an deren grobgerillten Rand sie den Tonarm heranführte; der geschwungene Kunststoffbügel so leicht, so glatt, daß sie ihn in der Hand nicht spürte. Zeitlupenlangsam senkte sich der Saphir. Sie schloß die Augen, zwischen dem Rucken der Nadel, die einen Widerstand zu brechen, den Weg sich frei zu machen hatte, und dem jähen, kurzen Einsatz der Streicher; weit im Vordergrund, in überraschender Nähe waren die Geigen, die Melodie riß ab; mit geschlossenen Augen war sie auf den Chor konzentriert, der danach fragte, ob die weißen Segel gesetzt seien, der sich selbst darauf eine Antwort gab, die sie nicht verstand, sooft sie die Platte auch hörte, aber sicher waren die weißen Segel gesetzt, denn nur so bekam die Zusatzfrage, ob die schlanken Boote soweit seien, daß sie zur Fahrt bereit, einen Sinn. Sie hörte auf den Chor, der weit weg war, fern von den Geigen, und darüber hinaus nur verhalten, mit seiner hellen, geschlechtslosen Stimme aus Männer- und Frauenstimmen seine Fragen stellte, in einer Melodie, die sie erfaßte, entführte, die lockte, palmenwinkend, mit dem Geklirr von Glasperlen an Türen, die in Strandcafés führten; Bilder, die ihr den Verstand raubten, den sie zum Zuhören, zum Verstehen brauchte. Sie brauchte nicht zu verstehen. Sie war bereit. Bereit, den schlanken Booten zu folgen, die hinausfuhren, sie wußte nicht, wohin; sie wollte nicht wissen, wohin; irgendwo, im Hintergrund, auf den Wellen dieser Melodie fuhren sie hinaus, ziellos, es war ein italienisches Meer, soviel stand fest, von Italiens blauem Meer im Sonnenschein sang der Sänger. »Laden uns ein, laden uns ein«, wiederholte er. Sie war nie in Italien gewesen. Italien war irgendwo. Irgendwo am Meer. Irgendwo fuhren Boote hinaus. Hier, in Deutschland, war alles klar. Mit der

Straßenbahn fuhr sie von der Bödrichstraße in die Maxstraße. Die Einladung, die der Schlagersänger aussprach, kam spät. Schade, daß sie erst im Alter von vierzig Jahren nach Italien fuhr. Immerhin: Sie fuhren nach Italien. Zum ersten Mal. Nicht in den Schwarzwald. Das stand fest. Sie wollte sich ein Bild von Italien machen. Sie hatte einen Prospekt. Der Prospekt zeigte auf der Vorderseite das Haus, in dem sie wohnen würden. Auf der zweiten Seite das Meer. Es folgte eine Seite mit Hinweisen auf die erstklassige und individuelle Bedienung, auf das Menü nach Wahl. Die »Butterküche« wurde mit Ausrufezeichen erwähnt. Die Rückseite des Prospekts brachte das Photo eines jungen Paares. »Sonne, Sand, blaues Meer – ein kleiner Flirt zwischen Nord und Süd.« Sie saßen in Liegestühlen. Den Norden verkörperte ein blondes Mädchen im Bikini. Sie und der junge Italiener saßen nach vorn gebeugt, in seitlich aneinandergerückten Liegestühlen. Ihre Füße steckten im Sand. Der Norden und der Süden wandten einander die Köpfe zu. Wie nah sich die beiden kamen, war nicht genau auszumachen. Der Italiener hatte seine Sonnenbrille abgenommen und hielt sie in der linken Hand. Seine rechte Hand verdeckte als Sonnenschutz einen Teil seines Gesichts, aber auch Augen und Nase des Mädchens. Der Mund des Mädchens war zugeschattet, doch der Verlauf der Mundwinkel sagte ihr, daß das Mädchen mit den langen, glatten, blonden Haaren lächelte, und obwohl sie das Gesicht des Italieners nur von der Seite sehen konnte, war sie sicher, daß er dieses Lächeln erwiderte. Über dem pechschwarzen Haar des jungen Mannes und dem blonden Haar der jungen Frau verlief unter dem Dach von Sonnenschirmen das Meer. Am oberen Bildrand, genau über dem Berührungspunkt der Köpfe – sie ging davon aus, daß Norden und Süden sich hinter der schattenspendenden

Hand berührten –, fuhr ein winziges Boot; es fuhr aufs Meer hinaus. Die Rückseite des Prospekts lag auf der Glasplatte zwischen Vase und Sonnenkind nach oben. Auf dem Photo war Tag. »Doch wenn die Sonne sinkt«, hieß es in dem Schlager, »und das Lied der Lieb' erklingt, ist schon bald die große Nacht der Liebe erwacht«. Was immer das auch bedeutete, es war nicht zu vergleichen mit dem, was nachts im Zimmer einer Pension im Schwarzwald passierte.

Sie war vierzig Jahre alt. Vielleicht war es töricht, über eine Einladung nachzusinnen, die ein Schlagersänger aussprach. Sie war vierzig. Doch ihre Italiengarderobe hatte sie sich in Konfektionsgröße achtunddreißig genäht. Sie hatte Angst vor der Hitze. Und sie war fasziniert davon. Wenn das blonde Mädchen mit der Hitze zurechtkam, war die Sonne des Südens auch für sie kein Problem. Als sie so jung war wie diese junge Frau, war sie eine junge Frau im Hitler-Deutschland. Auf einer überbelichteten Photographie schob sie in einem Korbwagen Dagmar durch die leere Reichsstraße. Sie rechnete nach. Sie war so jung wie die junge Frau im Bikini. Sie schob das erste von den drei Kindern, die sie bekommen sollte, in hoher Karosse, unnahbar, fromm. Sie hatte ebenso glatte Haare wie das Mädchen am Meer, aber es war Mode gewesen, das Haar zu ondulieren. Jetzt, in Italien, sollte ihr glattes Haar nach dem Bad im Meer in der Sonne trocknen. Sie trug eine weiche Jacke mit großen Knöpfen, in das Revers der Jacke biß sich ein Fuchs fest, seine Vorderpfoten waren mit Nadeln an ihre Brust geheftet. Später fürchtete sich Dagmar vor dem Tier. Sie löste den Biß, zog die Nadeln aus den Pfoten. Jetzt erst schien der Fuchs zu verenden; jetzt erst wurde sein Körper leblos, wich das Leben aus ihm. Jemand hatte den Fuchs erschossen. Was ihr viel später bewußt wurde, als sie das Album durchblätterte. 1944, als sie auf einem der gezackt umrandeten Bilder verzweifelt nach ihrem Bruder suchte, den jemand in Rußland erschossen hatte, in einem Ort, dessen Namen sich ihr nicht einprägte. Ihr Bruder hatte niemals Italien gesehen. Richard, ihr Mann, war durch den Krieg hindurchgegangen, unversehrt. Immer hatte er sich in Gefahr begeben. Nach dem Krieg fuhr er schwere Motorräder. Die MP hatte auf ihn geschossen. Er hatte keinen Schaden genommen. Nach Italien würden sie mit dem Zug fahren; mit dem Zug über den Brenner wollten sie fahren. Hatten sie fahren wollen. Noch am Samstag. Heute war Montag. Richard war arbeitslos.

6

Was wollte Dietmar noch an dieser Privatschule Pindl, wo er für gutes Schulgeld dann doch noch einmal das Klassenziel erreichte. Das Zeugnis zählte nicht viel, wenn der Chef, bei dem man sich vorzustellen hatte, jemand anders als der eigene Vater war, vielleicht auch ein Onkel, der der Form halber darauf bestand, daß ihm der Zettel vorgelegt wurde. Das mit Vaters Arbeitslosigkeit konnte lange dauern. Darauf mußte sich die Familie einstellen. Und er war der ältere Sohn. Er ging durch die Bahnhofsallee an der kleinen Kapelle vorbei, vor der eine Gruppe uniformierter Pfadfinder sich eingefunden hatte. Für sie war heute Wandertag, Bettag, Tag der ersten heimlich gesmokten Zigarette, der flüchtigen verbotenen Berührung. Sie waren nicht festgelegt, dachte er, hatten sich zwischen Himbeereis und Limonade zu entscheiden. Er ging über den Bahnhofsplatz, an den Bushaltestellen vorbei, wo Verkäuferinnen, Friseusen, Mädchen, die montags aus dem Landkreis mit dem Zug in die Stadt gekommen waren, auf die Linien eins und sieben warteten, ihm nachblickten. Er wußte, daß er nicht schlecht aussah im hellgrauen Gabardinesakko mit seinem schwarzen, briskfrisierten Haar.

In der Bahnhofshalle verkaufte der alte Mann mit weißglänzender Schirmmütze für zehn Pfennig die ›Bild-Zeitung‹. Arbeiter eilten von den Bahnsteigen herüber, rissen ihm das Blatt aus der Hand, lasen im Gehen die Schlagzeilen. Er verlangte die ›Süddeutsche Zeitung‹. Sie war zu haben. Er klemmte sie zusammengerollt unter den Arm. So spazierten die jungen Männer, die auswärts studierten, am Sonntag durch die Maximilianstraße. Warum sollte er studieren? Er war nicht fürs Lesen geschaffen. Er stand auf der Treppe des Bahnhofsportals, blickte die Maximilianstraße hinunter, den Weg zu den Kirchen. Seit wann ging er nicht mehr in die Kirche? Eine dunkelrote Limousine fuhr über den Bahnhofsplatz, vor dem Postamt kurbelte ein blonder Junge eine Marke aus einem Automaten, Taxichauffeure lehnten, die Gesichter in Montagszeitungen gesteckt, in den gepolsterten Sitzen ihrer schwarzen Wagen. Kein Geräusch war zu hören, nicht der pfeifende Lärm einfahrender Züge, keine Schritte auf dem Steinboden der Bahnhofshalle. Der Platz war jetzt leer. Er sah auf seine Armbanduhr: halb neun. Heute hockten sie über einer Mathematikarbeit. Zur vorletzten im September vergangenen Jahres war er noch angetreten. Drei Wochen hatte er für zwei Dreiviertelstunden geschuftet, um neun Uhr am Vorabend den Wecker auf die Glasplatte des Nachttisches gestellt, die Augen geschlossen – an Schlaf nicht zu denken. Er entsann sich all der Rezepte, Schlaf zu finden; nichts ermüdete ihn, er wurde hellwach bei einem Gedanken, einem Bild: acht Uhr, die Blätter verteilt, die Füller gefüllt, sein Name an den Rand des Blattes geschrieben, alle beugen sich über die Blätter, beginnen zu schreiben, während er immer wieder die Angabe liest, nicht eindringt in die Fragestellung, draußen bleibt, ausgesperrt, nicht aufnehmen kann, keinen Satz einer umfangreichen Textaufgabe; Stiff neben ihm hat seine Armbanduhr auf der Federmappe liegen, damit er nicht den richtigen Zeitpunkt verpaßt, die Lösung ins reine zu schreiben; Studienrat Pielmeier blickt ihm über die Schulter, schüttelt verwundert den Kopf, wendet sich ab, läßt ihn allein. Die Stille um ihn nimmt zu, in ihr hört er Federn übers Papier pflügen, sieht seine Klassenkameraden, wie sie sich beim Blattwenden mit einer schnellen Bewegung den Schweiß von der Stirn wischen, zufrieden sind; die ersten numerieren bereits die Seiten, kramen Lineale aus der Mappe, um Lösungen selbstgefällig zu unterstreichen.

Er war eingeschlafen mit diesem Bild. Als er aufwachte, hielt er es nicht mehr aus im Bett. Es war erst einundzwanzig Uhr dreißig. Er zog sich bedächtig an, legte den gestreiften Seidenbinder um den hochgeschlagenen Kragen, zelebrierte die Kunst des Krawattenbindens. Er wollte nur ein paarmal um den Block spazieren, sich nicht einlassen mit der Stadt. Schließlich hatte er drei Wochen lang geschuftet, von mittags bis abends, hatte am Balkon gestanden und »seine« Zigarette geraucht, langsam, in tiefen Zügen, zufrieden mit sich (so schwach war er in Mathe nicht; er durfte sich nur nicht unterschätzen; Sichunterschätzen war genau besehen nichts anderes als Flucht. Und Flüchten war nicht seine Art). Im Hof nebenan spielten sie »Blauweiß«, Christ war dabei; er machte sich nichts aus Fußball, aber Christ spielte sie aus, sie hingen an seinen Fersen; wenn er schoß, knallte das Leder gegen die Mauer, Christ war kleiner als die anderen, er selbst war athletisch gebaut, aber traf keinen Ball. Bälle knallten an diesen Abenden gegen die Mauer, und der Junge im Tor zog jedesmal einen Kreidestrich an die Mülltonne.

Er wollte nur einige Male um den Häuserblock spazieren, um müde zu werden. Dann ging er in die Fürstenallee. Liebespaare saßen auf Bänken oder suchten im Dunkeln nach einer Bank. Er eilte weiter. Aufgekratzt, hellwach. Im Café Gammel hockten Amisoldaten, sahen über volle Biergläser auf grellgeschminkte Mädchen an der Musikbox, die darauf warteten, angesprochen und an den Tisch geführt zu werden. Er setzte sich in eine Nische, zwei Schwarze setzten sich wortlos zu ihm, tranken dunkles, schaumloses Bier, rollten ihre dicken Lippen, wollten von ihm etwas über deutsche Fräuleins wissen, allmählich verstand er ihren Slang. Sie bestanden darauf, daß er auf ihre Kosten trank. Nach dem fünften Bier sah er nur noch aufgelöste Haare, Busen, Beine auf der Tanzfläche des Gammel; eine setzte sich zu ihnen, die beiden Schwarzen zeigten Photos: Frauen, schön wie in Magazinen, die Rückseiten der Bilder beschrieben mit »I love you, remember this night, yours forever …«. Er erkannte auf allen Photos dieselbe Schrift, ungelenke Soldatenhand. Die Farbigen spendierten Cocktails mit blauem Curaçao. Er schwankte auf die Toilette, hatte das Gefühl, der Boden würde sich wölben, stellte sich vor den Gully, stützte den Kopf gegen die Kacheln, fingerte am Hosenschlitz, entleerte sich, las die Kritzeleien an der Wand; Musik schwappte herein durch die Flügeltür, die auf- und zupendelte, eine Männerstimme dröhnte, er starrte blicklos gegen die Wand, hörte Uringeplätscher, das Rumpeln der Lade eines Blechautomaten, sah sich im Spiegel: Er hatte sich also doch eingelassen mit der Stadt, mit dem Nachtcafé, mit den Schwarzen; in ein paar Stunden schon saß er vor einem weißen Blatt.

Zurück ging er wieder durch die Fürstenallee. Es wurde Tag. Er wagte sich nicht durchs Schlafzimmer der Eltern. Legte sich auf die Chaiselongue in der Küche, sein Herz schlug mit der Wanduhr um die Wette. Und die Vögel hatten gezwitschert, plötzlich, ein Schwarm Vögel, ein ganzer Kastanienbaum voll, der stand im Nachbarhof, aufgebracht, erregt durch die Tatsache, daß es Morgen wurde. Da wurde ihm schlecht, er krümmte sich um seinen Magen, fuhr hoch, stolperte, wußte später nicht, wie er die Strecke bis zum Spülbecken geschafft hatte. Er schlich sich, an den schlafenden Eltern vorbei, in sein Zimmer, kleidete sich aus.

Er lag auf dem Rücken, wunschlos, zufrieden, wie nach der Rückkehr von einer langen, anstrengenden Reise. In der Morgendämmerung nahm er die vertrauten Konturen der Möbel wahr. Neben ihm schlief Christ, das Gesicht zur Wand gedreht. An was dachte sein Bruder, bevor er einschlief?

Eine halbe Stunde vor Schulbeginn stand er vor dem versperrten Klassenzimmer. Seine Mitschüler erschienen nach und nach, munter, ausgeruht. Wenn er den Mund aufmachte, fuhren sie grinsend zurück. Im Klassenzimmer diskutierten sie Mathematikaufgaben. Er wollte nicht hinhören, hörte hin, erschrak. Dabei hatte er diese Art von Aufgaben gepaukt.

Alle Arten von Aufgaben hatte er gepaukt. Am Balkon hatte er gestanden und großspurig eine Lucky Strike aus dem Päckchen geklopft, sich bewundert, wie er den Blechkiefer des Ami-Lighters aufschnellen ließ, mit der Daumenkuppe das Rädchen rollte, bis Feuer aufschoß. An der warmen Wand hatte er gelehnt, an den Abenden nach den langen, regungslos heißen Sommernachmittagen. Unten im Hof hatten sie Fußball gespielt. Christ war dabei, schoß, Klopfen gegen die Mauer. Fünf Minuten vor acht standen sie alle im Klosett vor der geteerten Wand. Pißten gemeinsam in die dampfende Rinne, bevor sie auf ihren Platz zurückkehrten, wo jeder für sich eine Lösung suchte. Er haßte dieses Zeremoniell, empfand es erniedrigend. Er fürchtete den Augenblick, wo die Textaufgabe endlich vor ihm lag; dreißig Hektographien über dreißig leeren, weißen Blättern. Das Einsetzen der Stille war der Startschuß. Die erste Ermahnung: Kirsch, ich sage Ihnen ganz prophylaktisch ... Er zuckte gleichgültig die Schultern, verengte die Augen, biß sich auf die Lippen, beugte sich vor, las, Zeile nach Zeile, nichts fügte sich zusammen.

Der Text drehte sich in seinem Kopf. Ein Kreisel, der sich drehte und Musik machte. Die ihn beruhigte, müde machte, zurückversetzte in den Schatten der Äste des Kastanienbaums, der im Nachbarhof stand, unter dem sie »Blauweiß« spielten, soweit er zurückdenken konnte. Der Baum schattete das Fenster zu, aus dem abends gelegentlich ein Mädchen in den Hof zu Christ hinunterblickte. Wie hieß sie? Christ hatte sie einmal gerufen; er hatte den Ball durchs offene Fenster geschossen, sie war mit der braunschmutzigen Kugel vor ihrem weißen Kleid wieder erschienen; vor Jahren hatte er mit Christ im Nachbarhof die Kastanien aufgesammelt, sogar vom Baum geschüttelt. Sie prasselten zu Boden. Christ bohrte Löcher in sie, nahm Mutters Zündhölzer, die in der Küche auf dem Boiler lagen, baute eine Mannschaft, aber den Ball bekam er nicht rund. Runde Kastanien sind selten, er plazierte die elf Spieler auf den Tisch, die spielten nicht, wie hieß das Mädchen? Später arbeitete sie in Elfis Strumpffabrik, Arbeiterin in weißem Kleid, sie hielt den Ball vor ihre Brüste, Fabrikmädchen, Christs Schüsse explodierten an der Mauer, zwischen weißen Kreidestrichen, rosiges Platzen, wie hieß sie? Aus ihrem Fenster drang abends Schlagermusik, das Thema: Palmenstrandnacht.

Vor der darauffolgenden Arbeit im Dezember war er dann krank geworden und dieses Mal nicht mehr angetreten.

Das »Parkhotel« lag am anderen Ende von Kolbstadt. Der Bezirksleiter, bei dem er sich vorzustellen hatte, war offensichtlich dort abgestiegen. Gutes Hotel, dachte er, aber freiwillig wäre er da nicht mehr hineingegangen. Er wollte nicht viel hermachen, nicht den Eindruck erwekken, daß ihm an der Stelle lag, wollte nicht im Sonntagsanzug, mit frisch gezogenem Scheitel vor diesen Brüdern stehen. Sie konnten ihn ruhig nach Vaters Beruf fragen. Er war nicht gekommen, um seinen Lebenslauf aufzusagen. Er faltete die ›Süddeutsche Zeitung‹ ein weiteres Mal zusammen, steckte sie in seine Sakkotasche. In der Schule saßen sie jetzt über Mathematik.

Er ging durch die Fürstenallee. Die Stadt bestand zu einem Drittel aus Alleen und Anlagen, die dem Fürsten gehörten. Eigentlich zog ihn nichts mehr nach München, wo sie genauso ins Kino gingen, den Film einen Monat früher sahen, in italienischen Espressobars hockten, die hier Milchbars hießen, anquatschten und darauf warteten, angesprochen zu werden. Wenn er nachts durch die Vorstadtstraßen spazierte, wurde er sentimental: die zwei Jahre mit Franzi, der Weg durch die Gärten zur Volksschule, gegenüber ihr Kleingarten, den Richard bald nach Kriegsende gepachtet hatte, fünf Jahre war er in die Pestalozzischule gegangen, die Geleise hinter den Gärten, das blaue Feuer der Hochleitungsdrähte, wenn ein Zug durch die Nacht Richtung München fuhr, am Zaun hatte er gelehnt, seine Hand unter ihrem Kinn, sie hatte tatsächlich noch keinen Mann geküßt, der erste Kuß seinetwegen. Sie war die Tochter des Hausmeisters der Pestalozzischule. Und er hatte sie verlassen.

Ging es ihm wirklich darum, das große Geld zu verdienen? War er ein anderer, wenn er in einem Mercedes saß und am Samstagnachmittag durch die Maximilianstraße rollte? Spät hatte er begriffen, wie Roman es genoß, wenn er ihm den Borgward zurückbrachte, die Zigarette in den Mundwinkel geklemmt, aus dem fremden Wagen stieg und den Autoschlüssel in die Hand fallen ließ, die Roman, gönnerhaft ausgestreckt, ihm entgegenhielt. Einmal hatte er vergessen, sich die Glacéhandschuhe abzustreifen, die er vom Armaturenbrett genommen und sich angezogen hatte. Er war vor Roman gestanden, der hatte auf seine Hände gesehen, gelächelt. Und er hatte das Gefühl gehabt, mit nichts anderem als Lederhandschuhen bekleidet zu sein. Für einige Wochen war er geheilt. Er gab sich blasiert, wenn er auf den Hotelparkplätzen der Maximilianstraße durch die mit Blech- und Chromglanz gesäumten Reihen tänzelte. Die Hände in die Taschen vergraben, die Lippen gleichgültig geschürzt, würdigte er die livrierten Parkwächter mit keinem Blick. Nein, er wollte niemandem etwas vorfahren. Aber wenn er den kurzen Hebel weich in die Gänge schob, wenn seine Fußsohlen den sanften Gegendruck der Pedale spürten, hatte er das Gefühl, all seinen Problemen davonfahren zu können. Weit zurückgelehnt in das Polster, die Arme ausgestreckt, die Hände empfänglich für jede Bodenwelle, schlitterte er mit dem Wagen in die Kurven. Aus der Spur gehen mußte der Opel Kapitän oder der Mercedes, ausscheren, hin- und herpendeln, sich ihm unterordnen. Er brachte sie immer unter Kontrolle, beherrschte sie, fuhr die Limousinen ohne Kratzer den Eigentümern zurück, parkte sie vor den Villen im Stadtwesten, wo alle Straßen nach Dichtern benannt waren. Sie runzelten die Stirn, sahen auf die Uhr, rümpften die Nase bei dem Gummigestank der heißen Reifen.

Eines Tages passierte ihm ausgerechnet mit Romans Borgward ein Unfall. War es seine Schuld, daß die Schillerstraße bei Glatteis nicht gestreut war? In der Einmündung zur Rilkestraße war er auf das Trottoir hinaufgeraten und gegen den Jägerzaun geprallt. Er hatte versucht, die Delle auszuklopfen; kniete auf der Straße, fluchte, schwitzte in der eiskalten Nacht. Da hörte er Roman, der hinter ihm stand: Laß das, weil es nichts bringt. Er drehte sich in der Hocke, blickte überrascht zu Roman auf, der über ihn hinwegschaute. Diese Idioten haben nicht gestreut, entschuldigte er sich. Roman hatte den Mantelkragen hochgeschlagen, die Hände in den Taschen. Schon gut, antwortete er ungeduldig. Roman sah auf den eingedrückten Kotflügel des Borgward. Als er sich aufrichtete, hatte er weiche Knie. Er stand neben Roman, der Schweiß im Gesicht wurde kalt. Er besah sich schweigend den angerichteten Schaden. Er erschrak, als Roman plötzlich ausholte und mit dem Stiefel gegen den Kotflügel trat. Dabei hatte er die Hände noch immer in den Manteltaschen. Dir fehlt halt die Fahrpraxis, sagte er großzügig. Er fühlte seine Fäuste, die nutzlos herunterhingen. Sie waren noch warm, weil er versucht hatte, das Blech auszuklopfen. Sie setzten sich in den Wagen. Er auf den Beifahrersitz. Die runden Armaturen leuchteten grün. Obwohl er zur Windschutzscheibe hinausstarrte, nahm er wahr, wie beiläufig elegant Romans Hände das Lenkrad umfaßten. Da bildete er sich ein, daß seine Hände nicht für so ein Lenkrad geschaffen waren. Er machte ihm mit umständlichen Worten ein Angebot zur Schadensregulierung. Roman schaltete das Radio ein. Ich treffe morgen abend sowieso deine Schwester, antwortete er. In der Simmernstraße setzte er ihn ab. Bevor Roman in die Bödrichstraße einbog, bremste er. Dietmar sah, wie für Augenblicke die Bremslichter der Borgward Isabella rot aufflammten. Ihm war kalt. Er bewegte sich nicht von der Stelle.

Er stand schon eine Weile vor dem »Parkhotel«. Über Mercedes-Sterne blickte er auf die Steintreppe; ein roter Läufer führte hinauf zum Empfang; Messingleisten glänzten. Er griff nach der ›Süddeutschen‹, die in der Außentasche seines Sakkos steckte. Der Wirtschaftsteil war nach außen gekehrt. Er gab sich informiert. Es war ein schönes Hotel. Doch er mußte sich überwinden, die Treppe hinaufzugehen. In seiner Erinnerung war das »Parkhotel« ein Ort der Erniedrigung.

Er hatte sie im Kino kennengelernt. Vor einem Jahr. Schon während der Vorstellung hatte sie sich bemerkbar gemacht. Sie saß neben ihm, fragte ihn nach dem Namen eines Darstellers, den jeder kannte. Der Film war aus. Er stand vor dem Theater, schaute die Bilder an; was er immer tat, wenn ihm ein Film gefallen hatte. Die Besucher gingen auseinander, verloren sich. Ein schwüler Juliabend. Er sah ihren Wagen, der sich in der Glasscheibe über den Standphotos spiegelte. Als er abdrehte, um nach Haus zu gehen, kurbelte sie die Scheibe herunter, bat ihn lächelnd um Feuer; er beugte sich ins Innere des Wagens. Wie haben Sie den Film gefunden? Er hatte ihn gut gefunden. Er holte weiter aus, als es die Situation erforderte. Steigen Sie doch ein! forderte sie ihn auf. Sie hatte recht, fand er. Er konnte nicht auf der Straße stehen und mit ihr durchs offene Fenster den Film besprechen. Er ging um den Wagen herum. Sie öffnete die Beifahrertür. Er saß in einem Mercedes neben einer gutaussehenden Dame. Dafür hielt er sie. Er fand, sie hatte eine lässige Art, ihn, den sie soeben erst kennengelernt hatte, in einem 190 S an einem Sommerabend zur Stadt hinauszuchauffieren. Sie hielt vor einem Lokal, einige Kilometer außerhalb; er sprach noch immer über den Film. Sie beschränkte sich darauf, ihm zuzuhören. Er begann, von sich zu erzählen. Sie hörte nur zu. Sie bestellte für sie beide Martinis, in denen eine grüne Olive schwamm. Sie reichte ihm zwanzig Mark über den Tisch. Und er beglich die Rechnung. Er wollte, daß sie das Wechselgeld zurücknahm. Sie überließ ihm das Steuer.

Sie bat ihn, den Wagen in einen Seitenweg zu fahren. Der Kopf fühlte sich unter ihrer steifen Frisur in seinen Händen klein an. Er hatte sich keine Gedanken gemacht, wie alt sie war. Jetzt schätzte er ihr Alter. Sie war über dreißig. Seine Zungenspitze kreiselte unterhalb ihres Haaransatzes im Nacken. Seine Nase sog den Geruch eines Parfums ein. Noch war die Distanz, auf die ihn ihr Schweigen, ihr Luxus, ihre Herkunft, die er nicht einschätzen konnte, hielten, nicht völlig abgebaut. Diese Verunsicherung erregte ihn, machte ihn angriffslustig, aggressiv. Sie lag im Fond, bereitwillig öffneten sich ihm ihre langen Beine. Sie schlüpfte aus den Schuhen. Sie fielen lautlos auf die Fußmatte. Er küßte sie. Sie entzog sich sanft; verwirrte ihn, so daß er sie mit dem Gewicht seines Oberkörpers in die Polster preßte. Mit seinem Mund öffnete er ihren Mund. Gegen einen Widerstand, der ihn zu weiterer Aggressivität antrieb, der sie sich plötzlich auslieferte, in die sie sich plötzlich hineinfallen ließ, leise wimmernd. Ihre Hände fuhren unter sein Hemd, und an der Schärfe, mit der sie ihre Fingernägel in seinen Rükken setzte, erfuhr er, was sie von ihm verlangte. Er folgte ihren Anweisungen auch dann noch, als er ernüchtert wahrnahm, daß er mit einer wahrscheinlich Vierzigjährigen auf dem Rücksitz eines Autos lag, das von den Scheinwerferkegeln der vorbeifahrenden Fahrzeuge gestreift wurde. Im Lokal noch, als er ihr von sich erzählte, hatte er sich eingebildet, daß er sie erobern könnte. Er hatte ihr ein Vergnügen bereitet; und seine Selbstgespräche waren das Vorspiel dazu gewesen. Er ließ von ihr ab, zog sich die Hose hoch. Sie setzte sich ans Steuer, er nahm auf dem Beifahrersitz Platz. Sie ordnete mit den Fingern ihr Haar. Dann steckte sie sich eine Zigarette in den Mund. Sie hielt den glimmenden Anzünder in der rechten Hand und blickte grinsend auf ihn, bevor sie sich Feuer gab. Er wollte sie bitten, ihn schon beim Bahnhof abzusetzen. Doch dann schwieg er, vielleicht würde sie seine Bitte verletzen. Beim Kino hielt sie und gab ihm mit hochgezogenen Brauen das Zeichen zum Aussteigen. Einen Augenblick begriff er nicht und blieb sitzen. Dann bat er sie um ein Wiedersehen. Sie bestellte ihn für den nächsten Tag zum »Parkhotel«, wo sie abgestiegen war. Unversehens stand er auf der Straße. Er brachte Ordnung in seine Kleidung. Gedankenlos blickte er auf die Standphotos in den Schaukästen. Der Film kam ihm plötzlich verlogen vor. Er hatte zuviel in diesen Bildern gesehen. Er hatte zuviel geredet. Er roch nach ihrem Parfum. Mit dieser schweren Süße vermischte sich ein anderer Geruch. Er hatte das Bedürfnis, sich die Hände zu waschen. Am Tag darauf stand er Minuten vor der verabredeten Zeit vor dem »Parkhotel«. Er nahm sich zusammen und schritt über den ausgelegten Läufer die Treppe hinauf. Er hatte nicht damit gerechnet, daß er von dem uniformierten Portier am Empfang angesprochen wurde. Er nannte ihre Zimmernummer und erfuhr, daß sie am Mittag abgereist war. Er wollte nicht nach Hause. In der Milchbar Kleine Liebe traf er ein Mädchen, das er vom Café Gammel her kannte. Sie hatte einen amerikanischen Freund, der im Bayerischen Wald stationiert war. Er war damit einverstanden, sie in ihrem Wagen dort hinzu fahren. Am späten Nachmittag kamen sie an. In Rötz machte sie keine Anstalten, ihren amerikanischen Freund aufzusuchen. Sie saßen, umgeben von Amisoldaten, im Kasino; er trank billigen amerikanischen Whiskey; er wurde laut, beschimpfte das Mädchen, wandte sich den Soldaten zu.

Auf der Rückfahrt nach Kolbstadt wurde ihm schlecht. Er lag im Wagen, sah durch die Windschutzscheibe in den Himmel. Sein Blick wurde von den dunklen Baumstämmen zerhackt, an denen sie vorbeifuhren. Er bat sie anzuhalten. Er entfernte sich vom Wagen, stürzte im Finstern. Für neunzehn Uhr war er mit Franzi verabredet. In der Nähe der Pestalozzischule ließ er sich absetzen. Er ging über den Schulhof mühsam gegen die Weite des Platzes an. Er erkannte sie am Fenster der Parterrewohnung in ihrem roten, engen, selbstgeschneiderten Kostüm, das er so gern an ihr sah.

Sie strich mit dem Zeigefinger über seine Unterlippe, blickte ihn schweigend an. Sie stellte keine Fragen. Er durfte nicht anfangen, sich an die Ereignisse des Nachmittags zu erinnern. Seine Augen konnten ihn verraten. Er saß zusammengekauert am Bettrand. Sie stand vor ihm in ihrem roten Kostüm. Sie trug ihre hohen Schuhe, die sie in dem italienischen Schuhgeschäft Rigotti gekauft hatte. Sie wandte sich von ihm ab und ging zum Fenster. Er hob seinen Blick, weil er sehen wollte, wie ihre Waden heraustraten, wenn sie in kleinen Schritten durchs Zimmer ging. Eine Weile sah sie in den Schulhof hinaus, dann kam sie langsam auf ihn zu. Er drückte sein Gesicht gegen ihren Rock und umfaßte sie. Er spürte, wie sie der Rock beim Atmen beengte. Sie löste sich. Er sah zu ihr auf. Sie fuhr mit zwei Fingern der rechten Hand seinen Mund nach, bis es kitzelte und er anfing zu lachen. Dann sagte sie mit gespielt tiefer Stimme Pitralon. Das war das Rasierwasser, das er benützte.

Eine Straßenbahn fuhr an, versperrte die Sicht auf das »Parkhotel«. Er ging los. Im Vorbeigehen steckte er die ›Süddeutsche Zeitung‹ in den Papierkorb der Haltestelle. Auf den unteren, nicht überdachten Stufen lag der rote Läufer in einem staubigen Licht.

7

Diesen Montag nach Büroschluß benutzte Dagmar zum ersten Mal die Lotion, die Dietmar ihr zum Geburtstag geschenkt hatte. Er verstand etwas von Parfums, feinen Seifen, Haarbrillantinen. Sie hatte am Geburtstagsmorgen in seiner Gegenwart die rosa Dose aufgeschraubt; mit der Fingerkuppe eine Spur in die Creme gestrichen, daran gerochen. Dietmar hatte sie abschätzend beobachtet, sie hatte aufgeblickt, er hatte gelächelt, vielwissend, sich vielleicht erinnert an ein Mädchen, an dem er diesen Duft als aufregend empfunden hatte. Da war sie mit knallrotem Kopf schnell aus dem Zimmer gegangen. Draußen hörte sie Mutters Stimme: Mach ihr nicht so ein Geschenk!

Sie hatte die Dose bis heute nicht mehr angerührt. Jetzt roch sie an der Creme. Was fanden Männer an solchen Düften, die für ein paar Mark in jeder Drogerie zu kaufen waren? Sie stand vor dem Spiegel. In Magazinen, die gelegentlich auf dem Rücksitz von Romans Borgward lagen, hatte sie Photos gesehen: Männerhand an Brüsten, greifende Finger, die drückten, Fleisch, das sich formte; manchmal quoll es rosa hervor; Frauen, die den Kopf wie unter Schmerz nach hinten warfen, geheimnisvoll schimmernde Lippen, über dem feuchten Glanz der Zähne schlängelte die Zunge. Sie blätterte in diesen Heften, wenn sie für kurze Zeit im Borgward zurückblieb und auf Roman wartete. Sie achtete stets darauf, daß er sie dabei nicht ertappte. Die seidig poröse Struktur des

Papiers, auf dem die Photos gedruckt waren, fühlte sich an wie Haut. Sie rieb die Fingerkuppen gegeneinander. Er fuhr an. Das Heft lag wieder auf dem Rücksitz. Es war eine Sache, über der sie stand, sagte sie sich. Aber sie nützte die Gelegenheit, sobald er sie allein im Wagen ließ. Sie betrachtete die Bilder und versuchte, sich vorzustellen, daß es Romans Hand sein würde. Sie wußte, er war ungeduldig. Sie waren nun beinahe ein Jahr zusammen. War sie anders als die anderen? War sie der Normalfall? Was war normal und was nicht? Sie faßte zögernd an ihre Brüste, ließ ab, als ihr die Photos einfielen. Die Creme wollte sie heute benutzen. Sie tupfte die weiche, duftende Masse auf die Haut, verrieb sie, im Gesicht, am Hals, fuhr über die Waden hinauf zu den Innenseiten der Schenkel. Sie drehte die beiden Wasserhähne zu, verließ das Bad.

Licht fiel durch die Gardinenmaschen, lag als rötliches Gitter am Linoleum im Flur. Es war Spätnachmittag. Mit diesem Duft an sich konnte sie nicht in die Küche. Vielleicht war Vater da, saß am Tisch, sah auf seine Hände, wartete nur auf eine Gelegenheit, an ihr herumzunörgeln. Sie ging in ihr Zimmer und legte sich im Bademantel auf die Couch. Sie lag flach hingestreckt, atmete den Duft ein; die rosa Dose hatte mit den Farben der Photographien zu tun, die ihr nicht aus dem Kopf gingen. Wann schaute er sich diese Bilder an? Und woran dachte er, wenn er diese Magazine durchblätterte? Hatte sie etwas damit zu tun? Unwillkürlich schloß sie die Beine.

Ihr verblieben noch zwei Stunden bis zur Verabredung, sie wollte schlafen. Zwei Stunden schlafen, aufstehen, ankleiden, hingehen. Aber sie schlief nicht ein. Sie dachte an einen Abend mit Roman im Colosseum. Sie war auf die Toilette gegangen, um sich die Lippen nachzuziehen. Als sie zurückkam, lehnte er an der mit Mosaiksteinen geplättelten Säule mitten auf der Tanzfläche, die Hände in den Taschen, die oberen Knöpfe seines weißen Hemds geöffnet, seine bronzefarbene Haut war zu sehen, er sah den Mädchen auf die Röcke, auf die Beine. Sie bemerkte er erst, als sie wieder am Tisch Platz genommen hatte. Er lächelte vieldeutig, sagte nichts.

Sie lag still, roch den Duft der parfümierten Creme. Entscheidend war, daß sie ihn nicht enttäuschte. Sie öffnete den Mantel einen Spalt, ihre Hand schlüpfte hinein. Wie fühlte sie sich an? Warm und fest wie Marmor, sie spreizte die Finger, umkreiste mit den Fingerkuppen den Nabel. In Träumen ließ sie sich manchmal fallen. Sie spürte unter sich die Tiefe, fühlte die Kraft aus ihren Fingern weichen, fühlte die Finger gefühllos werden; sie ließ sich nicht eigentlich fallen, der Sturz überraschte sie, sie durchstürzte eine endlose Strecke, ohne aufzuprallen. Sie wurde nur wach.

8

Viertelstunden stand Christ vor der farbigen Deutschlandkarte, die Vater im Klosett mit Reißnägeln an die Wand geheftet hatte. Sein Blick verweilte bei den großen Städten, den unförmig eckigen Kästen, Frankfurt, Köln, Hamburg. Wo fünfzigtausend an Sommersamstagnachmittagen kamen und das Stadionrund füllten, wo auf kurzgeschorenem grünem Rasen braungebrannte, athletische Männer zum Kopfballduell emporstiegen, breite Schultern aggressivfarbene Trikots spannten, der Ball sich über dem Elfmeterpunkt senkte, der Torsteher verläßt mit raumgreifenden Schritten die Linie, setzt an zum Sprung, wirft sich in die hochhängende Traube aus Angreifern und Verteidigern, ein Kopf ist schneller als seine Faust, eine Stirn stößt blitzschnell zu, und die Kugel zappelt im Netz, die Spieler gehen zu Boden, im Fallen, im Liegen haben sie die Augen aufs Tor gerichtet, das weiße Pulver der Markierungslinien steigt auf als Wolke, in der die Spieler liegen, glücklich, befreit, jubelnd, geschlagen, fünfzigtausend, die hochgehen von den Sitzen, im Rauschen des Beifalls flattern die Fahnen des Siegers. Wie sah die Fahne der EINTRACHT aus? Wie die Fahne des HSV? Dann war es immer sein Sprung, seine Schulter, sein Kopf, seine Stirn, sein Stoß, sein Tor, sein Lauf, sein Name, der das Stadion füllte. Ernüchternd wirkten die vertrauten Geräusche aus der Küche, wenn er das Klosett verließ und in den Flur trat, das Tellergeklirr, das unregelmäßige Knirschen der Kaffeemühle, das Abbremsen und Wiederanfahren der Fernlastzüge in der Bödrichstraße, das wie ein tiefes Ein- und Ausatmen klang, bevor die Lkws Kolbstadt verließen.

An diesem Nachmittag hatte er sich nicht vor der Deutschlandkarte Träumen hingegeben. Das, was aus dem gelben Straßenbahnwaggon zu ihm herausgedrungen war, hatte ihn alarmiert. Er ging in dem engen, langen Klosett auf und ab und versuchte, die richtigen Worte zu finden. Ihn ginge es eigentlich nichts an. Aber schließlich sei er ihr Bruder. Er war erst vierzehn. Doch sie sollten sich nicht täuschen. Er hätte in seinem Leben vieles erlebt. Außergewöhnliche Dinge. Wie in Filmen ohne Happy-End. Wo einem ein eigenartiger Schauder über den Rücken läuft. Er kannte Typen wie Roman. In den Oberklassen saßen einige. Er hörte sie manchmal in der Pause reden. Einzelheiten. Er hielt sich lieber an Fußball. Vielleicht würden sie seinen Namen bald in der Zeitung lesen. Entscheidend war nicht, wie hoch er sprang, sondern, daß er im richtigen Augenblick sprang. Auch Mädchen sahen bei den Spielen zu. Aber aus Frauen machte er sich nichts. Aus all diesen Gründen sollte sie nicht hingehen. An Vater sollte sie denken. An Mutter. Auch an Dietmar. An ihn.

Unvermittelt stand er in ihrem Zimmer. Sie lag auf der Couch, hatte die Augen geschlossen. Ihr Bademantel klaffte auseinander. Er wollte wegsehen. Aber er starrte auf das dunkel durch das weiße Höschen schimmernde Dreieck, dort, wo ihre Schenkel sich schlossen. Sie öffnete die Augen, setzte sich auf, raffte den Frottémantel, betupfte mit einer Hand ihr Haar, das sie hochgesteckt trug. Er durfte sich nicht aus dem Zimmer treiben lassen, durch keine Frage. Er pflanzte sich vor ihr auf, steckte die Daumen in die engen Taschen seiner Hose. Ich will dir was erklären, sagte er. Sie legte ihre Hände auf die angezogenen Knie und schaute ihn verwundert an. Was willst du mir denn erklären? Es war der Ton, in dem sie ihn gelegentlich bat, ihr das Necessaire herüberzureichen. Er preßte seine Hände so tief in die Gesäßtaschen der Hose, bis es weh tat. Das Verständnis, mit dem sie ihn ansah, ärgerte ihn. Schließlich wußte sie nicht, was er ihr klarmachen wollte. Er sah ihr an, daß sie Mitleid mit ihm bekam. Sie richtete sich auf, kam auf ihn zu. War die ältere Schwester, die sich seiner anzunehmen hatte, wenn Mutter nicht da war. Brauchte ihm nur noch über das Haar zu streichen, ihn sanft an der Schulter aus dem Zimmer zu schieben, damit er ihr nicht länger im Weg stand. Warum ging er nicht einfach in die Küche hinüber und sagte ihnen, wohin der Weg ihrer Tochter führte, womit es endete? Aber er mußte damit rechnen, daß sie ihn gefragt hätten: Wohin geht sie, und was tut sie dort, was sie deiner Meinung nach nicht tun darf? Er hätte das passende Wort nicht gefunden. Es gab zwei, drei gemeine Ausdrücke. In der Klasse wurden sie illustriert auf Zetteln herumgereicht. Nein, in die Küche konnte er nicht.

Ist es ein Buch, das du suchst? Er las zur Zeit einen Roman. Kennst du das Buch? Sie schüttelte den Kopf. Auch darüber konnte er nicht mit ihr sprechen.

Die Sonne verschwand. Im Hof knatterte ein Motorrad. Warum konnte er nicht einfach wegfahren? Er hörte, wie Kieselsteine gegen die Mülltonnen flogen. Licht überschwemmte den Raum, Staub flimmerte. Ihr weicher, weißer Frottémantel, den sie am Kragen geschlossen hielt, erschien ihm noch weicher. Auf der Maschine sitzen, um mit den Fernlastzügen die Bödrichstraße hinauf den weiten Weg zu den großen Stadien zu nehmen, das wünschte er sich. Das Geheul der Geschwindigkeit, kalt brennt der Fahrtwind auf der Stirn. Vielleicht aber würde er die Stadien nie erreichen. Ein Anhänger hätte ausgeschert. Am Asphalt sollte sie ihn liegen sehen. Dann könnte sie nicht hingehen. Am Asphalt mit männlich ernstem, schönem Gesicht. Dann würde sie niemals zu so einem gehen. Einem, der bestimmt Einzelheiten erzählte. Ihn würde sie umarmen. Ihre Tränen würden sein Gesicht nässen und seinen männlich ernsten Mund, der nie mehr lächelte. Wie vergangenen Samstag in den Glorialichtspielen: Er zog hinaus, sie warf sich an seine Brust. Behutsam, doch entschieden schob er sie zur Seite, bahnte sich seinen Weg, ging, wohin er gehen mußte. Mit so einem Mund.

Verlaß jetzt mein Zimmer, sagte sie unerwartet schroff. Ich will mich anziehen. Er bewegte sich nicht von der Stelle, starrte sie an, brachte kein Wort heraus.

Er sah ihre Seidenstrümpfe mit den dunklen Enden, die sich über Schenkel spannten, auf dem Stuhl liegen. Sie ging noch einen Schritt auf ihn zu. Sobald er das Zimmer verließe, würde sie sich die Strümpfe über die Beine streifen. Und er als einziger in der Familie wußte, wozu. Er hielt ihrem Blick stand. Ich suche jemanden, der mit mir ins Kino geht, sagte er. Der Film ist ab sechzehn. Allein komme ich da nicht hinein.

Sie wollte gerade nach dem Strumpf greifen. Im Greifen hielt sie inne. Wie heißt der Film? Er preßte wieder seine Daumen in die Taschen, bevor er antwortete: ›Gefährtinnen der Nacht‹. Es entstand eine Pause, in der sie ihr Haar mit den Händen zu ordnen begann. Sie zog eine Spange aus dem Haar, steckte sie zwischen die Zähne, fuhr mit einer weit ausholenden Bewegung durch ihre hochgesteckte Frisur, um ihr Haar zu lösen. Die Spange noch immer zwischen den Zähnen, wiederholte sie lang gedehnt: ›Gefährtinnen der Nacht‹. Ein französischer Film, erklärte er. Die meisten aus meiner Klasse waren drin.

9

Dagmar erinnerte sich nicht, daß Christian jemals eingetreten war, wenn die Tür nicht offenstand. Hatte er eine Ahnung, warum sie diesen Abend zu den Wiesen hinausginge? Er war vierzehn. Mit vierzehn hatte sie Puppen geliebt. Geh hinaus. Ich will es mir überlegen.

Es war sieben. Um acht Uhr begannen die Abendvorstellungen. Um acht war sie mit Roman verabredet. Sie ging zum Fenster, durch die Blätter der Kastanie sah sie ein Stück vom Kopfsteinpflaster der Straße. Es könnte ein Freitagabend sein, dachte sie. Ich richte mich her, um mit meinem kleinen Bruder ins Kino zu gehen. Vielleicht interessierte er sich doch nicht nur für Fußball. ›Gefährtinnen der Nacht‹. Sie lächelte.

Sie würde sich nicht entscheiden. Vielleicht war es klug, sich noch nicht zu entscheiden. Sie würde statt dessen mit ihrem vierzehnjährigen Bruder in einen Film für Jugendliche ab sechzehn gehen. Morgen würde Roman hupen, wie immer. Unpünktlich wie immer. Er würde kein Wort darüber verlieren. Es würde sie verunsichern, daß er kein Wort darüber verlöre. Er hatte ein feines Gespür für Spannungen. Und er konnte Spannungen ertragen. Er wußte, daß er am Ende immer gewann. So einfach, dachte sie, war sie nicht zu haben. Ihr Bruder hatte sie gebeten, mit ihr ins Kino zu gehen. Er hatte ihr gezeigt, daß er sich nicht nur für Fußball interessierte. Sie hatte nichts gegen Fußball. Wenn sie Roman gegenüber das Wort Fußball erwähnte, bemerkte er abschätzig

»Sportpöbel«. Er brüstete sich damit, nie in seinem Leben Fußball gespielt zu haben.

Er stand an Sommertagen in weißen Shorts auf roter Erde, bewegte sich lässig, elegant, ging gemächlich nach jedem Satz zum Netz, um sich die Schweißperlen mit einem Handtuch von der Stirn zu tupfen. Er reichte dem Gegner lächelnd die Hand, nachdem er ihn besiegt hatte.

Meistens saß sie auf der Bank außerhalb der Courts, langweilte sich, während er einen Drive schlug, den Gegner mit einem Lob foppte oder unvermittelt einen Stopball setzte. Wenn er über Tennis sprach, benutzte er englische Ausdrücke. Mit der Zeit begriff sie, was sich hinter diesen Bezeichnungen verbarg. Sie begann, Tennis zu verstehen. Aber sie hatte eine Scheu davor, selbst einen Schläger in die Hand zu nehmen und sich in kurzem Tennisröckchen vor den Augen von Leuten zu bewegen, deren Namen sie mit Modegeschäften, Kanzleien, Unternehmen verband. Roman gab sich nicht arrogant. Er war es. Einige Mädchen vom Club saßen neben ihr, in knappen Shorts, reizvollen Röckchen. Er tänzelte auf sie zu, blickte zu Boden, deutete einen Volley an, demonstrierte Lauftechnik. Gefedert von den gummibesohlten Schuhen, näherte er sich, salopp, spielerisch, launisch, ganz auf Knabe – bronzefarbener, gutgewachsener, langbeiniger Knabe. Er saß neben ihr, sprach beiläufig von Tennis, die englischen Bezeichnungen klangen aus seinem Mund selbstverständlich, alltäglich. Er sprach nicht eigentlich zu ihr; den tatsächlichen Adressaten seines Selbstgesprächs, den Mädchen, die mit ihnen auf der Bank saßen, zeigte er sein markantes Gesichtsprofil. Dann stand er unvermittelt auf, um sich umzuziehen; im Vorbeigehen nickte er lässig lächelnd den Mädchen zu, als würde er sie erst jetzt wahrnehmen; verschwand nach rechts

Richtung Umkleidekabinen, schlug noch im Gehen, Springen mit dem Schläger nach imaginären Bällen. Plötzlich hielt er inne, gab vor, etwas zu sehen; diese kurze Konzentration wich einem Ausdruck von Langeweile; er kratzte sich mit der Kante des Schlägerkopfes den Oberschenkel, fuhr mit zwei Fingern unter den Ansatz der Hose, die er leicht anhob, bis zu der Stelle, wo seine Beine aufhörten, braun zu sein. Natürlich drehten sie ihm die Köpfe zu.

Konnte sie nicht eigentlich stolz auf ihn sein? Sie war es doch, die zu ihm in seine Borgward Isabella stieg; mit ihr fuhr er durch die Maximilianstraße. Aber warum ließ er sie halbe Nachmittage auf der Bank sitzen? Was suchte sie hier? Vor ihren Augen trainierte er andere Mädchen, warf ihnen mit einer Geduld, die er für sie nicht aufbrachte, Bälle zu, die sie zurückzuschlagen hatten. Je hübscher die Mädchen waren, um so größer war seine Geduld. Manchmal kommandierte er mit kurzer, verhaltener Stimme, und sie bekamen einen roten Kopf, wenn sie einen Ball verschlugen. Selten aber war er gereizt und reagierte mit einer fahrigen, unwilligen Bewegung des Kopfes. Schnell entschärfte er dann die Situation mit einem Wort, das sie lustig finden konnten, und sie ließen die Arme fallen, schüttelten sich erleichtert in einem Lachen. Betroffen hockte sie auf der Bank. Das fremde Lachen klang ihr wie Hohn in den Ohren. Sie wollte aufstehen und weggehen. Doch sie zwang sich zu einem Lächeln.

Bei jedem Aufschlag hoffte sie, es sei für heute der letzte. Es gab immer einen Return. Erst wenn sie nicht mehr hoffte, wenn alles anfing, ihr gleichgültig zu werden, seine Manier, Blicke auf sich zu lenken, seine gespielt hilflose Art, sich seine langen Haarsträhnen aus der Stirn zu streichen, das Pathos, mit dem er sein verschwitztes

Gesicht in das Frottétuch drückte, eine momentane Erschöpfung vortäuschte, bevor sein Blick auftauchte, erst dann näherte sich sein Match allmählich dem Ende. Blitzschnell warf er das Tuch einem Balljungen zu und spielte noch einmal auf Angriff.

Immer standen Jungen um ihn herum. Er gab das meiste Geld. Ein Balljunge konnte bei ihm an einem Nachmittag zehn Mark verdienen, wenn er es verstand, auf ihn einzugehen. Sie riefen ihn mit Namen, die er sich selbst scherzhaft gab. Black King riefen sie ihn; einen Monat später Black Casanova. Zur Zeit nannten sie ihn Ladykiller. Diese Albernheiten störten sie nicht. Aber eines Nachmittags hockte sie noch auf der Bank, während hinter den Umkleidekabinen draußen auf der Straße plötzlich sein Wagen aufheulte. Sie stand schnell auf, eilte in einer Verwirrung, die sie nicht verbergen konnte, an seinen Tennispartnerinnen vorbei zur Straße. Er, am Steuer, unterhielt sich mit einer jungen Frau, die mit Tenniskoffer am Trottoir stand. Ganz offensichtlich hatte er vergessen, daß sie auf der Bank saß und auf ihn wartete. Eine ganze Weile stieg sie nicht ein. Er fuhr im ersten Gang demonstrativ neben ihr, bat sie einzusteigen, redete auf sie ein; aber sie beachtete ihn nicht, bis er sie mit der Bemerkung: Du fühlst dich wohl im Hintertreffen? empfindlich traf. Da war sie eingestiegen, damit er von hier wegfuhr, damit er aufhörte, so zu reden. Denn sie war nahe daran loszuheulen.

Um acht Uhr war sie mit Roman verabredet. Er sollte ruhig einmal vergeblich auf sie warten. Sie ging hinaus auf den Gang. Dietmar stand mit Christ am Fenster. Christ trug ein weißes Hemd über der Hose; es reichte bis zu den Knien. Das Hemd war um einige Nummern zu groß. In der Hocke drehte Dietmar Christs Oberkörper zum

Licht, bewegte ihn wie eine Schaufensterpuppe, stellte den Kragen hoch, die Spitzen stachen Christ unters Kinn, er fing zu kichern an. Karierter Kindskopf, fluchte Dietmar; er legte einen Binder unter den hochgeklappten Kragen, straffte ihn, indem er an beiden Enden der Krawatte zog. Die Unterlippe geschürzt, brummte er mißmutig vor sich hin. Er war offensichtlich blendend gelaunt. Christ stand still, versuchte, den Atem anzuhalten. Die weiße Hemdbrust hob und senkte sich, wenn er zwischendurch tief Luft holen mußte. Asthmatischer Mittelstürmer! sagte Dietmar und knüpfte energisch den Knoten. An einem anderen einen Windsorknoten zu binden ist eine Kunst, sagte er fachmännisch und sah belehrend zu Christ hoch. Paß du auf, wandte er sich ihr zu, daß er sich nicht mit meinem Edsor-Krone die Tränen aus den Augen wischt. Soll vorkommen in Filmen mit Jugendverbot. Er ging hoch, glättete seine Hose an den Knien.

Sie stand Dietmar auf Tuchfühlung gegenüber. Er schnupperte mit der Nase. Kein schlechter Duft, sagte er.

Er sah sie voll an, mit diesem Ausdruck im Gesicht, der bei Mädchen scheinbar ankam, wie sie erlebt hatte, als er sie einmal von der Berufsschule abholte. Auch jetzt pfiff er dünn durch die Zähne: Nicht schlecht. Und dann eine Spur ernster: Du siehst gut aus. Er drehte sich um, ging weg. Verwirrt blieb sie zurück.

Christ stand noch immer am Fenster, tastete behutsam an seinem Krawattenknoten herum, fingerte an den spitzen Enden des Kragens.

Also, wann fängt die Vorstellung an?

Um zwanzig Uhr, sagte er eilig und begann, sich umständlich das Hemd in die Hose zu stopfen.

Als sie aus dem Kino zurück waren, erfuhr sie, daß Roman angerufen hatte. Er hatte eine Adresse hinterlassen, das Haus seiner Eltern. Mutter gab ihr die Notiz, als sie ins Bad ging. Es war zweiundzwanzig Uhr dreißig. Sie hatten in der Kleinen Liebe noch ein Eis gegessen. Sie hatte Christ den Besuch des Films ermöglicht. Sie hatte sich nicht entschieden. Aber Roman drängte. Wovor hatte sie eigentlich Angst? Was wollte sie wirklich? Sie wollte nicht auf einer Bank am Rand eines Tennisplatzes sitzen. Sie wollte zu ihm gehören. Aber wie ging das zusammen? Ihr Vater war arbeitslos, sein Vater Chef eines Modehauses mit drei Direktricen, am Eingang der Maximilianstraße. Unsinn, alles lag daran, daß sie ihn nicht enttäuschte. Man sagte, daß sie alle Schwarz mochten. Sicher mochte er sie in Schwarz. Sie schämte sich, als sie unter ihrem verfilzten Mädchenbadeanzug, den sie seit Jahren nicht mehr trug, nach dem winzigen, spitzenbesetzten, durchbrochenen Perlondreieck suchte. Sie sah sich im Spiegel an. Sie war schön. Ihre Brüste waren schön. Sie sah, wie ihre schönen Hände nach ihren schönen Brüsten faßten. Es war die normalste Sache der Welt. Sie schloß die Augen und wünschte sich verzweifelt, wie alle anderen zu sein.

10

In seinem Zimmer zog sich Christ aus. Er stellte die Schuhe ordentlich nebeneinander, die Spitzen schimmerten blank, er hatte sie noch am Nachmittag aufpoliert. Im Sitzen zog er sich die Hose mit Fischgrätmuster, die er sonst nur bei Schulfeiern oder Kirchgängen trug, von den Beinen. Er hängte sie, die Bügelfalten ausgerichtet, über die Stuhllehne.

Er stand am offenen Fenster und sah hinüber zu Muschis Zimmer, in dem Licht brannte. Das Hemd reichte bis zu den Knien; er blickte an sich hinab. Seine Waden waren braun, beim Training trug er nie Stutzen. Er streifte Dietmars Hemd über den Kopf, behutsam, er wollte es nicht verknittern, faßte es mit den Fingerspitzen an den Schultern. Dann erst drehte er die Perlmuttknöpfe aus den kleinen Schlitzen, hängte das Hemd über die Stuhllehne, auf der bereits die Hose lag; obenauf legte er den schmalen Binder, seine Socken schließlich auf die Schultern von Dietmars Hemd. Er war schon beim Bett, als ihm Zweifel kamen. Er nahm die Socken vom Hemd, roch kurz daran, dann legte er sie auf die Sitzfläche des Stuhles. Das vergoldete Medaillon, das er seit seiner Erstkommunion an einem Kettchen um den Hals trug, fühlte sich kalt in seiner Hand an. Er befühlte mit der Daumenkuppe die Gravur, eine Mutter Gottes mit Jesuskind, dabei schielte er zu Muschis Zimmer hoch.

War sie allein? Ahnte sie, daß er sie im Auge behielt, Abend für Abend? Wie reagierte sie, wenn er jetzt einfach an ihrer Tür klopfen würde? In Filmen genügte ein scherzhaft gesprochenes Wort, und junge Frauen stiegen bereitwillig ein in den Wagen, der neben ihnen hielt, und zeigten, was sie fühlten. Wenn er gelegentlich für Mutter im Metzgerladen eine Besorgung machte, versuchte er, an Muschis Gesicht abzulesen, ob sie erriet, daß er sie in den Nächten besuchte. Ihr war nichts anzumerken. Routiniert griff sie nach den Wurststangen, schnitt ein Viertel von dieser, ein Viertel von der Lyoner ab. Er berührte ihre kalte, gerötete Hand, in der sie ihm das Wechselgeld über den Tresen reichte. Erst wenn er sich abwandte, um den Laden zu verlassen, hob sie ihren Blick an, richtete ihn an den übrigen Kunden vorbei auf ihn. Sein Blick und ihr Blick tauchten ineinander. Mit leichten Schritten ging er über die Straße. Sie wußte von ihm. Sie war einverstanden. Sie akzeptierte.

Im Kino hatte er das Gefühl gehabt, daß sie bei ihm war. Sie saß neben ihm, und zugleich sah er sie auf der Leinwand. Sie war gut, obwohl sie sich der Sünde hingab. Sie hatte keine andere Wahl. Sie gab einem Mann nach, der ihr alles versprach und nicht Wort hielt. Der Mann aber wandte sich einer anderen zu. Er tröstete sie. Er brauchte nur ihre Hand zu halten. Er fühlte seine Schultern und dann ihren Kopf, der sich an seine Schulter schmiegte. Dagmar saß neben ihm. Sie duftete süßlich. Er fand, der Duft paßte gut zu dem Film.

Er lag wach. Er war allein. Seine Augen gewöhnten sich an die Dunkelheit. Die Konturen der Möbel traten allmählich hervor. Der Stuhl mit dem weißen Hemd. Ein Lastwagen zog mit tiefem Brummen die Bödrichstraße hinauf; er hörte das Geräusch dünner werden, sich verflüchtigen. Es war noch immer Montag. Sicher saßen Vater und Mutter in der Küche und berieten. Dagmar war da. Nichts anderes zählte. Nur Dietmars Bett neben ihm war unberührt. Das Plumeau eine leichte, im Licht der Straßenlaterne weißschimmernde Wolke. Meistens war er schon eingeschlafen, wenn Dietmar heimkehrte. Wenn Dietmar das Licht anknipste, wurde er wach. Dietmar warf mit einem Kissen nach ihm. Er warf das Kissen zurück. Dietmar fing es auf, stürzte sich auf ihn, preßte das Kissen in sein Gesicht; er kämpfte sich frei. Sie kamen beide außer Atem. Und in dem Lachen von Dietmar roch er den Geruch von Bier und Zigaretten. Einmal, vielleicht schon bald, würde er nachts nicht mehr aufgeweckt werden. Dietmar sprach von fremden Städten, wo es »optimale Aufstiegsmöglichkeiten« gab. Er wußte nicht genau, was Dietmar darunter verstand. Warum redete er immer von anderen Leuten, wenn er doch bei ihm war? Es waren einflußreiche Leute, die sich für große Geschäfte interessierten. Daß Dietmar sich zu ihnen hingezogen fühlte, beunruhigte ihn. Er glaubte nicht, daß diese Leute, von denen er immer redete, jemals an Dietmar dachten. Aber ihn selbst faszinierten ja auch große Persönlichkeiten, die vielleicht nicht einmal wußten, daß es ihn gab. Zum Beispiel der Erzbischof, wenn er am Sonntagvormittag nach dem Hochamt, von zwei zappeligen Priestern gestützt, aus dem Domportal trat, die Orgel brummte in seinem gebeugten Rücken, verströmte über den Domplatz, wo er an der Straßenbahnhaltestelle stand und seit dem Ende des Gottesdienstes auf den Bischof wartete; der Chauffeur trug Livree, hatte seine Schirmmütze in der Hand und die Hand an der Hose, stand in militärischer Haltung neben der offenen Hintertür des 300 SL, in den der Bischof feierlich plumpste, nachdem er viele Leute gesegnet hatte, die sich jetzt auf Zehenspitzen stellten, versuchten, durch den Schlitz der violetten Wagenvorhänge irgend etwas vom Bischof zu sehen, die rote, geäderte Wange, die dicke, runde Hand am Rosenkranz, die sein Gesicht geschlagen hatte, am Tag der Firmung. Wenn dann der Wagen anfuhr und sie alle zurückblieben und dem 300 SL nachsahen, der seinen Weg zum bischöflichen Ordinariat durch die Innenstadt nahm, hatte er das Gefühl, der Bischof sei an den Gläubigen nicht interessiert; sicher saß er in den weichen Polstern und dachte an anderes; aber bestimmt war es etwas sehr Wichtiges, etwas, das mit Gott zu tun hatte.

Die Wohnungstür fiel ins Schloß. Aber er hörte keine Schritte im Flur. Jemand ging die Treppe hinunter. Die Haustür wurde geöffnet und wieder geschlossen. Er sprang aus dem Bett und eilte durch das Schlafzimmer seiner Eltern. Vom Badfenster aus hatte er einen Blick auf die Einmündung zur Moritzstraße. Er sah, wie sie auf Höhe der Einmündung das Trottoir wechselte. Sie verschwand in der Moritzstraße. Sie hatte ihn also hereingelegt. Er sollte friedlich schlafen. Und er hatte sich noch vor einer Stunde im Kino vor ihr geschämt, als es auf der Leinwand ziemlich dunkel geworden war und beklemmend still und in dieser Stille der Atem zweier Personen zu vernehmen war; Atemstöße, die immer kürzer und heftiger wurden. Er hatte sich gewünscht, daß die Szene wechseln sollte. Tatsächlich blieb auch alles im Dunkeln, aber als schließlich auf ein helles Zimmer übergeblendet wurde, in dem sich ein Mann gerade eine Zigarette anzündete, war er doch ein bißchen enttäuscht. Was konnte er da groß in der Klasse erzählen?

Er starrte gebannt in den Spiegel, unfähig, sich von der Stelle zu bewegen. Er fing an, aggressive Grimassen zu schneiden. Immer tat er das in der konkreten Situation Verkehrte. Wenn er allein auf dem Balkon stand, sich unbeobachtet fühlte und hörte, wie Vater und Mutter drinnen in der Küche stritten, formte er die Hand zur

Tüte als Mikrophon, das er sich vor den Mund hielt, in das er sprach. Doch nach einiger Zeit fiel ihm ein, daß zumindest Gott ihn sähe; er schämte sich, setzte das Gesicht auf aus einem französischen Film, das blasierte Gesicht dieses Luc, schlenderte durch die Wohnung, interessiert an Nebensächlichkeiten, an dem Maler der Feuerlilien, die über seinem Bett hingen, an den Herstellerfirmen von Dietmars Rasier- und Haarwassern. Er bearbeitete einen Pickel mit Pitralon, verzog keine Miene, obwohl die Haut höllisch brannte. Gebückt, die Hand auf die Magengrube gepreßt, ging er in sein Zimmer – eine Kugel hatte ihn erwischt, warf ihn auf die Couch, wo er reglos lag, mit dem Mund dieses Kerls, der das warme, weiche Mädchen in Armen hielt, sie sah zu ihm auf, der Blick hing an seinem Mund, männlich ernst, schön. Er brauchte sich nur intensiv an das Photo in der ›Film-Revue‹ zu erinnern, und sein Mund stimmte. Er wartete auf Muschi, die Verbandszeug holte, mit verweinten Augen ins Zimmer stürzte, an sein Bett trat, sich über ihn und seinen Schmerz beugte: Es gibt kein Verbandszeug hier draußen. Da hob er den Arm, fetzte einen halben Hemdsärmel ab und reichte ihn ihr. Mutters Stimme aus der Küche: Christ, lauf schnell zur Zuckriegl. Ich habe vergessen, die Butter einzupacken; oder der Gedanke an Gott brachte ihn zurück. Dann sprang er auf, nahm drei Stufen in einem Satz, tobte sich im Hof unten mit den Jungen aus, die Fußball spielten. Er knallte den Ball gegen die Mauer, daß der Verputz abbröckelte.

Er konnte lange hier stehen und vor dem Spiegel Grimassen schneiden. Damit verhinderte er nicht, daß Dagmar mit Roman hinaus zu den Wiesen fuhr; sie täten in dem Straßenbahnwaggon genau das, wofür er nicht den passenden Namen fand, um es denen drüben in der Küche zu sagen, die es ja eigentlich anging. Was machte es ihm noch aus, daß alle Pauker seinen Namen unter dem üppigen Busen in knallroter Bluse ablesen konnten, wenn sie ins Lehrerzimmer gingen. Malen, fand er, hatte schon mit Religion zu tun. Aber es war doch nicht sündhaft, daß er den Pinsel nicht genügend ausgestrichen hatte. Und was Vater anging, so sollten alle getrost im Jahresbericht hinter »Christ Kirsch« als Berufsbezeichnung des Erziehungsberechtigten »arbeitslos« lesen. Was ging es ihn an? Aber vielleicht irrte Dietmar, und das mit Vater lag nicht nur an der Zeit, über die sie in der Schule soviel hörten. Vielleicht lag es nicht nur daran, daß Vater damals dagegen gewesen war und viele Leute, die heute mehr verdienten als er, dafür gewesen waren und es Vater übelnahmen, daß er dagegen gewesen war, obwohl sie einsahen, daß man dagegen sein mußte. Er schämte sich, mit so einem gemeinen Gedanken gespielt zu haben.

Er verließ das Bad. Vor der Küchentür blieb er stehen. Er hatte die Türklinke schon in der Hand. In seiner Hand stockte der Entschluß. Er lauschte auf das, was sie sprachen. Er hörte Mutters Stimme: Du kannst doch mit ihm reden. Reden macht die Sache nicht schlimmer.

Es ist absolut aussichtslos.

Ich begreife das nicht.

Eine Weile sprachen sie nicht mehr. Er hörte das Knirschen der Kaffeemühle. Er wußte, sie hatte die Mühle zwischen die Knie geklemmt und zog mit der Faust Kreise über dem gelben Holz. Sie spielte seit Monaten mit dem Gedanken, eine elektrisch betriebene Kaffeemühle anzuschaffen. Aber Vater beharrte darauf, daß der in der Holzmühle gemahlene Kaffee aromatischer schmeckte. Der Stuhl, der nahe der Tür stand und auf dem nur Vater Platz nahm, wurde gerückt. Sie hielt mit dem Mahlen inne. Er sah es Vater immer an, wenn ihm danach zumute war, aufzustehen und seine Arme um Mutter zu legen, sie an sich zu ziehen. Sie wurde verlegen, blickte hilfesuchend Dagmar, Dietmar an, die herumstanden. Er schlich sich aus der Küche, wirre Gedanken gingen durch seinen Kopf. Er fand, sie paßte einfach nicht zu Vater. Soweit er zurückdenken konnte, wirkte Mutter mitgenommen, blaß; und seine Arme waren so schwarz, wenn er das dunkelblaue Hemd zu den Ellbogen hochgekrempelt hatte. Mit diesen schwarzbehaarten Armen hielt er ihren Kopf umschlungen und drückte seine Nase in ihr dünnes Haar. Unvermittelt ließ er von ihr ab, setzte sich wortlos auf den stets für ihn freigehaltenen Stuhl. Ihm kam es dann vor, als hätte Vater seinen Platz gar nicht verlassen, als wäre er nicht vom Stuhl aufgestanden, hätte nicht das Zimmer durchschritten, um mit seinen schwarzen Armen Mutters Kopf zu umschlingen. Er fühlte sich durchschaut und verraten zugleich, schämte sich, war wütend auf Vater.

Das Knirschen der Kaffeemühle ging allmählich in ein Pfeifen über, die Kaffeebohnen waren zerrieben. Er hörte, wie sie die Maschine auf den Tisch aufsetzte, vernahm das helle Klirren der Tasse, als sie Vaters Gedeck aus dem Küchenbüfett nahm und es ihm über den Tisch schob. Das Brodeln von kochendem Wasser, ein kurzes Zischen: Heißes Wasser floß über den gemahlenen Kaffee durch den Filter.

Aber sie haben doch gewußt, daß du dich seit Jahren auf die Prüfung vorbereitest, sagte sie. Sie konnte beim Fenster stehen, das Kaffeewasser goß Vater selber auf, hinabschauen auf die Treppe zum Taxisbräu, über die Freitagnacht die Arbeiter betrunken herabpolterten. Ich habe dich gerne abgehört, sagte sie. Vater antwortete nicht.

Noch vor zwei Jahren stand im Schlafzimmer seiner Eltern eine Singer-Nähmaschine. Mutter nähte für Verwandte. Gelegentlich suchte sie in der vor ihr aufgeschlagenen Broschüre mit dem Zeigefinger nach einer bestimmten Textstelle. Vater lag auf dem Bett, ein Kissen als Stütze im Nacken, die Arme verschränkt. Ja, es hat mir Spaß gemacht, in diesen Lehrbriefen zu lesen, hörte er Mutter. Du bist wütend geworden, wenn ich dich unterbrochen habe, weil du etwas vergessen hattest, und es kam dann überhaupt nicht drauf an. Anstatt »Gemeinderat« hast du immer »Rat« gesagt.

Sicher steht sie am Fenster, dachte er. Es war Montag. Die Arbeiter waren zu Hause oder in einer anderen Wirtschaft.

Hast du bereits mit ihnen gesprochen? fragte er zögernd.

Ich habe Dagmar und Dietmar davon erzählt.

Er mußte hinaus zu den Wiesen. Er lief auf nackten Füßen in sein Zimmer, zog sich in der Dunkelheit an. Die Krawatte legte er nicht an, sondern hängte sie über die Stuhllehne. Der steife Kragen von Dietmars Hemd scheuerte gegen seinen Hals. Er steckte den Wohnungstürschlüssel von außen ins Schlüsselloch, drehte den Schlüssel, wobei er die Tür anhob, dann zog er den Schlüssel geräuschlos ab.

Auf der schmalen Kellertreppe stolperte er und schlug mit dem Kopf gegen die Wand. Zusammengenagelte Holzlatten bildeten die Kellertür. Licht ritzte durch die Zwischenräume der Latten, fiel von der Straße durch die beiden hohen Fensterluken.

Als er das Rad vom Trottoir auf das Kopfsteinpflaster hinunterschob, sah er im Licht der Bogenlampe Rußflekken auf dem weißen Hemd. Das Hüpfen der Räder auf dem buckligen Pflaster, der harte Sattel machten ihn hellwach.

Er bog von der Asphaltstraße ab, in den schmalen Weg

zur Wiese. Mit der Schuhspitze drückte er den Dynamo weg vom Reifen. Für Augenblicke war er blind in der Nacht. Er trat nicht mehr in die Pedale, sondern ließ das Rad die Friedhofsmauer entlanglaufen. Er stieg ab und kippte das Rad ins Gras.

Es roch modrig, die Friedhofsmauer erschien undurchdringlich. Er dachte an den Mann, dessen Kopf in einem steifen, aufgeschüttelten Kissen ruhte, an die klammen Finger, die das Bild freiwillig gefalteter Hände vermitteln sollten, an den bläulichen Glanz des Linnens. Er verdrängte den Gedanken. Er schlich durchs Gras zu dem ausrangierten Straßenbahnwaggon. Dagmar und Roman waren nicht da.

Er hatte sich Zigaretten aus einem Automaten gezogen, das Rad in den Keller getragen, gegen den Waschtrog geworfen und bei verschlossener Kellertür eine Zigarette geraucht.

Das Ehebett im Elternschlafzimmer war unberührt. Er zog das Hemd über den Kopf, schlüpfte aus seiner Hose. Dietmar war da. Er schlief. Er hörte auf den gleichmäßigen Atem seines Bruders. Er drehte sich mit dem Gesicht zur Wand. Es war das erste Mal, daß er später zu Bett ging als Dietmar. Er schmeckte auf der Zunge den säuerlich metallischen Geschmack von Tabak. Er nahm das Medaillon in den Mund und tastete mit der Zungenspitze über die Gravur. Es war nicht richtig, sich zuerst Zigaretten und dann die Abbildung der Maria Mutter Gottes mit Jesuskind in den Mund zu stecken.

Wie wär's mit 'ner Players? flüsterte Dietmar gerade, als er glaubte, sein spätes Nachhausekommen wäre nicht bemerkt worden. Er stellte sich schlafend.

Rauche, staune, gute Laune, witzelte Dietmar.

Er roch also nach Tabak. Warum machte er sich nicht

um Dagmar Sorgen? Dietmar ließ nicht locker: Zwölf Players spenden zwölfmal gute Laune. Wie viele gute Launen spenden vierundzwanzig Players?

Er drehte sich Dietmar zu: Gut, ich habe geraucht.

Und deshalb bist du um elf Uhr nachts aus dem Haus?

Er gab Dietmar keine Antwort. Es war beklemmend still. Aber er antwortete nicht; er wußte, Dietmar lag auf dem Rücken, die Hände im Nacken gefaltet, ein spöttisches Lächeln umspielte seine Lippen. Oder riefen dich plötzlich die ›Gefährtinnen der Nacht‹?

Er haßte ihn. Und er haßte Dagmar und Roman, weil sie nicht gekommen waren. Alles blieb weiter im dunkeln. Alle taten, was sie wollten, was ihnen paßte. Und alle taten es hinter seinem Rücken. Er zerbrach sich über alles den Kopf, und am Ende war er so schlau wie vorher. Sie taten, was unverschämt war, und er lag mit Tränen in den Augen neben Dietmar und schämte sich.

Schlaf, Christ! sagte nach einer Weile Dietmar. Gute Nacht.

Er lag wach und wußte, daß Dietmar an ihn dachte, sich in Gedanken mit ihm beschäftigte. So wie Vater mit einem Male anfing, sich mit ihm zu befassen: Christ kommt jetzt in das Alter ... Dann vergaß er Dietmar. Und als er in seinen Gedanken aufschreckte und ihm einfiel, daß Dietmar mit ihm das Zimmer teilte, hörte er ihn schnarchen. Es war nicht unangenehm, es beruhigte ihn. Später warf sich Dietmar im Schlaf herum und wandte ihm den Rücken zu. Er schnarchte nicht mehr, sondern atmete regelmäßig und tief.

Er schlief ein und träumte sofort von Muschi. Sie rümpfte die Nase und machte ihm Vorhaltungen. Er stand in ihrer Kammer und sah hinunter auf das Fenster des Zimmers, das er mit Dietmar teilte. Mit Rauchen fängt's an, Christ, sagte sie.

Vor Frau Zuckriegls Laden stand der junge Mann, der sie bis zur Hofeinfahrt begleitet hatte. Er musterte sich kritisch in der Scheibe, dann zog er einen Kamm aus der Innentasche seines Sakkos, faßte ihn mit Daumen und Zeigefinger am Stielende und warf mit kurzen, schnellen Bewegungen des Handgelenks sein langes, glattes Haar nach hinten; dabei ging er rhythmisch zur Bewegung der Hand in die Knie. Hier, von oben, sah er das pomadisierte Haar des Mannes im Neonlicht glänzen. Als sich der Mann plötzlich umdrehte, zu ihm hochblickte und mit der Hand unmißverständlich das Zeichen für einen Vorgang machte, den zu benennen ihm schwerfiel, ging er eilig weg vom Fenster, hinein ins Zimmer, wo er sich auf den Stuhl setzte, der bereits ganz nah beim Bett stand.

Denk dir nichts dabei, beruhigte sie ihn.

Er hat mich gesehen, sagte er.

Hauptsache, du bist zu mir gekommen, lächelte sie.

Freut es Sie wirklich?

Wir sagen du zueinander. Hast du das so schnell vergessen?

Nein. Aber jedesmal, wenn ich Sie sehe …

Sagst du Sie zu mir. So ist es doch?

Ja, sagte er.

Was wolltest du draußen bei dem Straßenbahnwaggon? fragte sie ihn.

Ich wollte es verhindern, antwortete er.

Was wolltest du verhindern? Sie richtete sich im Bett auf. Der Träger ihres Unterrocks war von der Schulter gerutscht.

Du weißt genau, was ich meine, sagte er.

Die stärkste Form von nah zwischen einem Jungen und einem Mädchen? sagte sie kaum vernehmlich. Sie rieb langsam mit einer Hand an ihrer nackten Schulter und sah ihm in die Augen dabei. Wie willst du es verhindern? hauchte sie.

Sie faßte ihn an der Hand und zog ihn vom Stuhl hoch. Sie waren sich so nah, daß er ihren Atem spürte, der seinen Mund traf.

Warum willst du es verhindern? lächelte sie.

Er wollte nicht mehr verhindern, daß ihre roten, kalten Hände ihn streichelten. Er schloß die Augen und überließ sich ihr. Bei geschlossenen Augen spürte er, daß sie, während sie fortfuhr, ihn zu streicheln, ihren Blick nicht von seinen Lippen ließ. Er versuchte, sich an das Photo in der ›Film-Revue‹ zu erinnern. Aber da sie nicht aufhörte, seine Beine zu berühren, bekam er seinen Mund nicht richtig unter Kontrolle. Als er die Augen einen Spalt öffnete, sah er zu ihr auf und nicht sie zu ihm. Alles verlief anders als auf den Farbphotos der ›Film-Revue‹. Ihn störte es nicht.

Er wurde geweckt vom Schlagen einer Autotür. Bald darauf hörte er Dagmars Schritte auf dem Flur. Durch die Schlüssellochöffnung sah er, daß zur gleichen Zeit im Elternschlafzimmer das Licht angeknipst wurde.

11

Die Werktagmorgen. Richard lag wach und mußte sich zwingen, die Augen zu öffnen. Er war sich dann nicht sicher, ob er die Nacht über Schlaf gefunden oder nur mit geschlossenen Lidern dagelegen und gegrübelt hatte.

Aber er hatte nicht schlecht geschlafen, denn er fühlte sich frisch, wollte sich ankleiden, die Wohnung verlassen, weggehen. Aber seit sieben Wochen wußte er nicht, wohin. Aus dem Kinderzimmer nebenan vernahm er die gewohnten Geräusche. Es war Viertel vor sieben. Dietmars Husten, sein leises Fluchen, gedämpfte Worte. Wenn es im Kinderzimmer nebenan still wurde, drehte er sich zur Seite, drückte sein Gesicht ins Kissen. Die Klinke quietschte, obwohl Dietmar sie behutsam nach unten drückte. Auf Zehenspitzen schlichen sie an seinem Bett vorbei, die Schultasche untern Arm geklemmt, trat Christ als erster auf den Flur hinaus. Die Tür ließ sich geräuschlos schließen, so daß er auf den Klang ihrer Schritte im Flur hören mußte, bevor er die Augen öffnen durfte, auf das Plätschern des Wassers, das Gesumm der elektrischen Kaffeemühle, die sich Maria nun doch angeschafft hatte, auf die Schlagermusik. Er lag entspannt, und doch war er bis halb acht, um diese Zeit gingen die Kinder außer Haus, im Schlafzimmer gefangen, wollte er sie nicht in der Küche, wo sie frühstückten, antreffen. Er wünschte, Dietmar würde die Musik lauter stellen, Schlager halfen ihm ein bißchen, er folgte einer simplen Melodie, wiederholte einen lächerlichen Refrain: »Es blüht eine weiße Lilie in blauer Tropennacht …«

Die Tage unterschieden sich nicht mehr. Aber diese Monotonie war erträglich. Tagsüber war er wach und konnte hoffen. Doch die Nächte waren ein schreckliches Erlebnis, das weit in den Vormittag hinein sein Fühlen und Denken besetzt hielt, bestimmte; vor dem er sich in seine Phantasie flüchtete. Es waren stets die gleichen Plätze, auf die er sich zurückzog. Er umgab sich mit seiner Familie, immer war Sommer, Blauwetterhelle, wabernde, warme Luftmassen; die kleine, bauchige Lokomotive ließ Dampf ab, ein Rumpeln ging durch die Waggons, schnaufend fuhr sie aus dem Bahnhof von Kolbstadt, die Geleise silbern in einer Julisonntagssonne ausgelegt, er auf dem Perron, im letzten Waggon, spürte kühlend den Fahrtwind in seinem glattrasierten Gesicht; Silberkufen spulten sich von den Rädern, helle Steine blinkten zwischen den Schwellen. Die Stimmen seiner Jungen, sie stritten um eine Hartwurstsemmel. Dagmars pechschwarzes Haar, das in einem Sonnenstrahl bläulich aufglänzte. Er hörte Maria nicht heraustreten, doch wußte er schon einen Augenblick, bevor sie ihre Hand auf seine Schulter legte, daß sie hinter ihm stand, auf ihn sah, auf die Kinder. Sie beugten sich nebeneinander über das warme Eisengeländer. Da war die friedliche Bahnstation bei der Walhalla, der Holzzaun mit dem Türchen, das der Bahnbeamte aufmachte wie eine niedrige Gartentür, nie brauchte er die Billetts zu zeigen, der Beamte hob grüßend die Hand zur Schirmmütze, machte immer den gleichen Witz: Eins, zwei, drei, vier und eine halbe Portion – Christ kam zuletzt. Und er konnte jedesmal wieder darüber lachen. Auf einem Stück Wiese war er mit Dietmar und Christ hinter einem Ball her. Noch war er schnell genug, an Dietmar vorbeizudribbeln und den

Ball eine Faust breit neben die Einkaufstasche zu schieben, die einen Torpfosten ersetzte. Er lenkte sie geschickt ab, wenn ihn die Kraft verließ und sie es an seinen kurzen Atemstößen gehört hätten, daß er nicht noch einmal an Dietmar vorbeigekommen wäre, ohne die Überlegenheit seiner Schultern auszuspielen. Er blieb einfach stehen, ließ den Ball laufen, faßte in die Gesäßtasche der Hose, klappte seine Geldbörse auf, aus dem Fach für die Scheine zog er das vergilbte Photo, das ihn mit zehn anderen jungen Männern zeigte, barfüßig mit unmodischem Bürstenhaarschnitt, knielangen, ausgewaschenen, schlabbrigen Turnhosen, der Tormann hielt einen ungewöhnlich großen Lederball in seinen Händen. Er zählte die Namen auf, keinen einzigen hatte er vergessen, der Mittelstürmer konnte aus vollem Lauf schießen, und ausgerechnet der kleine Linksaußen war der schnellste über hundert Meter. Fünfmal hintereinander waren sie Meister der Division.

Er war froh, daß die Kinder aus dem Haus mußten. Er wollte sicher sein, sie nicht anzutreffen, stand am Fenster, sah durch die Scheibengardinen Christ auf dem Rad, Dietmar überquerte die Straße, trug die schmale Ledermappe in die Seite geklemmt, sah sich noch einmal um, bevor er sich an der Einmündung zur Moritzstraße eine Zigarette anzündete. Seit wann rauchte Dietmar schon auf dem Weg zur Schule?

Minuten stand er am Fenster. Allmählich wich die Erinnerung an die Nacht. Er wurde ruhig. Dann war niemand mehr auf der Straße. Aus dieser plötzlichen Leere konnte ungehindert ein Bild aufsteigen, eine durch Erinnerung und Verdrängung gesteigerte Realität. Er stand in der Küche, wo es nach Kaffee und selbstgemachter Marmelade duftete, aber er roch den Rauch teurer Zigaretten, wie er selbst sie nur an Sonntagmittagen manchmal rauchte. Aus dem Radio klang nach den Acht-Uhr-Nachrichten längst wieder Schlagermusik, aber er hörte die Stimme gedämpft von der Couch her, der zwei Sessel gegenüberstanden, in denen Platz zu nehmen Behördenleiter Grasser einem ausnahmsweise anbot, wenn es eine Mitteilung zu machen galt, die man nicht über eine karge Schreibtischplatte hinweg sprach. Sie wissen, warum ich Sie habe rufen lassen? Sie haben damit gerechnet, sagte Grasser. Sie haben bei Ihrer Einstellung falsche Angaben gemacht. Es traf ihn so unvorbereitet, daß sein Gehör wie zu seinem Selbstschutz ein- und aussetzte; Grasser sollte weiterreden, denn solange er sprach, bestand die Chance, daß er mit einem letzten Satz einschränkte, abmilderte, einen und sei es noch so schwer begehbaren Ausweg aufzeigte.

Erst der breite, lange Korridor, die ätzende Ausdünstung des frisch gewachsten Parketts versetzten ihn in die Gewißheit, daß dieser Samstag vormittag sein letzter Arbeitstag gewesen war. War es ein Zufall, daß er auf seinem letzten Gang von Grassers Zimmer zu seinem Büro ausgerechnet Klett begegnete, der an dem Steinwaschbecken sich die Hände wusch, das eigentlich für den Parteiverkehr gedacht war; über seinem Unterarm hing das steife, weiße Behördenhandtuch mit den Initialen im Schriftbild der Vorkriegszeit. Mit einem einzigen Blick nahm er alle diese Einzelheiten gleichberechtigt wahr. Jetzt, nach sieben Wochen, wußte er nicht mehr, ob er den Gruß Kletts, der sich ihm, während er die Hände noch unters Wasser hielt, in einer Kopfdrehung zuwandte, erwidert hatte. Das verlegene Lächeln bei der Begrüßung bekam jetzt Bedeutung, selbst die feuchte Kälte seiner Hand erschien ihm plötzlich als ein Indiz für etwas, das im August begonnen hatte, als er aus dem Urlaub zurückgekehrt war und ihm auffiel, daß Klett oft in der Tür zum Direktionszimmer verschwand, das einen Stock tiefer lag. Er war ihm einige Male gefolgt, um eine Akte in die Registratur zu tragen. Erst jetzt, bei genauer Überlegung, wurde ihm klar, Klett hatte gegen ihn intrigiert. Er bedachte damals viel zu wenig die Veränderungen, er beteiligte sich nicht an den schwierigen Kombinationen im Personalbereich, die sich daraus ergaben, daß eine Abteilungsleiterstelle frei wurde, für die er und Klett gleichermaßen in Frage kamen. Er war eine Figur in diesem Brettspiel gewesen, ohne sich dessen zunächst bewußt zu sein. Eine Figur, die schwer einzuschätzen war, weil sie an dem Spiel und seinen Regeln kein Interesse erkennen ließ. Sie interessierte sich für schwere Motorräder, und es lag auf der Hand, daß sie Schulden machte.

Sieben Wochen später aber bekamen alle Vorgänge einen Zusammenhang: Die Flügeltür zum Pissoir jener Gaststätte schwang auf, in die sie am Abend des Betriebsausflugs eingekehrt waren; er sah Grasser und Klett in konspirativer Einhelligkeit nebeneinander vor der Teerwand, der Behördenchef und sein Nachgeordneter entleerten sich, standen in der großen Toilette keinen Meter auseinander. Sein Name war gefallen. Das war nicht bedeutungslos, denn sie schwiegen, als er vor dem Spiegel stand, sein Bedürfnis unterdrückte, in der Innentasche des Jacketts nach dem Kamm kramte, den er nicht fand. Er strich mit den Fingern verlegen durch sein Haar, drehte den Wasserhahn auf, weil er das plötzliche Verstummen, das anhaltende Schweigen nicht mehr ertrug. Er sagte etwas über die Qualität des Biers, das ausgeschenkt wurde. Daß das Weizen hier wohl besser sei als das Helle. Erst als er begriff, daß sie ihn mit seiner Geschwätzigkeit auflaufen ließen und daß er mit seinem Reden nur ihr geheimes, stillschweigendes Einverständnis verstärkte, drehte er den Wasserhahn zu und sagte nichts mehr. Aber da waren sie schon draußen. Die Flügeltüren wippten, irgendwo rann gleichmäßig Wasser. Er fühlte sich hundeseelenallein.

Er war nicht in das Lokal zurückgegangen; als sie aufbrachen, fing er die Kellnerin in der Küche ab, bezahlte eine Portion Leberkäs und vier Halbe Bier. Im Bus war er eingenickt bei dem einschläfernden Rhythmus ihrer Lieder, dem Motorgesang, dem sanften Stoßen und Schütteln, wenn der Fahrer bremste, schaltete, einen Berg hinauffuhr.

Am nächsten Tag hatte er alles der Wirkung des Alkohols zugeschrieben, müde war er zudem gewesen, schließlich war er ja auch im Bus eingeschlafen.

Heute aber wußte er, Klett war nicht nur ein Mitbewerber um eine offene Stelle gewesen; Klett war sein Feind gewesen; zum Feind hatte er sich ihn gemacht. Er hatte keine Gelegenheit versäumt, Klett unter die Nase zu reiben, daß er ihn für einen Nazi hielt, auch heute noch. Er war Klett im Jahr 1932, als er einige Male die Parteiveranstaltungen besuchte, begegnet. Dann verlor er ihn aus den Augen, weil er den Aufzügen, den Versammlungen fernblieb. Aber Klett »war wer« im Dritten Reich, das drang auch zu ihm durch. Man nahm sich besser in acht vor Klett. Und die sich damals vor ihm in acht zu nehmen hatten, weil sie auf der Seite standen, die aus Kletts Sicht die falsche war, mußten sich auch heute in acht nehmen; jetzt standen sie zwar auf keiner falschen Seite mehr, aber sie hatten es in diesem Amt, in dem Klett schon wieder nach Höherem strebte, zu nichts gebracht und unterstanden Kletts Weisungen.

Klett und er, sie trafen in ihrer Behörde auf die Opfer

des Krieges. Was er wohl fühle, fragte er ihn höhnisch, wenn sie auf ihn zuhumpelten, die Überlebenden auf Krücken, wenn sie sich ihm schweigend näherten, die hinterbliebenen Witwen und Waisen, die Armamputierten, Kopfverletzten? Er verletzte Klett. Kontinuierlich fügte er ihm Verletzungen zu. Was dachte er sich dabei? Wie lange, glaubte er, hielte dieser Mann noch still?

Waren Sie kein Gefolgsmann? fragte ihn eines Tages Klett.

Niemals. Außerdem habe ich diese Partei verlassen.

Hatte er ihn damit nicht selbst auf die Spur gesetzt? Die Spur führte zu seiner Personalakte. Klett stöberte in ihr; ihm standen alle Türen offen. Er stieß auf einen Fragebogen. Über viel Kleingedrucktes führte die Spur, die Klett aufgenommen hatte, zu jener kleingedruckten Frage, die er guten Gewissens, wenngleich wider besseres Wissen, mit Nein beantwortet hatte.

Er hatte sich in Kletts Hand begeben; Klett hatte ihn in der Hand. Klett schaltete ihn, den feindlichen Mitbewerber, aus, indem er sein Wissen Grasser an die Hand gab. Eine Hand wusch schon wieder, zehn Jahre nach Kriegsende, die andere.

Wie klar er das mit einem Mal sah. Was hatte ihm noch vor sieben Wochen die Sicht für diese Zusammenhänge verstellt?

Sein Gedeck stand allein auf dem Tisch, eine lindgrüne Tasse auf lindgrünem Untersatz. Das Geschirr, das die Kinder benutzt hatten, war abgeräumt.

12

Seit sieben Wochen nun schon war Dagmar wohlriechend gecremt und trug den schwarzen Schlüpfer, wenn sie sich mit Roman Best traf. Wovor hatte sie eigentlich Angst? Was wollte sie wirklich? Sie wollte nicht auf einer Bank am Rand eines Tennisplatzes sitzen. Sie wollte zu ihm gehören. Sie wollte in einer Selbstverständlichkeit zu ihm gehören, die niemand in Frage stellte. Aber wie ging das zusammen, wenn sie sich nicht entschied? War in Wirklichkeit nicht sie es, die ihn verunsicherte? Die ihren weiten, blumigen Rock mit den aufgedruckten Montmartre-Szenen anbehielt, nicht auszog, um hineinzuschlüpfen in ein Kostüm von Coco Chanel, dessentwegen er sie in sein »jugendliches Modehaus«, das er allein, ohne den kaufmännischen Rat seines Vaters, führte, gebeten hatte. Sie hatte den Rock nicht abgelegt. Er sollte sie akzeptieren, so wie sie war. Sie wußte, er begehrte sie. Je länger sie sich ihm verwehrte, um so mehr begehrte er sie. Sein Verlangen nach ihr stand in einem Verhältnis zur Anzahl der Monate, die vergangen waren, seit sie sich kennengelernt hatten, in der Maximilianstraße, ausgerechnet vor seinem Modegeschäft. War es Zufall, daß sie kniete, als er ihr zum ersten Mal in die Augen geblickt hatte? Ein Bote, ein hübscher Bote in weitem Rock mit einem Aufdruck, der ihn an das feine Kaffeeservice von Hutschenreuther erinnert haben mochte, das seine Mutter und die Damen des Mittwochkränzchens in gespreizten Fingern hielten; ein Bote mit einem Arm voll Briefen, Warensendungen, großen und kleinen Kuverts, die er aus dem Schließfach der Bahnhofspost geholt hatte wie jeden Morgen, unterwegs zur Kanzlei; der abrupt im Vorbeieilen an der gläsernen Vitrine, in der Seidenschals und Chiffontücher drapiert waren, angehalten hatte; der Stoß Morgenpost für die Anwaltskanzlei bewegte sich, verrutschte, glitt aus der Beuge des Arms und fiel wie große, schwere Blätter auf das Marmorkarree, in dem die Metallbeine der Vitrine verankert standen. Hatte er den Schrecken in ihren Augen bemerkt, der ihr schlechtes Gewissen verriet? Schließlich hatte sie gegen ihre Botenpflicht verstoßen, die darin bestand, »auf schnellstem Weg und ohne Verzug«, wie ihr Chef in professioneller Terminologie ihr schon am ersten Tag aufgetragen hatte, die Geschäftspost vom Postamt am Hauptbahnhof zur Kanzlei in die Widmarkstraße zu befördern.

Der Weg durch die Maximilianstraße war zwingend, wollte sie keine Umwege gehen. Es war eine Straße der Versuchung; Schuhgeschäfte, Juwelierläden, Modehäuser – wie sie, zwei Zugstunden von München entfernt, auch kleine Geschäfte nannten – reihten sich aneinander. Wollte ihr Chef »auf schnellstem Weg und ohne Verzug« verhindern, daß sie in Versuchung geriet, vor den Auslagen verweilte, den Preis einer Seidenbluse, eines Krokogürtels in eine Beziehung setzte zu dem, was er ihr für die Arbeit eines Monats bezahlte? »Leistung und Gegenleistung stehen in einem ungesunden Verhältnis zueinander«, hatte er ihr in den Stenoblock diktiert, der auf ihren mit Seidenstrümpfen bespannten Knien ein wenig hin und her rutschte, während sie gedankenlos, hundertzwanzig Silben in der Minute, diesen Satz mit dünnen Bleistiftbewegungen zwischen die blauen Adern der Zeilen setzte; lautlos und doch eine Melodie, die sie forcierte, indem sie einen Takt lang die Bleistiftspitze bei den Silben mit »a« stärker, entschiedener gegen das Blatt drückte. Lautlos nahm sie die Anweisungen ihres Chefs entgegen, lautlos schrieb sie seine Diktate zunächst nur auf Blätter, die perforiert in ihrem Block hingen. Mit dem, was sie in einem Monat verdiente, konnte sie sich keinen Seidenschal aus Roman Bests Vitrine umbinden. Leistung und Gegenleistung standen in einem ungesunden Verhältnis zueinander, natürlich war ihr dies nicht entgangen; aber jeder hatte einmal klein angefangen; jetzt war alles möglich in Deutschland, mit dieser Gewißheit ließ es sich arbeiten von Montagmorgen bis Samstagmittag; schließlich war sie nicht mehr, noch nicht mehr als ein Bote, der losgeschickt wurde, verschlossene Kuverts und Warensendungen abzuholen oder zu überbringen, sie einem Empfänger auszuhändigen, der dem, was auf diesen Umschlägen stand, mehr Aufmerksamkeit widmete als ihr. Diesem, am Boden, vor seiner Glasvitrine knienden Boten hatte Roman in die Augen geschaut, als er sich bückte, nachdem er, den Schlüssel schon im Schloß der Eingangstür seines Geschäfts, bemerkt hatte, wie ihr die Post entglitt. Von oben blickte er auf ihr von einer Spange hochgehaltenes Haar, von oben entging ihm wohl nicht der zarte Flaum in ihrem Nakken, dort, wo sie das Haar nach oben gesteckt hatte; kurz blickte er über sie hinweg, hinein in die Maximilianstraße, kein Fußgänger näherte sich, er bückte sich, auf gleicher Höhe sah er ihr ins Gesicht, langsam schlug sie die Augen auf, als hätte sie ihre Erwartung erst eingerichtet auf das, was sie nun wahrnahm. Schweigend knieten sie nebeneinander; er sammelte still die Post ein, die, um sie beide verstreut, auf dem Trottoir herumlag, und sie öffnete leicht die Beuge ihres abgewinkelten Arms, in die noch einige Kuverts geklemmt waren; behutsam, mit einem Ernst, der nicht der Situation entsprach, steckte er Umschlag nach Umschlag zurück; sie beobachtete ihn, unverhohlen, acht Kuverts zählte sie, während er diese Arbeit wie eine eigene Arbeit verrichtete. Auf gleicher Höhe kniend mit ihm, vier Schritte vor dem Eingang zu seinem Modehaus, spürte sie, sooft er seine Hand mit einem Stück der aufgelesenen Post erhob, daß er sie berühren wollte, daß er den luxuriösen Inhalt dieser Vitrine dafür gegeben hätte, sie in die Arme zu nehmen. Zwei Wochen später trug sie das gelbe Chiffontuch, das im oberen Fach gelegen hatte. Es war das einzige Geschenk, das sie nahm.

Das Boten-Bild war ein Bild, das sie mochte. Es stand am Anfang. Es markierte den Anfang ihrer Beziehung zu Roman Best. Das Boten-Bild lag obenauf, auf einem dicken Stoß ebensolcher kleiner Bilder, Sammelbilder, wie Christ sie aufbewahrte, in einem Zigarrenkistchen, ein von einem Gummiring zusammengehaltener Pack, den er geschickt mit dem Daumen aufblätterte, ein trokkenes Knistern, und die farbigen Motive liefen ihm über den Finger, ein buntes Flimmern, sie mußte wegsehen, wenn er stolz seinen Besitz aufrollte, weil ihr die Augen schmerzten. Welches Motiv läge unter dem Boten-Bild? Wie viele Bilder warteten unter dem Anfangsmotiv darauf, aufgeblättert zu werden? Nein, ihre Beziehung zu Roman war keine Geschichte, die man in Bildern erzählte, die in einem letzten Bild zu Ende ging. Die Vorstellung eines letzten Bildes machte ihr angst. Je weniger sie von sich zeigte, je weniger sie aufdeckte von dem, was sie war und später sein wollte mit ihm, um so langsamer und gründlicher entwickelte sich das, was jetzt eine liebe Beziehung war und ganz von allein werden würde, was eine Liebe ausmachte: wahrhaft, tief und solid.

Sacht mußte das Gefühl der Zuneigung aufsteigen, sich allmählich vertiefen, bis man eines Tages nicht anders konnte, als sich heftig zu seiner Liebe zu bekennen. Denn eine Beziehung, die leicht gefunden wurde, würde sich ebenso leicht wieder auflösen. Sie wollte eine Verpflichtung eingehen. Und sie wollte verpflichten.

War er, Roman Best, dazu bereit? Ließe er sich in die Pflicht nehmen? Sie stellte sich diese Fragen. Die Antworten fielen unterschiedlich aus. Warum war sie nicht stolz auf ihn, wenn er in seiner Borgward Isabella mit ihr durch die Maximilianstraße fuhr? Sie fühlte sich fremd in dem Fahrzeug, fremd neben ihm. Sie blickte vom Armaturenbrett auf, vor der Eisdiele Gelati lehnten drei, vier Jungen, kaum älter als Christ, fuhren grinsend mit herausgestreckter Zunge über eine rosafarbene Eiskugel, sie wich zurück; beruhigend, daß Sekunden später die Isabella, geschüttelt in kurzen Stößen, über Kopfsteinpflaster fuhr, was bedeutete, daß sie die Maximilianstraße verlassen hatten, herausgefahren waren aus dieser Promenade, wo man an Sonntagvormittagen sich zeigte, die Anwaltsgehilfin neben dem Juniorchef des ersten Modehauses von Kolbstadt; was war das für ein Ausstellungsbild, gerahmt von einer Borgward Isabella, ein weißer, teurer, im Sonntagvormittagslicht weich zerfließender Rahmen? Quälend langsam bewegte sich dieses Ausstellungsstück durch das Besucherspalier entlang beider Trottoirs der Straße, Romans Fuß, die Kreppschuhsohle seines rechten Slippers touchierte ganz sacht das Gaspedal; er fuhr sie, sein exotisches Exponat, in einem Sänften-Tempo aus einem fremden Blickfeld hinaus, um sie in ein fremdes Blickfeld hineinzufahren. Vielleicht tat sie ihm unrecht. Dienst war Dienst, und Schnaps war Schnaps. Schließlich war er Kaufmann. In seiner Berufswelt standen gläserne Vitrinen, Schaufensterpuppen, dazwischen bewegten sich Verkäuferinnen, Direktricen. Er mußte auf vieles einen Blick freigeben, was sie, Dagmar Kirsch und ihre Familie, verborgen halten durften. Sicher, seine Borgward Isabella war auch Statussymbol, ein Status, zu dem ihm Kennerschaft und guter Geschmack verholfen hatten. Ein Status, auf den sich seine Kundschaft verließ. Ja, er hatte einen sicheren, guten Geschmack. Seit er mit ihr ging, ging er mit keiner anderen. Hatte sie nicht allen Grund, ihm zu vertrauen?

13

Richard hatte sich eine Schreibmaschine ausgeliehen, um schriftlich Stellung zu nehmen in dem Verfahren, das er vor dem Arbeitsgericht angestrengt hatte. Nach dem Frühstück hatte er bei Kliemkes, den Wohnungsnachbarn, geläutet. Kliemkes Frau, mollig, fünfunddreißig, blond gefärbt, hatte ihm aufgemacht. Ihr Mann, der spät aus dem Haus ging, schleppte die Maschine an, ein schwarzer staubiger Kasten, den er auf den Wohnzimmertisch stellte. Kliemke hatte Kirsch in zwei dicke Gläser gegossen, ihm ein Glas gereicht, sein Glas zum Mund gehoben: Auf das, was Sie schreiben wollen.

Einen Augenblick hatte er gezögert, in die Flüssigkeit geblickt, in der sich das Licht fing. Dann trank er auf ex, Kliemke goß nach, ehe er ablehnen konnte. Nach dem dritten Glas fing er zu reden an, erzählte von dem Unrecht, das ihm dieser Tage widerfahren war, während Kliemke zum wiederholten Mal seine ablehnend ausgestreckte Hand auf die Tischplatte drückte, ihm weiter eingoß, schwieg, ihn nur unterbrach, um ihn zum Trinken zu animieren. Kliemke hatte ihm die Maschine bis vor die Tür getragen, stand mit ihm auf dem Hausflur, wartete, bis er die Wohnungstür aufgesperrt hatte. Er drückte die Wohnungstür von innen ins Schloß, benommen, unschlüssig stand er da, sah durch die offenstehende Schlafzimmertür auf das ungemachte Ehebett, zu seinen Füßen der schwarze Koffer. Wie Übelkeit kam es in ihm hoch: Er hatte erzählt, Kliemkes hatten geschwiegen.

Er räumte das Geschirr vom Tisch. Er wollte sich ablenken mit Arbeiten im Haushalt. Er putzte für die ganze Familie die Schuhe, Maria schärfte ihm ein, den gröbsten Schmutz auf dem Balkon oder doch vor der Wohnungstür abzubürsten. Eines Tages, sie kam vom Einkaufen zurück, hatte sich selbst aufgesperrt, sah sie, wie er sich mit umgebundener Schürze hinter der Balkontür versteckte. Sie trat in die Küche, die Tür des Zwischenraums zum Balkon, den sie Kammer nannte, stand offen. Sie blickten sich in die Augen; er, eingeschlossen, gefangen, in der Enge zwischen Kammerwand und Balkontür. Der halbe Balkon voller ungeputzter Schuhe, das Holzkästchen, in dem Lappen, Bürsten verwahrt waren, eine aufgeschraubte Dose Schuhcreme. Da war sie selbst hinausgegangen, hatte Schuhe, Kästchen und Dose in die Küche getragen, sich auf den nächsten Stuhl gesetzt und schwarzes, braunes Leder mit Creme eingerieben. Er hatte wortlos die Wohnung verlassen.

Minutenlang drehte er am Radio, suchte Schlagermusik, hörte auf Lieder, bei denen er früher den Stecker aus der Dose gezogen hatte und aus dem Zimmer gegangen war, Dietmar allein gelassen hatte in der abrupten Stille: Für diese Musik ist euer Vater zu alt.

Die Kinder kamen nie gleichzeitig von der Schule heim. Schon ab elf Uhr war er nicht vor ihnen sicher. Oft überraschten sie ihn, wenn er allein in der Küche am Tisch saß und das Radio laut spielte. Er hob die Zeitung vors Gesicht, die er in den Stunden nach dem Frühstück bereits ausgelesen hatte. Er täuschte vor zu lesen. Er verharrte in dieser Pose, solange sich Dietmar, Dagmar oder auch Christ in der Küche aufhielten, ließ sich von Maria auffordern, das Blatt endlich wegzulegen.

14

Maria bemühte sich um ein Gespräch bei Tisch, die Kinder waren ihm gegenüber zurückhaltend geworden. Manchmal befürchtete sie, sie würden nicht nur aus Rücksicht schweigend in die Teller blicken und sofort aus dem Zimmer gehen, sobald sie mit dem Essen fertig waren. Mittags half er ihr nicht beim Geschirrspülen und Abtrocknen, drehte auch nicht am Radio. Erst wenn die Kinder in ihren Zimmern lernten oder aus dem Haus waren, wurde er aktiv, stellte sich breitbeinig auf den Balkon hinaus, ließ sich von der Sonne das Gesicht wärmen, schritt plötzlich entschlossen durch die Küche, wo sie jetzt im Stehen die auf dem Büfett ausgebreitete Zeitung las. Er trug den schwarzen Koffer, den er im Flur abgestellt hatte, ins Wohnzimmer. Zwei, drei Stunden lang hörte sie das zunächst zögernde Anschlagen der Typen, das bald überging in ein entschlossenes Rattern, dann seine schweren Schritte zwischen Wohnzimmer und Küche, wo sie mit Näharbeiten beschäftigt war oder strickte. Die Tür ging, sie sah mit einem überraschten Lächeln auf, als wäre ihr verborgen geblieben, wogegen er seit Stunden anlief. Daran kann niemand vorbeigehen! Das überzeugt! Er schwenkte einige Schreibmaschinenblätter in der Hand. Auch Grasser ist nur uneinsichtig bis zu einem bestimmten Punkt.

Sie stimmte ihm zu.

Er lehnte sich gegen die Tür, um eine dialektfreie Aussprache bemüht, begann er beinahe genußvoll zu lesen:

Bitte Sie inständig ... kranke Frau ... drei Kinder ... hochachtungsvoll ...

Die stets gleichen Briefenden beschämten sie. Er aber war mit seinen Formulierungen zufrieden, selbstgefällig wiederholte er Satz für Satz, um die Wirkung seines Schreibens an sich selbst zu erfahren.

Erst bei der Reinschrift kamen ihm Zweifel: Nicht selten beobachtete sie, wie er den bereits frankierten Brief in die Mülltonne warf. Einmal folgte sie ihm. Sie hatte vom Balkon aus gesehen, wie er den Brief in die Mülltonne schob und sich dann eilig entfernte. Schon in Nachthemd und Bademantel, schlich sie die Treppe hinunter, wühlte im Mondlicht in der Tonne, ihre Hände rochen übel nach vermodertem Abfall, Asche, Kartoffelschalen. Ein ungestempelter, frankierter Brief konnte auffallen. Sie wurde von Kliemke überrascht. Sie hatte ihn nicht kommen hören, weil vor dem Taxisbräu gerade ein Wagen angefahren war. Er klopfte ihr vertraulich auf die Schulter, deutete mit einem stochernden Finger auf die offene Mülltonne: Was gibt's denn Feines im Kochtopf? Sein Bieratem traf sie in ihren offenen Mund, so nahe drängte er sich an sie heran. Sie erzählte etwas von einem Totoschein, den sie versehentlich in den Abfalleimer geworfen hätte. Er wollte ihr beim Suchen helfen, machte sich über die vorderste Tonne her, in der er mit beiden Armen im Abfall buddelte. Sie mußte ihm zuvorkommen. Im Mondlicht waren Absender und Anschrift ohne weiteres zu lesen. Sie fand den Brief, ließ ihn in der Manteltasche verschwinden. Er wühlte in der mittleren Tonne, feuchte Kartoffelschalen hingen an seinen Anzugärmeln. Sie überredete ihn, die Suche aufzugeben. Im Hausflur fand sie nicht sogleich den Lichtknopf. Sie hatte ein schlechtes Gewissen. Sie faßte ihn am Arm, wischte mit ihrem Taschentuch den feuchten Schmutz vom

Anzugärmel, schon damit Frau Kliemke ihm keine Fragen stellte. Als das Licht ausging, fiel er auf sie, drückte sie gegen die kalte, mit Ölfarbe gestrichene Mauer. Seine Hand fuhr unter ihren Bademantel, der über dem Gürtel auseinanderklaffte. Für einen Augenblick spürte sie seine Hand unschlüssig auf ihrer Brust ruhen, dann griffen seine Finger. Sie ließ sich fallen, tauchte unter ihm weg. Sie suchte nach dem Lichtknopf. Im Hellen stand er hilflos lächelnd vor ihr, verdrehte die Augen, stank nach Bier. Aber so betrunken schien er ihr plötzlich nicht. Er ging schnell, ohne ein Wort des Bedauerns, die Treppe hoch, sperrte leise die Tür auf. Mit einem matten Schnappen fiel sie ins Schloß. Sie wartete auf halber Treppenhöhe, bis das Licht im Hausgang wieder erlosch.

Sie saß in der Küche und weinte. Als sie sich beruhigt hatte, stand Richard in der Tür. Er kam langsam auf sie zu.

15

Richard wußte, daß Türen sich heimlich hinter ihm öffneten, wenn er die Wohnung verließ, Frauen an den Fenstern lehnten, die Gesichter von Stores verdeckt, und leise gegen die Scheibe berichteten, daß er nun auf die Simmernstraße hinaustrat. An einem Juninachmittag aber wurde er gerufen. Er wandte sich um und sah Frau Schimpel, die ihren Kopf aus dem Türspalt hielt und ihn zu sich, eine halbe Etage höher, heraufwinkte. Sie wollte ihn sprechen.

An den folgenden Morgen frühstückte er noch vor den Kindern. Er trug das staubbeschlagene Rad, das er seit Jahren nicht mehr benutzte, aus dem Keller, säuberte mit einem Lappen den Sattel, schwang sich darauf. Er kam erst gegen halb zwei Uhr zurück, wenn Maria die Teller schon wieder abgetragen hatte. Er wusch sich in der Kammer neben der Küche die Hände; Maria hörte ihn pfeifen dabei.

Er war froh, daß sie sich nicht nach seinen Vormittagsunternehmungen erkundigte. Es ging sie und die Kinder nichts an, daß er, um die Familie zu ernähren, etwas tat, was sie gewiß für unter seiner Würde hielten. In diesen Tagen schrieb er nicht mehr auf Kliemkes Maschine, klebte nicht Marken auf adressierte Kuverts, um sie dann in eine Mülltonne zu werfen.

Er sägte Schwellen für die Schimpels. Schimpel war Amtmann bei der Bahn. Er fuhr frühmorgens in Schimpels

Kleingarten. Er zog sein Jackett aus, band sich den Lederschurz um, den er in der Gartenlaube fand. Er warf eine Schwelle auf den Bock und durchsägte sie mit kräftigem Arm. Zwischendurch wusch er sein schweißtriefendes Gesicht im Brunnen. Der Sägemehlberg zu seinen Füßen wuchs. Manchmal bückte er sich, schaufelte mit beiden Handtellern Sägespäne. Er hob die Hände vors Gesicht und sah zufrieden in das Holzmehl. Am Gartenzaun wucherte Taxus hoch. Von der Straße aus war der Garten nicht einsehbar.

Er fühlte das Mehl heiß in seinen Handtellern, die er wie eine Schale vor den Mund hielt. Als er seinen Blick unmerklich hob, sah er mit noch immer nach unten gesenkten Augen den Schatten, lang, hager, der rechts von ihm in ein Blumenbeet hineinragte. Er drehte sich, die Hände noch immer als Schale vorm Gesicht ausgebreitet, nach rechts. Wie unter Hypnose stand er in dem naßfleckigen Lederschurz, in den sägemehlgepuderten Arbeitsschuhen neben dem Bock, die Säge schaukelte noch an dem Balken, eine ölig-braune Schwelle lag unzersägt in der Gabel. Dann pustete er in seine Hände. Und in der Wolke, die aufstob, verschwand der Schatten, aber nicht die Person, die am Gartentor stand, das rechts vorgestellte Bein lässig abgeknickt. An seiner nassen Haarsträhne schaute er blicklos vorbei in die niedergehende Sägemehlwolke, in der das Sonnenlicht flimmerte wie in Staub. Erlebte er diesen Augenblick jetzt, oder erinnerte er sich an diesen Augenblick? Denn von weit her – seine Erinnerung hatte sich an diesem schon heißen Junitag Schwelle für Schwelle in den Zeitblock der Kriegsjahre hineingetrieben, 1940, er auf Heimaturlaub, Maria zur Genesung im Schwarzwald – glaubte er, die Kinderstimme zu hören: Wer ist die Frau, Vati? Er hatte versucht, Manon mit seinem Körper abzudecken, gegen die Stimme, gegen die Blicke aus Kinderaugen, aber auch beim zweiten »Wer ist die Frau, Vati?« war sein Rücken nicht breiter geworden; er über Manon, die Ellbogen ins Sofa gestemmt, fühlte die Decke in Nierenhöhe an seinem nackten Körper, über den fröstelnd eine Prickelwelle lief. Es ist eine Tante, hatte er, seine Lippen an Manons Hals, gesagt. Geh schön hinaus, Dagmar. Er hatte sich nicht umgedreht. Geh schön hinaus, hatte er wiederholt. Aber es dauerte eine Weile, ehe er das Tippeln der Kinderfüße vernahm, und aus dem Klang jeden Schrittes glaubte er ihren Trotz, ihren kindlichen Widerstand herauszuhören. Hast du das Kind hier im Haus? Er hatte sich schweigend angezogen, sie gleich zur Tür gebracht.

Durch das Halbdunkel von Küche und Kammer sah er Dagmar auf dem sonnenhellen Balkon, winzig in ihrem gelben Kleid, er hörte sie singen mit monotoner, zittriger Stimme: »Mein Vater ist im Krieg, meine Mutter ist in Pommerland, Pommerland ist abgebrannt, Maikäfer flieg ...«

Die Sägemehlwolke setzte sich. Der Bock, die Säge, die braune, unzerschnittene Schwelle, die Spuren von Holzmehl, das an seinen feuchten Händen klebte, wurden scharf gestellt von seinem Blick, der sich von dem nassen Fleck des Schurzes auf den Schatten im Blumenbeet richtete. Der Schatten bewegte sich weg, erreichte den Brunnen, wo er sich an der Steinumfassung aufrichtete. Wasch dir bitte die Hände und komm, hörte er Dietmar. Er ging zum Brunnen, zerstach mit den Armen sein Spiegelbild, der Lederschurz glitt über seine Knie ins Beet, als er mit einer Hand die Schleife am Rücken aufzog. Er nahm das Rad, das an der Holzwand des Gartenhäuschens lehnte. Schweigend fuhr er neben Dietmar nach Hause.

Die Tage mit Schreibmaschinengeratter begannen wieder. Er schickte die Briefe nicht mehr ab. Er wollte eine Nacht darüber schlafen. Am nächsten Morgen zerriß er sie, um neue, wie er glaubte, überzeugendere zu schreiben. Stunden hockte er an der Maschine, schlug in die Tastatur, verfeinerte seine Formulierungen, fand einen noch effektvolleren Schluß. Er entfernte sich immer mehr von dem eigentlichen Thema. Für ein paar Seiten schrieb er sich frei. Die Vorkriegsjahre, die Nachkriegsjahre schoben sich ineinander, vermischten sich. Er erlebte die Bewunderung, den Respekt, den ihm Maria entgegenbrachte. Die Kinder glaubten an ihn. Alles war möglich. Er war durch den Krieg hindurchgegangen; die Schrekken hatten sich neben ihm ereignet und ihm von Mal zu Mal bestätigt, daß er nicht verwundbar war. Und nun, zehn Jahre danach, wurde er eingeholt, kam alles vor Behördenleiter Grasser zum Stehen. Wenn er vom stundenlangen Schreiben müde seine Arme über der hohen Maschine kreuzte, sein Gesicht auf die Unterarme legte, Erschöpfung endlich jedes Denken auslöschte und wohlig von ihm Besitz ergriff, passierte es, daß aus der Tiefe dieser Erschöpfung ein Bild auftrieb und seine Phantasie wieder in Gang setzte: Flügeltüren wippten wieder in dem leeren Pissoir des Ausflugslokals, das nicht irgendwie leer war, sondern leer wie etwas, wo sich soeben noch Leute aufgehalten hatten, er, vorm Spiegel, schaute in seine Augen, die fremd zurücksahen, mit den gewünschten Akten betrat er Tage später Grassers Büro, sie sahen auf zu ihm, wie zu einem Fremdling schon, neben zwei Cognacschwenkern kringelte Zigarrenrauch zum Plafond. Ich bin dabei, Herrn Klett, dem zukünftigen Leiter Ihrer Abteilung, die Geschäfte zu übergeben. Sie werden also bitte von nun an Herrn Klett mit Rat und Tat zur Seite stehen. Der Übergang soll sich reibungslos vollziehen.

Da brach keine Welt für ihn zusammen. Daß ihm Klett vorgezogen wurde, lag, wenn er es recht bedachte, auf der Hand. Grasser und Klett schwammen auf derselben Wellenlänge. Ihn verunsicherte nur die Art, wie sich dieser Wechsel vollzog. Zwei Cognacschwenker standen nebeneinander, der Rauch zweier Zigarren stieg zum Plafond eines Behördenbüros. Grasser und Klett saßen in tiefen Sesseln. Er stand. Einen Stoß Akten unter dem Arm, stand er vor seinem neuen Abteilungsleiter, vor seinem Chef. Wußte Grasser damals schon, daß er dem neuen Abteilungsleiter nur mehr auf Zeit »mit Rat und Tat« zur Seite stünde? War Grasser damals schon entschlossen gewesen, Kletts Informationen für sich selbst zu benutzen?

Er war ein Unruheherd in dieser Behörde; er hielt nicht still; er war für den Lärm verantwortlich, der nach draußen drang. Man mußte ihn erst aussperren, damit er begriff, daß er den geordneten Gang der Geschäfte störte. Er war ein Faktotum, ein Helfer, der in seinem Rentenbüro Nummer 11 nicht nur Anträge entgegennahm, sondern den Kriegsbeschädigten und Kriegshinterbliebenen auch bei der Stellung von Anträgen half. Ungefragt klärte er auf: Aufgrund des nunmehr in vollem Umfang anerkannten Kriegsleidens war der Antragsteller nicht mehr in der Lage, seinen Beruf so weiterzuführen, daß dieser als Grundlage zu einem gesicherten Einkommen zu betrachten war. Im Gegenteil, durch die Herzerkrankung der Ehefrau war der Antragsteller gezwungen, seine landwirtschaftliche Bewirtschaftung so zu verringern, daß sie keine hinreichenden Einkünfte erbrächte zur Sicherung seiner Existenz. Ein großer Teil vom Viehbestand war bereits im Hinblick auf die Krankheitskosten, die für ihn und die Ehefrau anfielen, verkauft: Formulargerecht forderte er für die Kriegsversehrten Berufsschadensrenten, Schwerstbeschädigtenzulagen, Frauenzuschläge, Kinderzuschläge, Pflegezulagen. Er leistete den »Naziopfern«, denen der Krieg die Sprache verschlagen hatte, Formulierungshilfen. Ein Grüppchen von Beinamputierten, Einarmigen, Männern mit Steh- und Gehhilfen wartete auch nach Dienstschluß noch vor dem Rentenbüro Nummer 11. Bittend hielten sie ihm die Formulare hin, mit denen sie nicht zurechtkamen. Ihre Rechte sollten nicht an einem Formular scheitern, sagte er sich, der bald selber scheitern sollte an einem Formular.

Seine Aktivitäten bewegten sich im Rahmen des dienstlich Zulässigen. Dennoch mahnte ihn Grasser, nicht den örtlichen Kreisverbänden des VdK und des Reichsbundes Konkurrenz zu machen. Ausgestattet mit dem Wissen um ihre Rechte, traten die Opfer nun immer forscher auf; die Paragraphen 30, 31, 33 a, 33 b, 35 BVG standen auf Zetteln geschrieben, die sie bei Bedarf aus ihren Jakkentaschen zogen.

Einmal nach Dienstschluß tauchte Grasser persönlich bei ihm auf, während er noch über den Formularen saß; Grassers Auftritt versprengte das Häuflein der Einäugigen, Restnierenbesitzer und Knochenerkrankten. Sie gerieten aneinander, er und sein Chef. Später war im Lokalteil der ›Mittelbayerischen Nachrichten‹ zu lesen: Behördenchef demütigt die Opfer des Krieges.

Das versprengte Häuflein war von nun an so leicht nicht mehr zu versprengen; es fand nicht nur den Weg zur Presse, es scheute auch den Weg zum Behördenleiter nicht. Das Rentenbüro Nummer 11 war ein Störfaktor, dem selbst Grasser auf dem Dienstweg nicht beikam. Nach siebenwöchiger Arbeitslosigkeit las sich für ihn die Geschichte seiner Kündigung klar und verständlich wie ein fremder Bericht.

Einmal in der Woche mußte er zum Arbeitsamt. Er vermied es, jeweils zur gleichen Zeit vorzusprechen. Er wollte nicht dieselben Leute antreffen, wollte sich nicht Bekannte schaffen, sich nicht einbeziehen lassen in eine Gemeinschaft von Außenseitern. Er hoffte noch immer auf Grassers Antwort. Nach dem Stempeln verschwand er durch den Hinterausgang des Arbeitsamts, überquerte eilig den Hof, verschwand in dem Park. Tief atmend schritt er den Alleeweg auf und ab, sah den Kindern beim Spielen zu, sie bauten Sandkuchen, schwangen auf Schaukeln.

Er wurde verpflichtet, an einem Umschulungskurs teilzunehmen. Mit fünfzig Männern verschiedenen Alters, verschiedener Ausbildung, hockte er morgens in einer Gastwirtschaft auf eng aneinandergerückten Stühlen ohne Lehnen, die sie sich selbst aus dem Garten, wo an Nachmittagen Bier ausgeschenkt wurde, holen mußten. Der Biergeruch, der Zigarettenrauch vom Abend vorher entzündeten seine Augen. In den Biergarten führte eine zweiflügelige Eisentür hinaus. Er stellte seinen Hocker in die offene Tür, damit sie niemand schließen konnte. Die Worte des Referenten am anderen Ende der Gaststube waren schwer zu verstehen. Angestrengt folgte er dem Unterricht. Die Teilnahmslosigkeit der Mitschüler deprimierte ihn. Den Ellbogen am Knie, hielten sie den Kopf in die Hand gestützt, erzählten sich Witze, brummten mißmutig, wenn der Referent um Ruhe bat. Gegen Mittag nahmen die ersten Gäste im Garten Platz, und die Bedienung tänzelte, ein Tablett Bier hochhaltend, durch die Reihen sitzender Männer; durstig blickte er zu dem Weißbier mit Schaumkrone auf, Kohlensäureperlen stiegen das nässebeschlagene Glas empor, verströmten um eine Zitronenscheibe. Sie rückten die Hocker noch näher zusammen, wenn die Bedienung sich ihren Weg in den Garten bahnen mußte; mit dem Tablett in Händen war sie wehrlos. Sie streichelten ihre Beine, schoben ein Knie an ihr hoch.

Ein Diplomhandelslehrer führte in die Grundzüge der Buchführung ein, schrieb zwischendurch auf eine Schultafel, die er blitzschnell aus einer Aktentasche zog, die am Pult lag; er hielt die Tafel für alle ersichtlich mit ausgestreckten Armen über seinen Kopf, bevor er sie mit demselben Tempo, mit dem er sie herausgezogen hatte, wieder in der Tasche verschwinden ließ. Bereits in der dritten Reihe war die Kreideschrift nicht mehr zu lesen. Mit Ungeduld warteten sie auf das, was wie eine Turnübung aussah. Sobald er nach der Ledermappe griff, brüllten sie los. Der Mann saß auf einer Art Barhocker; das Rednerpult verdeckte seinen Unterkörper. Er sprach mit einschläfernder Stimme; zwischen den Sätzen sog er an einem dunklen Stumpen, sog tief Rauch ein, den er mit weit geöffnetem Mund demonstrativ stoßweise ausblies. Für Sekunden hüllte er seinen Oberkörper in dicke Rauchschwaden, in die er gelegentlich die Tafel hielt, was aussah, als gäbe er einer Dampflokomotive das Zeichen zum Abfahren. Für die Umschüler war dies das Zeichen, erneut loszubrüllen. Spätestens nach einer Stunde war er es leid, dem Referat zu folgen. Er wurde schläfrig. Das Mädchen, das im Garten bediente, erinnerte ihn an Manon. Manon hatte in dem Restaurant bedient, das der Trabrennbahn angeschlossen war. 1951, nach zehn Jahren, war er ihr in derselben Rennbahngaststätte zufällig wiederbegegnet. Nachmittage hatte er auf dem Rennplatz mit Kartenspielen verbracht. Noch fanden in jener Zeit nur ausnahmsweise Pferderennen statt. Er trank das Bier, das Manon brachte. Sie stellte das Tablett vor ihn auf den Tisch, stand hinter ihm, während sie die Gläser an seine Mitspieler verteilte. Immer verstand sie es, sein Haar, sein Gesicht zu berühren. Er blickte interessiert in seine Karten, aber er dachte an den Abend. In seinem Rücken hörte er, wie ihre Schritte sich auf dem Kiesweg entfernten. Im Licht der Lampions, die sie in die Bäume hingen, spielten sie bei Einbruch der Dunkelheit weiter. Sie waren angetrunken, die Einsätze stiegen. Sie näherten sich seinem Lieblingsthema, sie stritten über Motoren. Die Runde bestand aus den Herren Dr. Tröndle und Dr. Jagusch, ersterer ein Zahnarzt, der einen VW Käfer fuhr, der andere ein verbeamteter Mediziner, der mit einem Opel Olympia zur Rennplatzgaststätte gekommen war. Keiner war von den Argumenten des anderen zu überzeugen, bis er sich anbot, an Ort und Stelle den Beweis zu erbringen, daß sie keine Chance gegen ihn hatten und gegen seine Zündapp 600. Dabei war er mit den Kindern hier. Maria befand sich wieder auf Kur. Er erhob sich, sie blickten verdutzt zu ihm auf, erschraken über seine Entschlossenheit. Triumphierend nahm er wahr, daß er Eindruck machte, jetzt war es zu spät, wieder Platz zu nehmen. Er stand vor seinem ausgebreiteten Kartenspiel, stützte die Fingerspitzen auf die Tischplatte, sah auf die Rennbahn hinaus, die im Dunkeln lag. Sie rückten die Stühle, erhoben sich zögernd. Sie standen neben ihm und sahen betroffen auf die Fächer dreier Skatspiele, über die das farbige Licht aus den Lampions schwappte, gegen die sie beim Aufstehen gestoßen waren. Sie versuchten, ihn mit Blicken abzuhalten. Aber er sah weder die Herren Akademiker noch Dietmar und Dagmar, die am nächsten Tisch über ihren Limonaden saßen. Er rückte seinen Stuhl zur Seite, trat in den aufgeschütteten Kies. Sie folgten ihm hinter die Gaststätte, wo die Fahrzeuge geparkt waren. Nach einer Weile waren Schritte auf dem Kies zu hören und zu den Schritten das helle

Prasseln einzelner Steinsplitter, die gegen Blech schlugen. Er erschien als erster; seinen Körper gegen das Gewicht der Maschine gestemmt, die er schob. Die Arme weit gespreizt durch den Lenker, seine rechte Faust umschloß die Gummirillen des Gashebels. Er lehnte die Maschine gegen die Holzbarriere, um das Tor aufzumachen, durch das an Sonntagnachmittagen, mit Sulky im Schlepp, die Pferde schritten. In diesem Augenblick heulten Automotoren hinter der Gaststätte auf, Türen wurden zugeschlagen. Zwei Lichtarme griffen in die Rennbahn, erfaßten den Tisch, an dem Dietmar und Dagmar noch immer saßen. Die Strohhalme, die in den gelben Limonaden steckten, rutschten in die Flaschenhälse zurück, als sie die Köpfe drehten, um zu sehen, welchen Weg der Volkswagen und der Olympia nehmen würden. In einem Winkel von fünfundvierzig Grad standen die beiden Autos seitlich mit laufendem Motor zueinander. Für einen Augenblick formten Lichtstrahlen ein Kreuz auf dem Kies, bevor die Wagen anfuhren, die Aschenbahn überquerten, auf dem Rasen eine Kurve zogen, um schließlich bei Start und Ziel nebeneinander zum Stehen zu kommen.

Er war dabei, das Tor von innen zu schließen, als er Manons Stimme von der Höhe der Veranda aus hörte: Ihr seid wohl verrückt! Er richtete sich auf der Maschine auf, sah zu ihr hinüber, sah ihre Hände verschränkt unter der weißen kleinen Geldkatze. Er fuhr die Maschine neben die Autos, blickte kurz unentschlossen über die Barriere zur Veranda hinauf, aber er erkannte nur den hellen Fleck auf dem Bauch, nicht ihr Gesicht, weil sie aus dem Lichtkreis der Innenbeleuchtung der Gaststube herausgetreten war. Sie machte im Dunkeln einige Schritte auf ihn zu, die letzten Meter bis zum Tor legte sie laufend zurück. Er schwang sich in den Sattel. Lauter als der Lärm der Motoren war seine Stimme, als er »Los« schrie und das Zeichen zum Starten gab.

Manon hatte gerade die Barriere erreicht, als sie anfuhren, auf die erste Kurve zusteuerten, die Scheinwerfer holten sekundenlang Reihen leerer Zuschauerbänke aus dem Rondell. Nach einer Runde waren die Wagen auf gleicher Höhe. Manon, mit den Kindern an der Barriere, rief ihm beschwörend etwas zu, als er als letzter auf der blubbernden Maschine erschien; mit dem Fuß schlug er wütend gegen den Zylinder, beugte sich, den Lenker mit der linken Hand haltend, hinab, drückte ungeduldig mit dem rechten Zeigefinger den Tupfer des Vergasers, bis die Fingerkuppe naß war – mit vollem Motorschlag schoß die Zündapp nach vorn. Manon, Dagmar und Dietmar tauchten hinter der Barriere unter, als Sandschwaden von den Rädern aufsprühten und dumpf gegen das Holz schlugen, Sekunden später hörten sie nur noch das helle Prasseln von Steinkörnern. Die Maschinen entfernte sich mit sattem Schlag. In der Gegengeraden strahlte der Lichtkegel bereits ins Rückfenster des Olympia, der zurückgefallen war. In der Kurve schlitterte die Zündapp an dem Opel vorbei. Drei Runden standen Manon und die Kinder gebannt an der Barriere und schlossen die Augen, wenn er auf seiner Zündapp die Kurve nahm, nicht nur wegen des Sandes. In den Kurven scherte das Hinterrad aus, und die Maschine stand einen Augenblick fast bewegungslos, wie es schien, bevor er am Lenker riß, Gas gab und das Motorrad vorwärts sprang.

Dann waren die Scheinwerferlichter plötzlich erloschen, die Motoren verstummt. Die Lampions schaukelten ihr farbiges Licht in der warmen Sommernacht. Der Spuk war vorbei, so folgenlos, als hätte dieses Rennen nie stattgefunden. Die Karten lagen nach wie vor ausgebreitet auf dem Tisch. Dagmar und Dietmar saßen friedlich über ihren gelben Limonaden.

Er öffnete von innen das Tor, schob das Motorrad von der Aschenbahn in den Kies, an den zwei Tischen vorbei, die Zylinder der Zündapp 600 leuchteten mattsilbern.

Eine Weile blieben sie auf dem Parkplatz hinter der Gaststätte, wo die Wagen schon wieder geparkt standen. Männerlachen, sein Name fiel ein paarmal. Als er und die Herren Akademiker zum Tisch zurückkamen, entfernte sich Manon von den Kindern, schritt auf die Veranda zu. Er eilte ihr nach. Der Zahnarzt und der verbeamtete Mediziner setzten sich zu Dietmar und Dagmar, die sich noch tiefer über die Limonaden beugten, klopften ihnen in Anerkennung für seine Leistung auf die Schultern, während er bei Manon am Fuß der Verandatreppe stand und ihren Arm umfaßt hielt. Er redete besänftigend auf sie ein. Nach einer Weile kam er an den Tisch, Manon wartete mit gesenktem Blick bei der Treppe auf ihn. Er beugte sich zu dem Zahnarzt hinab, flüsternd wechselten sie einige Worte, und er händigte ihm einen Schlüsselbund aus; er strich Dagmar und Dietmar übers Haar, bevor er pfeifend auf Manon zuging. Kurze Zeit später fuhr er mit seiner Zündapp, Manon auf dem Rücksitz, vom Parkplatz.

Er hatte nicht das Gefühl gehabt, daß er Maria betrog. Er besuchte sie jede Woche einmal in der Klinik, übernachtete von Freitag auf Samstag, fuhr Samstagmittag zurück. Er dachte an sie in den Nächten, gleich, wo er lag und mit wem. Er zählte die Tage. Am Tag vor ihrer Ankunft ging er zum Bahnhof, löste eine Bahnsteigkarte. Ging durch den Park nach Haus. Die Kinder schliefen. Er zog Schubladen auf, kramte in Zigarrenschachteln voll alter Photos, schrubbte mitten in der Nacht den

Küchenboden, nähte sich unbeholfen mit großen Männerstichen Knöpfe an Hosen, an Jacketts, kippte Wasser aus Blumenvasen, füllte sie, leerte den Mülleimer. Dann lag er schlaflos träumend im Bett, hörte auf die Atemzüge der Kinder, erhob sich, um in der Küche Pausenbrote zu streichen.

16

Sie hatten eine Tagesfahrt zum Chiemsee gemacht. Dagmar mußte sich »garderobemäßig« auf eine Motorradfahrt einrichten. Daß er ein Motorrad besaß, hatte er bis dahin nie erwähnt. Um sieben Uhr dreißig stellte sie sich vor Frau Zuckriegls Laden. Sie wollte nicht, daß er an der Wohnungstür läutete und Vater ihn hereinbat. Er lag auf der Lauer. Nicht, um den Begleiter seiner Tochter zu inspizieren, den er bereits einmal zwischen Tür und Angel – Dagmar drängte Roman, ihren Anorak noch über dem Arm, unsanft auf den Hausflur hinaus – kennengelernt hatte. Sie wußte, ihr Vater fieberte dem Augenblick entgegen, in dem der Motorschlag von Romans Maschine ihm, dem Fachmann, verriet, mit wieviel PS und mit welchem Hubraum Roman Best sie »entführte«. Mit was für einer Maschine entführt er dich? wollte er tatsächlich wissen. Dabei interessierte ihn nicht, was mit ihr, seiner einzigen Tochter, an einem bayerischen See oder in der Abgeschiedenheit einer Almhütte geschah.

1951, '52 und '53 war sie der unangefochtene Sieger der Berge, belehrte er sie. Sie suchte unter den Kleidungsstücken, die sie in ihrer Freizeit trug, nach einem Pullover. Sie hatte nicht viel Auswahl. Doch sie verstand sich aufs »Kombinieren«. Sie kombinierte eine dreiviertellange, zu den Waden konisch zulaufende Hose zu einem halsfernen Pullover. Darüber könnte sie ihren himmelblauen Anorak tragen.

Du mußt doch wissen, welcher Maschine du dich

anvertraust, setzte er nach. Ist es eine Horex, die Zündapp 600, NSU Max oder Supermax 350 oder eine BMW? Sie wußte es nicht. Sie vertraute sich keiner Maschine an. Sie vertraute sich auch nicht Roman an. Wenn sie auf sein Motorrad stieg, vertraute sie sich seinen Fahrkünsten an. Sie hatte erlebt, wie souverän er seine Borgward Isabella lenkte. Sie zweifelte nicht daran, daß er sein Motorrad beherrschte.

Sie wartete vor Zuckriegls Laden. Sie bewegte sich in ihrer Caprihose am Trottoirrand, im Schaufensterbereich. Sie empfand sich als ein bewegliches Objekt im Fadenkreuz von Frau Zuckriegls Blicken, die an den Obst- und Gemüsestellagen hinter dem Schaufenster nutzlos hantierte, indem sie Unordnung in die Formation der in Reihen geschichteten Äpfel brachte, um Zeit zu gewinnen. Kontrollzeit – in diesem »Aufzug« wäre sie nicht auf dem Weg zum Büro. Mit diesem derben Schuhwerk setzte sie keinen Fuß über die gebohnerte Schwelle einer angesehenen Anwaltskanzlei. Sie konnte Frau Zuckriegls Gedanken erraten: Was verbarg sich also hinter dieser Kostümierung? Was war versteckt in dem Rucksack, der schlapp, gefaltet und leer den Rükken ihres Vaters verunziert hatte, vor Jahren, wenn er frühmorgens auf seine Zündapp 600 stieg und spätabends zurückkehrte, der Rucksack jetzt ein praller Höcker, den er aufrecht trug, nachdem er von seiner Maschine gestiegen und mit einer geheimen Vorfreude in den Augen auf das Mietshaus zugeteilt war, wo er im ersten Stock schon erwartet wurde, wo das Schwarzbrot schon, in dicke Scheiben geschnitten, auf dem Tisch lag, daneben der Dosenöffner; noch nach Tagen roch sie wohl in Dietmars Atem den süßlich morbiden Duft von Landleberwurst, wenn sie ihrem Bruder eine Minzekugel in den Mund schob, die er empfing wie eine Hostie, mit niedergeschlagenen Augen, die weit herausgestreckte, feuchte Zunge zuckte muskulös in Erwartung des Bonbons. Sie, die ältere Schwester, war manchmal dabeigestanden. Nie hatte die Zuckriegl in das Glas nach einer Minzekugel für sie gegriffen. Sie hatte den schraffierten, kleinen Ball nicht nur auf Dietmars Zunge gelegt; stets nützte sie die Gelegenheit, mit den Fingerkuppen das Rauhe, das Feuchte der Zunge ihres Bruders zu erkunden, der artig, dankbar sich dem Ritual fügte; seine Bereitschaft, seine Zunge zu entblößen, seine Wehrlosigkeit waren die Gegenleistung, die er erbrachte. Leistung und Gegenleistung stehen in einem ungesunden Verhältnis zueinander, dachte sie wieder. Sie ging mit ein paar großen Schritten aus dem Blickfeld der Zuckriegl. Natürlich war ihr nicht entgangen, daß zumindest Vater sie noch im Auge behielt, vom Hochstand des Balkons – Horex 500? Zündapp 600? NSU Max oder Supermax 350? BMW? Nur aus der Balkonperspektive war diese Ungewißheit für ihn erträglich.

Jetzt, wenn sie auf der Bank am Rand des Tennisplatzes saß, den Augenblick ersehnte, wo Roman zum Netz eilte, um dem Verlierer die Hand zu reichen, und sie nicht wußte, was sie an ihm liebte, dachte sie an diese Chiemseefahrt. Sie war ihm nahegekommen. Es war vorstellbar für sie, daß nicht nur sie zu seiner Familie gehören würde, sondern daß er, Roman Best, zu ihrer Familie paßte, in Gesellschaft ihres Vaters und ihrer Brüder sich natürlich, zwanglos bewegte, sie ein gemeinsames Thema hätten, das kein betretenes Schweigen aufkommen ließ. Spielten nicht auch in der Welt ihres Bruders Dietmar Cellophan, Glas und Lack eine glänzende Rolle? Daß das Herz ihres Vaters nicht für Horex, nicht für BMW, sondern nur für den »Sieger der Berge«, für die Zündapp 600, schlug, machte dies einen Unterschied? Nur Christ fügte sich mit seiner Leidenschaft für diese dunkelbraune, schmutzige Lederkugel nicht nahtlos in die Familie; andererseits: Sport blieb Sport; ob man den Ball in ein Netz oder über ein Netz schlug, beide Male ertüchtigte man seinen Körper.

Sie lagen im Gras, zwischen Heupuppen, ein Schienenstrang, auf dem ein Güterzug Holzstämme transportierte, trennte sie von der Straße, abgefahrener, mit dunklen Flecken geflickter Asphalt, der auch auf der anderen Straßenseite in eine Wiese überging, aufgestelltes Heu stand in militärischem Drill gegen die im Hintergrund überm See aufragenden Berge, waldbewachsen, in kleinen, dem Gipfel zu gelegenen Schneisen schneegesprenkelt; weiß gepudert der runde Gipfel gegen den tiefblauen Himmel. Sie durften nur in den Himmel sehen, während sie akustisch nach den Maschinen fahndeten, die sich aus weiter Entfernung langsam näherten, um ihre metallene Identität durch ihren Motorschlag preiszugeben; in einer Stunde zählten sie sieben Motorräder.

Nur einer ist's, der alles sieht, auch wenn's in finstrer Nacht geschieht, lachte Roman; er deutete mit einer pickenden Bewegung des Zeigefingers auf sein Ohr; sie schüttelten sich vor Lachen, als sie eine Sachs 98 mit einer BMW 250 verwechselte.

Er war allein mit ihr. Niemandem führte er sie vor. Sie war nicht länger Bote, er nicht Juniorchef.

Fräulein Dagmar, lachte er, beschreiben Sie den Klangkörper einer BMW 250, und setzen Sie ihn in Beziehung zum Klangvolumen der größeren Schwester.

Sie überlegte angestrengt. Die größere Schwester …, begann sie zögernd, die größere Schwester, die heißt 500. Sie drehte ihm im Liegen den Kopf zu, sah ihm triumphierend in die Augen.

Schön. Wie klingt die größere Schwester?

Sie hat eine tiefere Stimme.

Nicht so menschlich, tadelte er. Die Dame ist vorwiegend aus Eisen.

Sie war mit ihrem Latein am Ende.

Die größere Schwester klingt satter, Fräulein Dagmar. Bekommt sie ein anderes Benzin?

Er schlug die Hände vors Gesicht. Mein Gott, lernst du gar nichts von deinen Brüdern!

Sie hörte ein Motorrad. Sie stützte sich auf.

Nicht spicken, unterband er ihren Versuch, an den Heupuppen vorbei auf die Straße zu schauen.

Sie ließ sich in die Wiese zurückfallen. Aber sie hatte den blauweißen, tischtennisballgroßen Kreis auf dem runden Tank der Maschine wahrgenommen. BMW, sagte sie, künstlich gequält, warum langweilte er sie, die Expertin, mit so einer Frage.

Später wollte Roman sie photographieren. Sie sah ihn über sich gebeugt, das Lederetui der Retina klappte auf. Sie sah den Photoapparat wie ein zweites Gesicht in seinem Gesicht. Ein Gesicht aus schwarzem Kunststoff, eine silbernblinkende Nase, die näher kam, zurückfuhr, sie lokalisierte, sie fokussierte, sie festmachte, hingestreckt in einer ungemähten Wiese, so daß der Photographie zu entnehmen wäre, daß der Ort, wo sie ruhte, nicht für fremde Blicke einsehbar war. Durch welche Hände würde das Bild gehen? Wer würde sich angesichts dieses Bildes ein Bild von ihr machen? Zu welchen Kommentaren würden sich Romans Freunde hinreißen lassen, wenn die Photographie erst einmal von Hand zu Hand ginge?

Sie griff nach der Linse, die Rändelungen der Metallnase fühlten sich kalt an. Nicht in solchen Hosen, lenkte sie ab. Im Rucksack habe ich ein Kleid.

Hinter einer Heupuppe schlüpfte sie in das Sommerkleid. Eine rote Blume, zwanzigfach über das ärmellose Kleid verteilt; rote, abwärts weisende Blätter, die aus einer dicken, schwarzen Knospe wuchsen, ein kurzer Stiel, fahriger Strich, dieses Kleid stammte nicht aus Romans Modehaus. Sie hatte eine persönliche Beziehung zu ihren Blusen, Röcken und Kleidern. Jedes Teil ihrer Garderobe hatte ihr einmal gefallen. Dabei blieb es für sie. Das, was heute Mode war, stellte nur langsam das, war ihr gestern gefallen hatte, in Frage. In diesem Sommerkleid lief sie über die Straße, den Rucksack ließ sie zurück. Sie setzte sich auf den oberen der beiden Holzstämme, lehnte sich gegen den in die Wiese gerammten Pfahl, der den Zaun zusammenhielt. Als sie die Beine übereinanderschlug, drohte sie einen Augenblick lang abzustürzen. Ein zartes Frühsommermotiv, das er aus tiefer Perspektive gegen die blaugrünen Berge, gegen den blauen Himmel festhielt. Sie war es jetzt, die von oben, aus der Höhe des Zauns, auf ihn sah, »Kodak Reflex« las sie auf seiner Stirn, und zwischen dem nach oben und unten versetzten »Kodak« und dem »Reflex« verlief schwungvoll, wie von Hand geschrieben, das Wort »Retina«. »Kodak Retina Reflex« auf mattschimmerndem Silber war eine wohlklingende, unwirkliche Formel ihrer Chiemseefahrt. Unwirklich geriet auch die Photographie, der ausgeblendete Hintergrund, die Berge, der Himmel, wie eine Tapete, gegen die sie sich zart, aber konkret im Vordergrund absetzte; unwirklich plastisch die roten Blüten, die aus der feinbehaarten Knospe flossen.

Sie war auf der Photographie nicht mit einem einzigen Blick zu erfassen. Sobald der Blick sich auf mehrere der Blätter richtete, bewegten sie sich, das Auge irritierend, in verschiedenen Ebenen. Erst später, angesichts der Photographie, war ihr bewußt geworden, daß die Blätter nach unten wiesen.

Das Bild gefiel ihr. Aber sie mochte es nicht. Ihre Beziehung zu Roman war wirklich. Das Bild täuschte. Es täuschte ein Liebespaar, eine Liebe vor. Dabei war sie allein auf dem Bild.

Jetzt steckte das Bild in einer kleinen, goldenen Halterung am Armaturenbrett der Borgward Isabella. Das beunruhigte sie. Es rückte ihr gemeinsames Erlebnis von dem ab, was sie jetzt, nach dieser Fahrt, erlebten. Es machte zur Erinnerung, was in ihrer Vorstellung immerwährend Gegenwart sein sollte.

Es war nicht fair von ihm, das Chiemseephoto für jeden Passanten sichtbar am Armaturenbrett auszustellen, während auf dem Rücksitz Magazine lagen, die sich anfühlten wie ihre Haut, wenn sie nach dem Sonnenbaden in der finstren Holzkabine Niveacreme auf der Innenseite ihrer Schenkel verteilte und merkte, daß sie zu frösteln begann; Männerstimmen waren so nahe, daß sie ängstlich den Bretterverschlag nach einer Öffnung absuchte; sie eilte hinaus, ging an einem Vereinsschwimmer vorbei; daß er für Weiß-Blau schwamm, erkannte sie auch mit gesenktem Blick: eine weiß-blaue Dreieckshose, nicht größer als ein Taschentuch, ein trokkener Stoffetzen, der schlecht saß, abstand, als der Mann ein Bein vorstellte, aufklaffte an der unteren Spitze des Dreiecks, über das die Hand des Schwimmers beiläufig strich, bevor sie den muskulösen Strang des Beins nachzog bis zum Knie, das sie schließlich massierte.

Vielleicht, dachte sie, bezog sie seit der Kündigung ihres Vaters zu vieles auf ihre Person. Natürliche Handlungsabläufe zerlegte sie in ihre einzelnen Aktionen, die sie herausbrach aus dem Zusammenhang. Zerstückelte sie nicht das, was erst als Summe einen Sinn ergab, in funktionslose Teile, die sie ängstlich und doch willkürlich zu

Beweisstücken montierte: daß ein Schwimmer ihr folgte; daß Roman Best nicht unterschied zwischen einem Magazin-Mädchen und ihr?

War es seine Schuld, daß er sich in sie, die Tochter eines Arbeitslosen, verliebt hatte? War es nicht ihr Mißgeschick gewesen, daß ihr die Post entglitten war? Sie hatte ihn in die Knie gezwungen, sie ließ ihn die Umschläge vom Boden auflesen, sie ließ ihn nicht aus den Augen, sie öffnete die Beuge ihres Arms einen Spalt, ließ ihn Kuvert um Kuvert zurückstecken, wobei er ihre Brust berührte, sie ließ es zu, daß Kuvert um Kuvert das Verlangen in ihm wuchs, sie in die Arme zu nehmen; sie beherrschte die Folgen des Unfalls, den sie schuldhaft verursacht hatte.

Sie war auf gleicher Höhe mit ihm, an der Tür zu seinem »Herrschaftsbereich«, wie ihr Chef diktierte, in der Hauptstraße von Kolbstadt war sie allein mit ihm, obwohl sie das Röhren der Autos vernahm, das hektische Bimmeln der Straßenbahn, das an Mutter erinnerte, die Vater nicht antwortete, sondern in das Pedal der Nähmaschine trat.

Von heute auf morgen hatte Vater seinen Beruf verloren. Nicht nur er, sie alle waren ein Stück abgesunken. Sie bewegten sich auf einer tiefergelegenen Ebene, von der sie aufsahen, selbst zu Schimpel und Kliemke. Wo lag Vaters Schuld? Lag sie tatsächlich in einer Zeit, über die jetzt in Oberschulen Aufsätze geschrieben wurden? Ein Lehrstoff, den ein Lehrplan vorschrieb und den ein älterer Lehrkörper widerwillig vermittelte. War Vater schuldig geworden, weil er sich in den »Sieger der Berge« vernarrt und das getan hatte, was alle jetzt taten: Geld verdienen, Geld ausgeben, Geld aufnehmen, wenn es nicht reichte? Wurde ihm nicht eine Rechnung aufgemacht mit falschen Zahlen? Nicht sein Motorradtick, den er, wie sie nun wußte, mit Roman teilte, hatte ihn in Schuld verstrickt. Er teilte noch anderes mit Roman. Und dieses Gemeinsame spannte sich als eine unsichtbare Membran zwischen Roman und ihr, gegen die sie stieß, sobald sie ihn berühren wollte; Vater und er waren schuldig, auf gleiche Weise. Romans Schuld ließ es nicht zu, daß sie ihn berührte. Die Strafe könnte sie beide treffen.

Sie war durch die Küche und die Kammer hindurchgegangen. Sie hatte nicht angehalten, obwohl die beiden auf der Chaiselongue übereinanderliegenden, verschlungenen Körper sich in einem Kampf befanden. Es hatte mit Krieg zu tun, Flugzeuge waren am Himmel, zu denen sie aufblickte, ihr mit Gas gefüllter Luftballon, den sie an einem dünnen Faden in ihrer Kinderfaust hielt, hatte die Farbe von Apfelsinen, eine große Südfrucht am deutschen Kriegshimmel, der Duft einer Apfelsine, von Vaters Hand gedrückt, damit sie Saft abspritzte, hatte sich im Kinderzimmer verbreitet, in dem sie damals noch mit ihren Brüdern schlief, was Jahre später sein mußte, als keine Flugzeuge mehr am deutschen Himmel waren, sie stand am Balkon, Vater war im Krieg, aber der Krieg hatte Ferien, Mutter hatte Ferien, Maikäfer flieg, sie öffnete ihre kleine Faust ein wenig, der Faden lief kitzelnd durch ihre Hand, sie grüßte das Flugzeug, ein stummer, apfelsinenfarbener Gruß, der zum Himmel hochgetragen wurde, dem sie mit zusammengekniffenen Augen nachschaute, bis sie ihn verloren hatte; ein apfelsinenfarbener, feuchter Film blieb in ihrem Blick zurück.

Das Spiel war aus. Roman lief zum Netz. Beinahe zärtlich legte er seinen Arm um die Schultern des Verlierers. Sie hatten miteinander gespielt. Lachend kamen sie zu der Bank, auf der sie saß.

17

Mitte Juli ging Dietmar von der Schule ab. Zu Christs Verwunderung hatte Vater ihn nicht daran gehindert. Dietmar arbeitete als freier Handelsvertreter auf Probe. Sein großer Bruder trug nun die Hoffnungen der Familie; an keinem September mehr begann für ihn der Unterricht. Er reiste in einem dosenmilchfarbenen Kombiwagen durchs Land, überall verkaufte er Bonbons, süße, saure. Vor dem Spiegel studierte er Reden ein, täglich wechselte er die Wäsche; abends stand er gut gelaunt in der Küche und bügelte seine Anzüge auf. Er schleppte sein Tonbandgerät ans Bett: Auf flotte Schlagermusik folgten improvisierte Verkaufsgespräche, die er auf Band aufgenommen hatte. Beifällig nickend lag Dietmar im Bett und lauschte seinen Aufzeichnungen. Plötzlich zerrte er ihn hoch. Schlaftrunken hockte er neben seinem großen Bruder, der ihm ein Paradekissen als Stütze zwischen Wand und Rücken schob. Wie gefällt dir das? Wie viele Dosen würdest du kaufen?

Sie schleppten Kübel voll Wasser in den Hof hinunter, schäumten den Lack ein, kratzten Fliegenreste ab, bis die Finger brannten. Wenn Dietmar und er mit hochgekrempelten Hemdsärmeln die leeren Kübel zurück in die Wohnung trugen, die Lederlappen und Poliertücher auf den Balkon zum Trocknen über die Hanfschnur hängten, klatschte Vater in die Hände: Der Junge ist nicht zum Halten!

Mit aufgeknöpften Hemden saßen sein Bruder und er

nach getaner Arbeit hinter den Tellern. Unversehens ließ Dietmar Messer, Gabel ins Porzellan fallen, sprang auf, eilte aus der Küche. Draußen im Flur schepperten Blechdosen. Er kam zurück. In seinen offenen Handtellern glänzten farbige Bonbons. Sträuben war sinnlos: Zwischen Schweinebraten und Apfelkompott mußten sie genüßlich Süßes lutschen.

Dietmar wies auf die Gefahren chemischer Zusätze hin, die in Farbstoffen enthalten waren, wie sie die Konkurrenz verwendete. Unsere Ware ist sauber!

Dietmar kümmerte sich um ihn: Von wem ist die ›Cavalleria Rusticana‹? Nenne mir die Hauptstadt von Ceylon. Oder er fischte ein Substantiv aus dem Lateinbuch VITA ROMANA, ließ sich »vulgus« deklinieren.

Sie zogen sich in ihr Zimmer zurück, demonstrierten in Planspielen, bei denen er die Rolle eines skeptischen Lebensmittelhändlers zu übernehmen hatte, »Eine-Ware-Losschlagen«. Sie feilschten per Sie, erhitzten sich in Rede und Widerrede; den Arm um seine Schultern gelegt, schob Dietmar ihn in die Küche, wo sie in Auszügen vor versammelter Familie die Höhepunkte des Verkaufsdisputs wiederholten. Dietmar informierte sie, mit welchen Geschmackspapillen sie süß und sauer zu schmekken hatten; beschrieb den Geschmack von Himbeeren und Zitronen so phantastisch, daß sich die fade Süße im Mund unter der Wirkung seiner Worte augenblicklich zu köstlichem Fruchtextrakt verwandelte. Gegenargumente, Versuche einer zaghaften Kritik schüttete er mit einem Wortschwall zu. Er identifizierte sich mit seiner Firma. Er war ihr dankbar. Er bräuchte sich nicht mehr um acht Uhr morgens über eine Textaufgabe zu beugen. Nicht das Einsetzen der Stille wäre der Startschuß für dreißig Konkurrenten, brütend über dreißig leeren Blättern. Er selbst gäbe mit lauter Stimme das Startzeichen, wenn er einen Laden betrat und auf den ersten Kunden traf.

Vater und er standen am Wohnzimmerfenster und lächelten, wenn sie Dietmar pedantisch an den Hosenfalten zupfen und dann in seinen Libby, wie Dietmar den Wagen liebevoll nannte, steigen sahen. Vater lachte, wenn Dietmar kurz vor dem Anfahren aus dem heruntergekurbelten Fenster triumphierend einen Arm reckte.

In Dietmars Wagen fuhren Vaters Hoffnungen mit. Sie erwarteten seine Rückkehr. Die Haustür schlug zu, Sekunden später läutete es. Dietmar warf die Wohnungstür ins Schloß, setzte sich an den Tisch, schwitzte, aß, erzählte, bediente Vater mit Zigaretten, fingerte exotisch anmutende Packungen aus seiner Sakkotasche, auf denen ungeahnter Rauchgenuß versprochen wurde. Ihn schickte Dietmar voraus ins Kinderzimmer, das Tonbandgerät anzuschließen, über den Lärm der Radiomusik hinweg schrie er ihm nach: Rede dich warm!

Die Familie lebte auf. Dietmars Erfolg ließ sich in Zahlen ausdrücken, die er parat hatte.

Sein Bruder war jetzt fest angestellt, bezog ein Fixum plus Provision. Jeden Abend wusch er den Libby, dann schrieb er auf Kliemkes Maschine seinen Tagesbericht. Dietmar schlief nie ein, ohne ihn vorher mit Fragen zu überraschen. Er ließ sich seine Lehrer nach Alter, Aussehen, Gewohnheiten beschreiben, gab ihm Ratschläge, wie er sie einzuschätzen und wie er mit ihnen umzugehen hatte. Allgemeinbildung sei so wichtig wie die gutgebügelte Hose, aus dem Quizbuch für alle fragte er nach großen »Tonschöpfern«, unternahm mit ihm eine »Rundfahrt durch die Vergangenheit«. Großspurig blätterte er im VITA ROMANA, so als hätte er in Latein keine Fünf gehabt.

Cornu!

Das Horn?

Genau! Cornu, das Horn.

Cornu, cornus, cornui …

Quatsch, Substantive auf -u sind Neutra. Wiederhole!

Cornu, cornus, cornu, cornu, cornu?

Genau! Du merkst?

Die Substantive auf -u sind Neutra.

Deshalb?

Cornu im Dativ.

Wie gefällt dir die Verpackung der Eisbonbons? Nicht einfach aufreißen! Sieh sie dir an!

Auf bläulich chromatischem Cellophan ragten schneebedeckte Berggipfel in den Himmel. Andächtig plättete Dietmar die durchsichtige Folie auf dem Nachttisch vor ihren Augen aus.

Das Rascheln der Federbetten beim Wenden der Körper. Das Reiben der Gesichter gegen die linnenen Kissenbezüge. Schlaf jetzt. Altes cornu im Dativ.

Gute Nacht.

Das Eisbonbon zerging langsam in seinem Mund; ein dünner Säurefilm überzog Zunge und Gaumen.

Dietmars Wagen stand oft vor Zuckriegls Laden. Frau Schimpel redete mit Frau Kliemke beim Teppichklopfen darüber. Frau Schimpel wandte sich ab, schlug mit dem Klopfer heftig gegen die Perserimitation. Wahrscheinlich hatte es nichts mit der Frau Zuckriegl zu tun. Es machte schon Eindruck, wie sein Bruder in dem geräumigen Kombiwagen in der Simmernstraße vorfuhr, ausstieg, die Tür achtlos hinter sich zuwarf, das Silberkettchen mit dem Zündschlüssel am Zeigefinger baumeln ließ; mit zwei kraftvollen Sätzen nahm er die Steinstufen, die ins Haus führten. Vielleicht wurden sie auch neidisch, wenn

Dietmar und er abends Wasserkübel in den Hof hinuntertrugen und stolz am Lack rieben.

Er wollte nicht auf das Gerede der Leute hören. Aber es verunsicherte ihn, wie sie beisammenstanden, die Köpfe zusammensteckten und auseinanderfuhren, wenn er plötzlich erschien. Was ihn wirklich stutzig machte, war die ungewohnte Freundlichkeit, mit der ihn Frau Zuckriegl eines Tages überraschte, als er ihren Laden noch kaum betreten hatte. Ihm fiel auf, daß sie ihn bevorzugt wie einen langjährigen Kunden bediente, wo sie doch wußte, er kaufte nie mehr als eine Tüte Bonbons, wenn es hoch kam, ein Päckchen Kaugummi oder vor dem Spiel mal eine Stange Pfefferminztraubenzucker. Wie sie ihn lockte, nachdem sie ihm augenzwinkernd statt eines Päckchens zwei Päckchen Kaugummi zugeschoben hatte, und er wußte eine Weile nicht, während sie das Markstück vom Teller strich, ob es Absicht oder Versehen war. Er bückte sich, sah interessiert durch die Glasscheibe der Verkaufstheke, wo in bauchigen Flaschen Himbeerbonbons und »Gletschereis« an Dietmar erinnerten, um ihr Zeit zu geben, das zweite Päckchen wieder verschwinden zu lassen. Aber es war kein Versehen. Das wurde ihm klar, als sie das Wechselgeld nicht in den Teller, sondern in seine Hand legte, er spürte die feuchte Wärme, die von ihrer Hand ausging. Und gerade, als der andere Kunde aus dem Laden ging, er, die fünf Groschen in der Faust, sich schnell umdrehen und ebenfalls hinauseilen wollte, da spürte er ihre Hand nochmals, warm, vertraulich, daß es ihm unheimlich war. Frau Zuckriegl umfaßte seinen Arm, öffnete mit der freien Hand den Holzverschlag, ein Brett zum Hochheben, das sie nur hochhob, wenn sie eine Ware aus dem Fenster nehmen wollte, die sie im Geschäft nicht mehr vorrätig hatte, oder wenn sie Obst und Gemüse für einen Kunden aus den Körben zu klauben hatte, die in den Stellagen vor dem Laden draußen auf dem Trottoir standen. Weil er im Umdrehen innehielt, über ihre Hand hinweg in ihre Augen sah, die, nachdem sie sich vergewissert hatten, daß er blieb, sich langsam von ihm abwandten, seinen Blick mitzogen, sich dann in die Leere zwischen aufgeklapptem Brett und Verkaufstisch senkten, ihr Blick so intensiv, wie ein Blick es ist, wenn er Worte ersetzt, und weil er den Zeitpunkt hatte verstreichen lassen, wo Abwenden und Aus-dem-Laden-Gehen sie als Mißverständnis und nicht als Taktlosigkeit oder gar als Absage aufgefaßt hätte, blieb ihm nun keine Wahl: Er ging los, sie trat einen Schritt zurück, um ihn durchzulassen, er streifte mit der Stirn ihren nackten Oberarm, der, während sie sich an die Wand preßte, noch das Brett aufgeklappt hielt; unwillkürlich richteten sich seine Augen auf die schwarzglänzenden Haare ihrer Achselhöhle. Dann, an ihr vorbei, stand er ratlos vor der plötzlichen Unordnung, die ihr Lebensmittelladen aus der Hinter-Ladentisch-Perspektive zeigte. Hilflos vor Waschkartons mit der Auf schrift PERSIL, vor Schachteln, die verschlossen oder schon aufgebrochen waren, vor den drei Stufen, die in den Lagerraum hinunterführten; bang, als das Brett auf die Holzleiste fiel, einen Augenblick dröhnte, und er hoffte inständig auf das unregelmäßige Glockenspiel an der Tür, aber kein Kunde betrat den Laden. Und wieder ihre Hand, im Halbdunkel, Wärme, Druck und Feuchtigkeit, sie faßte ihn am Handgelenk, er hielt seinen Arm steif von seinem Körper weg. Auf der untersten Stufe drehte er sich um, hoffte noch immer auf das Glockenspiel, aber er hörte bloß ihre Stimme, aus einer Nähe, die ihn überraschte; sie hatte sein Handgelenk nicht losgelassen, als sie sagte: Ein kleiner Plausch, drüben im Lager.

Im Lager drückte sie ihn auf eine Holzkiste. Er war froh, als sie ein paar Schritte zurücktrat, ihr Haar ordnete. Ihn nicht länger die Wärme und die Feuchtigkeit ihrer Hände spüren ließ. Dabei war sie wirklich eine immer noch sehr appetitliche Frau, wie Dietmar sich gegenüber Mutter ausdrückte, vielsagend grinsend, den Kopf genüßlich zur Seite geneigt. Er saß zusammengekauert da, seine Schultern wuchsen fast über die Ohren, starrte die Regale an, die ihn an Bücherregale in der Schulbibliothek erinnerten, nur breiter waren, tiefer, voller Kartons, Blechbüchsen, Gläser, Gläser mit Himbeerbonbons, mit »Gletschereis«, Bonbons mit und ohne Füllung, süß und sauer, Bonbons, die er kannte, kritisch gelutscht hatte im Bett, in der Technik, die Dietmar ihnen rücksichtslos eingebleut hatte, kaum, daß sie den Schweinebraten fertiggegessen hatten. Ein breites, tiefes Regal voller Gläser mit Süßigkeiten, alle vom gleichen Hersteller. »Ein Reisender verkauft sich in jedem Laden« hieß einer von Dietmars Sprüchen. Unverhohlen starrte er auf die farbigen Gläser, fühlte Stolz aus der vagen Unsicherheit, aus der Beklemmung wachsen, die ihn befallen hatte, seit sie nicht ein, sondern zwei Päckchen Kaugummi auf die Glasplatte gelegt hatte. Dietmars Zahlen stimmten tatsächlich. Manchmal hatte er heimlich gezweifelt, wenn sie nebeneinander in den Betten lagen und er sich vorstellte, welche Berge von Süßigkeiten sich hinter Dietmars Angaben verbargen. Kannte sie seine Zweifel? Hatte sie deshalb das Brett hochgeklappt und ihn in die intime Hinter-Ladentisch-Perspektive gezwungen, damit er klarsah, damit er aufhörte, seinem Bruder zu mißtrauen? Er schalt sich, unter der feuchten Wärme ihrer Hand gelitten und auf das Glockenspiel an der Tür gehofft zu haben. Von einem Glück konnte er reden, daß kein Kunde in das Geschäft gekommen war.

Er zählte die Gläser, er würde Dietmar bei seiner Rückkehr mit der genauen Zahl überraschen. Dietmar befand sich seit zwei Wochen auf einem Schulungslehrgang in Stuttgart. Die Gläserzahl und die verschiedenen Sorten, und dann sofort »Gute Nacht« und kein Wort mehr über cornu im Dativ. Dietmar würde seine Wange nachdenklich am Kissen reiben: Spionierst du für die Konkurrenz?

Eine völlig neutrale Marktforschung, würde er antworten und dabei zum ersten Mal diese Vokabel gebrauchen.

Er war noch immer mit dem Zählen der Gläser, dem Einprägen der unterschiedlichen Sorten beschäftigt, als sie nahe an ihn herantrat, so nah, daß ihr fülliger Körper ihm den Blick auf die Regale versperrte. Er schaute, auf der Kiste kauernd, zu ihr auf; sie trug einen ärmellosen, weißen Kittel, der ihr zu eng war. Sie ging vor ihm in die Hocke, atmete schwer; der Brustausschnitt, genau in Höhe seiner Augen, hob und senkte sich. Ein Lächeln begann sich in ihrem Gesicht zu verbreiten, langsam, angestrengt, mißtrauend, als hätte sie zugleich im Auge zu behalten, wie er darauf reagierte. Sie hob ihre Hände, die ihre Knie umfaßt hatten; sie hielt in der Aufwärtsbewegung ihrer Hände einen Moment inne, zögerte. Dann fühlte er ihre Finger auf seinem Haar, kindlich empfand er seinen Kopf unter ihrer Berührung. Sie begann, sein Haar zu streicheln; keine fremde Frau hatte sein Haar gestreichelt. Er spürte heiß das Blut in seinen Ohren. Sie sagte mit ruhiger Stimme, ohne daß ihre Hand aufhörte, über sein Haar zu fahren: Christ, möchtest du mir einen Gefallen tun?

Auch jetzt, da er ihre Stimme vernommen hatte, sie seinen Namen ausgesprochen hatte, glaubte er zu träumen. Er mußte auf der Hut sein. Schließlich hockte er in Frau Zuckriegls Lager auf einer Holzkiste, und Dietmars

»Gletschereis« in den Regalen war keine Fata Morgana, sondern erfolgreich verkaufte Ware. Nein, er unterlag keiner Täuschung, wie es ihm im Traum manchmal passierte, wo er dachte, ich träume nicht mehr, ich bin wach, denn schlafend könnte ich nicht daran denken, daß ich nicht mehr träume. Er war jetzt tatsächlich hellwach, richtete sich auf, als er fragte: Frau Zuckriegl, was kann ich für Sie tun? Er empfand befreiend die Distanz, die er mit diesem Satz hergestellt hatte, das war der richtige Ton. So war sie zur Räson zu bringen. Für den Fall, daß sie etwas von ihm wünschte, wonach man nicht im Laden verlangte.

Sie zog ihre Hand zurück, umfaßte ihre Knie, verlor in dieser Haltung kurz die Balance, fing sich wieder; er empfand Mitleid mit ihr. Sie erhob sich, streifte ihren Kittel glatt, stand in voller Größe vor ihm im Lager, in dem es sogleich eine Spur dunkler, düsterer wurde; sie drehte den Kopf zur Schulter, sah dabei hoch zum Regal. So, wie sie seinen Blick in die Leere zwischen Brett und Ladentisch gedrängt hatte, zog sie ihn jetzt hoch zu den Gläsern. Es ist wegen deines Bruders, sagte sie. Es geht um eine eilige Bestellung. Er hat sich seit Wochen nicht mehr sehen lassen.

Er registrierte die stattliche Reihe gefüllter Gläser, »ein Reisender verkauft sich in jedem Laden«, schlagartig stellte sich der Zusammenhang her, plötzlich war alles klar. Er heftete seinen Blick auf sie, unverhohlen direkt. Jetzt konnte seinetwegen sie auf das Glockenspiel draußen im Laden hoffen, das ihr Gelegenheit gegeben hätte, zurück in den Laden zu eilen. Nicht wegen einer Nachbestellung hockte er hier im Lager auf einer Kiste, in einem anrüchig intimen Fastdunkel; dieser füllige Körper, der den schwachen Lichtschimmer verdeckte, der durch ein vergittertes Fenster drang, war also Teil eines

Geschäfts. Was wollte sie von ihm? Es war ein Geschäft zwischen seinem Bruder und ihr. Ein schmutziges Geschäft, an dem er nicht teilhaben wollte. Seine Frage stand noch immer unbeantwortet im Raum. Ist er denn verreist? fragte sie endlich. Er antwortete mit einem langgezogenen Jawohl. Du weißt sicher, wo er sich aufhält, drang sie weiter in ihn. In Stuttgart, sagte er. In Stuttgart – das half ihr nicht weiter. Sie suchte Zeit. Sie drehte sich um, wandte nicht nur den Kopf zurück, vollzog eine Körperdrehung, so daß sie mit dem Rücken zu ihm stand. Zwei Rundungen spannten den engen Rock, den sie unter ihrem Kittel trug. Sein Blick tastete sich von den dick mit Kork besohlten Sandalen an ihren wohlgeformten Beinen hinauf; Dietmar hatte schon recht, auf sein Urteil war Verlaß. Er beschäftigte sich intensiv mit ihren Beinen, er merkte nicht gleich, daß sie schon eine Weile den Arm ausgestreckt hielt und in einer nervös fahrigen Bewegung zu den Gläsern hinaufwies: Alles von deinem Bruder.

Wollte sie Zeit gewinnen? Ihn gefügig machen? Auf was wollte sie eigentlich hinaus? Ich weiß, ich weiß, antwortete er altklug. Sie senkte den Arm, stand mit dem Rücken zu ihm, unschlüssig vor den Regalen. Daß er sich wieder mit ihren Beinen beschäftigte, mit ihren Waden, die heraustraten, wuchtig wirkten im Vergleich zu den schmalen Fesseln, von denen eine dunkle Strumpfnaht hinauf zu den Kniekehlen lief, konstatierte er mit Erstaunen. Sicher trug sie unter dem Rock, unter der Bluse Versandhauswäsche. Wo kann man ihn in Stuttgart erreichen? Kannst du mir seine Anschrift geben?

Sie hatte sich bei ihrer letzten Frage umgedreht und sah ihn bittend an. Sie tat ihm leid. Er konnte ihre Hilflosigkeit nicht länger ertragen. Ich habe die Anschrift zu

Hause. Meine Mutter könnte sie Ihnen noch heute geben. Sie kauft fürs Abendessen ein.

Sie lächelte befreit, knöpfte den Kittel auf, griff sich in die Enge zwischen Rockbund und Bauch, aus der sie ein zugeklebtes Briefkuvert zog, und reichte es ihm. Das Kuvert war unbeschrieben, wies weder Anschrift noch Absender auf; aber es war frankiert. Schreibe die Adresse deines Bruders drauf, und wirf ihn noch heute in den Briefkasten. Würdest du das für mich tun? Es ist geschäftlich. Er nickte stumm. Das Kuvert war peinlich genau zugeklebt. Auf der Rückseite trug es die Initialen ihres Namens, ein L und ein Z, Lotte Zuckriegl, in jener schwungvollen und doch etwas altmodisch verschnörkelten Schrift, mit der sie Sonderangebote, »frische Zwetschgen« oder andere »Verkaufsschlager« von der Straße aus auf die Schaufensterscheibe schrieb. Du mußt nicht mit deinen Eltern darüber reden. Es ist eine Geschäftssache. Sie betrifft nur deinen Bruder und mich.

Geht in Ordnung. Er stand von der Kiste auf, schob das Kuvert in die Innentasche seines Jacketts, klopfte mit dem Handteller gegen die Brust, es raschelte, er lächelte, sie lächelte, er dachte, sie ist wirklich eine appetitliche Frau, an Dietmar mußte schon etwas sein. Sie versperrte hinter ihm das Lager; die Lagertür, fiel ihm auf, war vorher nicht versperrt gewesen. Er brauchte nicht mehr durch den Laden, sie ließ ihn durch den Seiteneingang, der auf den Hof hinausführte, ins Freie.

In seinem Zimmer versuchte er, mit einem Bleistiftende das Kuvert zu öffnen; aber es war so sorgfältig zugeklebt, daß er an keiner Stelle das Bleistiftende einführen und dann den Bleistift drehen konnte. Er wartete, bis Mutter das Haus verließ, um Einkäufe zu machen. Sie kam nie vor einer halben Stunde zurück. Vater und Dagmar kamen selten vor sechs Uhr abends.

Er war allein. Er füllte den Aluminiumtopf, den Vater und Dietmar zum Rasieren benutzten, mit Wasser und stellte ihn auf die Gasflamme. In den aufsteigenden Dampf hielt er die Rückseite des Umschlags, die Buchstaben waren mit Kugelschreiber geschrieben, die Schrift blieb unversehrt. Er zog einen zusammengefalteten Briefbogen aus dem Kuvert, rosa Papier, Rosen an die Blattränder gedruckt, mit zitternden Fingern nestelte er an dem Bogen, entfaltete ihn umständlich. Einen Augenblick empfand er Skrupel, jetzt, wo er den Brief in seinen Händen hielt und sah: rosa Papier, rosengesäumt. Auf was ließ er sich da ein? Warum machte er sich zum Mitwisser von etwas, was in der ›Film-Revue‹ als »a forbidden love« bezeichnet wurde? Aber war nicht auch seine Beziehung zu Muschi »a forbidden love«? War nicht jede wirkliche Liebe auch eine verbotene Liebe? Die von einem fremden, nicht benennbaren Schmerz verzehrten Gesichter der Liebenden vermischten sich als Bild mit dem Klang »a forbidden love«. In seiner Vorstellung zerschmolz alles, was sich mit dem Begriff verband, zu einer schmerzlich schönen Sehnsucht. Alles in ihm sehnte sich nach einer Liebe, die ihre Größe, ihre Leidenschaft, ihren Schmerz daraus gewann, daß sie nicht sein durfte. Auch er wünschte sich »a forbidden love«.

Dann las er doch: Dünn geschrieben, schwungvoll, verschnörkelt, das Papier duftend nach süßem Parfum; und mit den Worten, die er las, stellte sich ihr Bild ein: Die Zuckriegl im Halbdunkel des Lagerraums, mit dem Rücken zu ihm, das Gesicht zum Regal gewandt, deutete in einer Art hilflosen Winkens hinauf zu den Gläsern, aber so hilflos erschien sie ihm nicht mit dem Spiel ihrer Waden, die rund heraustraten, wenn sie die Fersen in ihren offenen, dickbesohlten Schuhen hob, wobei der Rock nach oben verrutschte, ihre Kniekehlen entblößte, die von den dunklen Nähten ihrer Seidenstrümpfe durchschnitten wurden.

Er las.

> Liebling Dietmar! Warum hast Du mir Deine Anschrift nicht hinterlassen? Erhältst Du diese Zeilen, habe ich einen Weg zu Dir gefunden. Ich bitte Dich, komme sobald wie möglich zurück. Wenn ich im Laden stehe und Deinem Bruder für fünfzig Pfennig Himbeerbonbons in die Tüte schaufle, denke ich an Dich! Wenn ich vom Laden ins Lager trete, wo Düsterkeit mein Herz umschließt, und hoch zu den Gläsern sehe, denke ich an Dich! Wenn ich nachts im Bett liege, drücke ich meinen Körper gegen die Matratze und denke an Dich! Ich lutsche eines der Bonbons, die Du mir für den Verkauf so empfohlen hast (dabei hast Du mir keinen Rabatt gewährt), und denke an Dich! Komm zurück, denn ich möchte Dich fühlen, greifen und lieben (Du weißt schon wie!!). Diese Wochen sind ein Jahr!
>
> Deine Lotte.
>
> PS: Wenn Du kommst, bringe bitte eine Zehnkilobüchse Zitronenbonbons mit. Die gehen – wie alles von Dir – prima!

Zwischen Rockbund und Bauch hatte sie dieses Geständnis getragen, während sie im Laden mit arglosem Gesicht ihre Kunden bediente. Und er teilte mit Dietmar das Zimmer, weihte ihn ein in seine Lateinprobleme, ließ das VITA ROMANA offen liegen, damit er ihn abfragen konnte. Nein, er ließe sich nicht mehr nach dem Dativ von cornu fragen. Davon hatte er ihm beim »Eine-Ware-Losschlagen« wohlweislich nichts erzählt. Das waren Verkaufsgeheimnisse, in die er ihn, den kleinen Bruder, nicht eingeweiht hatte.

Er adressierte den Brief. Die Anschrift wußte er auswendig. Dietmar hatte die Vorzüge des Hotels wortreich beschrieben. Es lag in einer noblen Gegend, wo Mercedes und Sportmodelle die Parkplätze füllten. Er warf den Brief nicht hinein. Er ließ ihn nur mit versteinerter Miene in den Briefkasten fallen.

18

Richard blieb dem Umschulungskurs fern, schlenderte ziellos durch die Stadt. Er stand vor Auslagen, studierte die exotischen Aufschriften der Zigarettenpäckchen, zog sich mit Reiseprospekten halbe Vormittage in Alleen zurück. An anderen Tagen stand er in einer Gruppe von Rentnern vor dem stählernen Gebälk eines Hochhauses, sah den Bauarbeitern zu, die in ihren weißen Hosen und mörtelbespritzten Jacken Eisenträger schleppten und dazwischen Bier aus Flaschen tranken, an den Bauzäunen verkündeten Wahlplakate, daß es aufwärts in Deutschland ging. Oft landete er im Hafen. Ihm gefielen die Kräne; rot gestrichen, mennigerot, mit einem flaschengrünen Kopf, sahen sie wie Trojanische Pferde aus. Er mied das Stadtzentrum, wo ihm Bekannte begegneten. Er hielt sich am Bahnhof auf. Es war ihm ja nicht anzusehen, daß er sich hier nur die Zeit vertrieb. Vielleicht kam er gerade aus München zurück, vielleicht traf er gerade die letzten Vorbereitungen für eine große Reise.

Es war Reisezeit. In seiner Behörde trafen jetzt die ersten Urlaubspostkarten aus dem Süden ein. Sie wurden, nachdem sie in der Abteilung die Runde gemacht hatten, in einen Rahmen über die Blumenbank geheftet. Er hatte Maria im letzten Jahr versprochen, diesen Sommer für zwei Wochen nach Italien zu reisen. Sie wollte einmal das Meer sehen. Aber seit jenem Samstag im März sprachen sie nicht mehr über Rimini. Sie hatten die zurückliegenden Urlaube im Schwarzwald verbracht. Ein Urlaub verging wie der andere. Für Abwechslung sorgte allenfalls das Wetter. Für Maria war es beinahe unmöglich, sich in seiner Gegenwart zu erholen. Mit dem Ford seines Bruders schaffte er die Strecke an einem Tag. Er kam an, ließ die Koffer in das Zimmer tragen. Er zog sich das Hemd über den Kopf, wusch sich, rasierte sich sorgfältig vor dem Spiegel, schüttete Kölnisch in die Handteller, verrieb es im Gesicht, er schlüpfte in ein weißes Hemd, wählte die beste Hose. Dann, nachdem er den Kragen über die Krawatte geklappt hatte, stand er unschlüssig im Zimmer, ging zum Fenster, öffnete es, sah hinaus: Der Anblick von Urlaubern, die in Liegestühlen lasen, deprimierte ihn.

Er zog durch den Ort. Zurückgekommen zur Pension, erschienen ihm der rote Hahn, der goldene Krug, die metallene Traube bedrückend vertraut wie das Firmenschild eines Betriebs, in dem er es zu nichts gebracht hatte. Maria schlief, erschöpft von der Fahrt. Er ging im Zimmer auf und ab, sie wurde wach, setzte sich auf: Was gibt es?

Er zuckte die Schultern, oder er wies sie zurecht: Sind wir hierhergefahren, um uns für teures Geld ins Bett zu legen? Sie warf die Decke zurück, stand auf, begann sich anzuziehen. Aber auch das war ihm nicht recht. Wohin sollte er mit ihr gehen, wenn sie ausgehbereit vor ihm stand? So drängte er sie ins Bett zurück, wo sie halb angekleidet, mit beiden Ellbogen abgestützt, auf dem Rükken lag und verwundert zu ihm aufblickte. Die ungewohnte Umgebung, die Stimmen im Hof, die Geräusche im Gang, das fremde Bett schufen eine Situation, in der er sie neu und begehrenswert sah. So hatte er sie noch nie besessen. Er schlüpfte zu ihr unter die Decke; sie bestand darauf, daß er die Tür von innen versperrte. Dann war er antriebslos, leer. Die Fahrt wirkte nach; Kilometer rollten in ihm ab, ohne daß er sich von der Stelle bewegte. Als er aufwachte und die Augen öffnete, regte ihn eine Fliege auf, die am Plafond saß und in kleinen Flugbahnen ständig ihren Standort wechselte. Er schälte mit dem Daumen eine Socke vom Fuß, knäuelte sie zusammen, zielte damit nach dem Insekt. Lockerer Verputz löste sich, rieselte auf das Bett. Ein Kichern schüttelte Maria, sie stopfte sich einen Kissenzipfel in den Mund, verschluckte sich. Sie konnte ihr Lachen nicht unterdrücken. Er fing eine andere Fliege und fetzte die Flügel von ihr wie Papier aus einem Block. Die Tage quälten sich dahin. Nachts, bei ausgeknipstem Licht, lag er wach und machte ihr Vorwürfe, daß sie ihr Geld für nichts und wieder nichts ausgäben.

Es ging tatsächlich aufwärts in Deutschland. Ihn aber hatte eine Vergangenheit eingeholt, die im Grunde genommen nicht die seine war. Er war als Vierundzwanzigjähriger in die Partei eingetreten. Er war einige Male in die Versammlungen gegangen. Die Monotonie dieser Veranstaltungen, die Lautstärke, mit der sie ihre Lieder absangen, die Humorlosigkeit, mit der sie in ihren Uniformen aufzogen und ihre Parolen verkündeten, langweilten ihn. Er war nicht politisch. Er war in diesen ersten Jahren nicht dafür und nicht dagegen. Er zog seine persönliche Konsequenz aus der Begegnung mit der Partei. Und die bestand darin, daß er ihre Veranstaltungen nicht mehr besuchte. Später, als er Schwierigkeiten ausgerechnet immer mit den Leuten bekam, die der Partei angehörten und in allem, was sie taten, sich auf den Auftrag der Partei bezogen, war er dagegen.

Er hatte sich geweigert, in seinem Zimmer das Führerbild an die Wand zu hängen. Er bekam Ärger. Aber er blieb stur. Und 1937 trat er sogar aus der Partei wieder aus.

Der Juli war heißer als im Jahr zuvor. Aber er setzte sich nicht in ein Gartenrestaurant ins Freie, nicht unter die schattigen Kastanien der Kolbstädter Biergärten. Er suchte Kneipen auf, die er aus Polizeiberichten kannte. Er trank Bier aus speckfleckigen Gläsern. In der Donauländе stellte ihm die Wirtin eine geschlossene Flasche wortlos auf den blanken Tisch. Die erste Flasche trank er, weil er durstig war. Er leerte sie in wenigen Zügen. Er wollte das Lokal schnell wieder verlassen. Dann warf er Kleingeld in einen Automaten, um den Burschen mit Schwalbenschwanzfrisuren standen und ein Mädchen mit faserigem hochtoupiertem Haar. Sie hatte eine kofferartige Lacktasche in der Hand, die gegen ihre Hüfte pendelte; sie wiegte sich im Rhythmus irgendeiner lasziven Musik, die aus der Musikbox drang. Auf dem Weg zur Toilette zwängte er sich in dem dunklen, engen Gang an einem Männerrücken vorbei, der ein Mädchen verdeckte. Er entleerte sich vor einer Teerwand, las gierig die Kritzeleien, ging in die Kneipe zurück, wo eine neue volle Flasche auf seinem Tisch stand. Er schüttete Bier in sich hinein. Er bezahlte an der Theke. Blind trat er hinaus in die Sonne, mit unsicheren Schritten ging er den Weg nach Hause. Die Sommervormittagsgeräusche der Stadt brummten an seine Schläfen. Schemenhaft nahm er wahr, was um ihn herum ablief. Erst in der Simmernstraße registrierte er wieder seine Umgebung: die ausgetrocknete, rissige Erde zwischen dem Kopfsteinpflaster, die heruntergelassene Holzjalousie der Konditorei; aus den offenen Fenstern des Taxisbräu hingen die Vorhänge über das Gesims.

Maria stand schon in der Tür. Sie stellte keine Fragen. Er roch den Geruch von warmem Essen. Wortlos saß er am Tisch, löffelte Suppe, Gemüse, Kartoffeln. Er griff nach den ›Mittelbayerischen Nachrichten‹. Maria nahm ihm die Zeitung aus den Händen. Sie räumte die Teller ab. Sie sagte nichts. Er stand auf, ging ins Schlafzimmer. Er zog das kalte Plumeau über seinen Körper, plötzlich fröstelte ihn. Er krümmte sich, schlief durch bis zum frühen Abend.

Er besuchte noch einige Male den Umschulungskurs. Er hatte Mühe, den Ausführungen des Referenten zu folgen. Die Materie war fremd. Er fühlte sich zu alt, um auf eine neue Arbeit umgeschult zu werden. Er wollte nicht noch einmal von vorn beginnen, sich hinter einen fremden Schreibtisch setzen. Er wollte nicht noch einmal anfangen zu hoffen.

Die Freitage wurden ihm unerträglich, wenn sie aus den Betrieben strömten; mit Wochenendgesichtern bummelten sie durch die Stadt, gaben Geld aus, das sie verdient hatten.

Er schrieb weiter an Grasser. Seine Briefe wurden persönlicher. Immer mehr verlor er an Distanz. Er versteckte den Entwurf solcher Briefe eine Nacht unter seinem Kopfkissen, schrieb ihn am nächsten Morgen ins reine.

Er frühstückte mit Maria, Dagmar und Christ. Dann stand er Viertelstunden am Fenster und wartete auf die Post. Schließlich schlüpfte er in die Schuhe, ging die Simmernstraße hinauf, um zu sehen, ob das gelbe Rad des Postboten an einer Hauswand lehnte. Ganz gleich, wo er ihn traf: Der Beamte mußte an Ort und Stelle die nach Hausnummern sortierten Briefe durchwühlen. Mißmutig löste er die Schnüre, die die einzelnen Stöße zusammenhielten. Eines Tages übergab er ihm einen Brief: Rot geschrieben, in sperrigen Buchstaben, am Schriftzug erkannte er Grasser, stand *zurück* unter seiner eigenen Schrift. Er bedankte sich, trat in einen Hauseingang, öffnete den Umschlag. Gedankenlos las er seinen eigenen Brief. Von da an hoffte er nicht mehr auf Grasser. Er setzte jetzt auf eine Entscheidung des Arbeitsgerichts. Und auf Dietmar. Fast täglich kamen jetzt dessen Postkarten mit Erfolgsmeldungen aus Stuttgart.

Er schrieb weiter. In den Nächten hörten sie das Schreibmaschinengeratter. Solange er schrieb, hoffte er. Der Prozeß lief. Der Weg zum Arbeitsamt erniedrigte ihn. Die Namen der Arbeitslosen, die mit ihm in der Schlange warteten, wurden ihm geläufig. Er wehrte sich dagegen. Doch die Namen prägten sich ihm ein. Sie nannten auch ihn beim Namen, vertraut, ohne die Anrede »Herr«. Er wollte nicht zu ihnen gehören.

Er ging die Alleewege, sah Kindern beim Spielen zu, träumte von Versöhnung, von Rehabilitierung. Im Halbschatten der Bäume, den Blick auf den lichtgesprenkelten Sandboden gerichtet, sprach er das Wort »Rehabilitierung«, Silbe für Silbe, halblaut vor sich hin, eine beschwörende, ihn beruhigende Formel, die endlich gefundene Lösung. Aber waren nicht schon zu viele Monate vergangen, könnte er einfach zurückkehren wie von einem Jahresurlaub, sich auf den Gängen, in den Büros bewegen, wo ihm auf Schritt und Tritt die Bediensteten der Behörde begegneten, alle kannten sie seine Geschichte? Durch wie viele Hände waren seine an Grasser adressierten Briefe gegangen, bevor sie den Weg im Behördeninnern vom »Eingang« bis zum Chefzimmer genommen hatten? Unter welchem Aktenzeichen lief der »Vorgang«, in welcher Registratur würden seine persönlichen Bekenntnisse und seine Bitten, die er im Namen seiner fünfköpfigen Familie an Grasser gerichtet hatte, abgelegt?

Er ging nicht mehr in die Kneipen. Selten verließ er die

Wohnung. Er haderte mit Stuttgart; er vermißte Dietmar, der abends von seinen Tagestouren nach Hause kam und von seinen Erfolgen berichtete. Aus Dietmars Mund klangen die Namen Grasser und Klett wie Schimpel und Kliemke. Sie wurden zu harmlosen Figuren, die keine Macht über ihn hatten.

19

Dietmar kam aus Stuttgart von dem Schulungslehrgang zurück. Christ fuhr auf dem Rad gerade die Simmernstraße hinauf, als der büchsenmilchfarbene Wagen aus der Moritzstraße bog, der Lack staubbeschlagen wie niemals zuvor, an ihm vorbeiraste und in Dietmars unverkennbarer Art mit scharfem Abbremsen vor ihrem Wohnhaus zum Stehen kam. Er hörte Sekunden später die Tür ins Schloß fallen. Er drehte sich nicht um. Er war auf dem Weg zum Abendtraining. In dem Matchsack befanden sich Fußballstiefel, Stutzen, Bandagen.

Sie trainierten jetzt verstärkt, zweimal die Woche. Sie hatten das Endspiel um die Kreismeisterschaft erreicht. Wenn sie zum Abschluß des Trainings fünf Runden um das Spielfeld ziehen mußten, kam es vor, daß er nach der dritten Runde in der Umkleidekabine verschwand und sich erschöpft auf die Holzbank setzte und seinen Atem in heftigen, unregelmäßigen Stößen ausblies, vornübergebeugt, seine schweren, schlaffen Arme schaukelten zwischen den auseinandergestellten Beinen. Dabei standen sie vor dem Spiel, das über alles entschied. Die Zeitung würde auch dieses Mal die Mannschaftsaufstellung für das Endspiel wiedergeben und in der Montagsausgabe ein Photo des Siegers. Er wollte ihnen den Sportteil kommentarlos auf den Tisch legen und die Küche verlassen. Auf dem Bett würde er ausgestreckt liegen wie an einem Samstagnachmittag Stunden vor dem Spiel und sein Gesicht, das ungerührte Gesicht eines Siegers, im kühlen

Plumeau spüren, währenddessen in der Küche Stimmen laut würden: Christ Kirschs Gegenspieler hat keinen Ball berührt, hat keinen Stich gemacht! Vater oder Dietmar würden es laut aus der Zeitung zitieren. Und ausgerechnet jetzt war seine Nominierung fraglich geworden – »Konditionsprobleme« nannte das Bimbo Bellini vor versammelter Mannschaft. Aus den Umkleidekabinen sah er seine Mannschaftskameraden auf die Aschenbahn treten, in roten Hosen, weißen Trikots. Sie zogen helle Schnüre durch die Ösen ihrer Hemden und knüpften eine Schleife, strichen sich mit flacher Hand die Shorts an ihre Oberschenkel, traten kraftvoll auf der Stelle, um warm zu werden. Er hob sein Rad in den Ständer, zog den Matchsack vom Halter, betrat den Bau, in dessen Erdgeschoß sich die Umkleidekabinen befanden, darüber die überdachte Tribüne, die auf das Spielfeld hinauswies. Er begrüßte einige Nachzügler der Ersten und Zweiten Schüler, die gerade dabei waren, sich umzuziehen. Aber keiner antwortete ihm. »Konditionsprobleme.« Alle taten angestrengt etwas an ihren Schuhen, verließen schnell die Kabine. Er hörte sie draußen im engen Gang flüstern, hörte die Aluminiumstollen am Steinboden klappern und sich entfernen. Er zog sich aus, er war allein. Er schlüpfte in die Hose, streifte sich Socken, Stutzen über Füße und Waden. Fest umschlossen die Stiefel seine Zehen und Knöchel. Er streckte das Bein, bewegte den Fuß.

Als er auf das Spielfeld hinaustrat, rollte ihm zufällig der Ball vor die Füße. Er nahm kurz Maß, schlug die Kugel ein kleines Stück über der Mitte an, damit sie nicht über das Tor stieg. Der Ball steuerte mit hörbarer Geschwindigkeit ins Tordreieck, verfing sich zwischen Querbalken und rechter Latte, pendelte wie ein angeschlagener Punchingball hin und her, ehe er die Torlinie überschritt und das Netz berührte. Die Maschen blähten sich. Einen Moment hing der Ball bewegungslos, bevor er kerzengerade nach unten fiel. Blume im Tor bückte sich, machte auf Schau, drehte, noch in der Hocke, den Kopf über die Schulter, respektvoll grinsend schielte er, die Hand als Sonnenblende an der Stirn, dorthin, wo der Schuß eingeschlagen hatte. Dann fischte er sich den Ball, schlug ihn gelassen aus der Hand, ein zweites Mal ihm genau vor die Füße. Wieder trat er mit vollem Spann – der Ball zog eine straffe Linie in einem Winkel von fünfundvierzig Grad und schlug unter dem Querbalken ein. Blume hatte noch keine Hand bewegt. Wie von weit her hörte er die Worte der Anerkennung, der Bewunderung. Mit zwei Schüssen hatte er das Netz von Zweifeln und Versagensängsten durchschlagen, in das er sich verfangen hatte.

Inmitten der Mannschaft stand er im warmen Nebel der Brausen, spürte seine Fußsohlen nackt am Holz-Leere-Muster des Bodenbelags, pfiff in die Wasserkaskade, die über Gesicht und Körper rann, seifte dabei seine vorgestellten Schenkel ein. Er hatte nichts von seiner Kraft abgegeben. Er hätte noch weitere Runden um den Platz ziehen können. Warum hatte er sich in den vergangenen Wochen vom Platz gestohlen und in der Kabine versteckt, wo er außer Atem auf der Bank saß? Seine Gedanken waren in letzter Zeit mehr hinter Muschi und der Zuckriegl her gewesen als hinter dem Lederball. Und in diesen Gedankenspielen gab es keine Befreiungsschläge, die einen entlasteten, keine Torschüsse, die plötzlich alles klarmachten und alle Kraft zurückgaben. In den Nächten verdrängten halbfertige Vorstellungen von dem, was die Zuckriegl und Dietmar im Dunkel des Lagers miteinander machten, von dem, wozu Muschi sich wortlos bereit erklärte, nachdem das Licht in ihrem Zimmer erloschen war, das Interesse an Fußball. Und wenn er mittendrin aufwachte und entsetzt feststellte, daß er diesen Bildern nachgegeben hatte, war er der Verlierer, denn spätestens am nächsten Tag, wenn er den Metzger- oder Lebensmittelladen betrat, wurde ihm bewußt, daß weder Muschi noch die Zuckriegl seine Phantasien teilten und er ihnen nicht nähergekommen war.

Die Brausen sangen. Wasser pitschte hinab zur Abflußröhre, verströmte über dem grüngekachelten Boden. Sie waren eine Mannschaft, die ins Endspiel zog, und er zweifelte in diesem Augenblick nicht daran, daß er zur Mannschaft gehörte. Im Lärm der Brausen hörte er die Stimme des Trainers: Wascht euch nicht noch die Muskeln ab. In zehn Minuten beginnt die Versammlung.

Hinter einer gelben Jaffa beobachtete er, wie Kohlensäureperlen vom Grund des Glases auftauchten. Bimbo Bellini gab die Aufstellung für Sonntag bekannt. Im Tor und in der Verteidigung gab es keine Veränderungen, Zeitler spielte wie immer den linken Außenläufer, und Christian Kirsch organisierte wie immer die Abwehr. Seine Hand war naß, weil er das Glas umfaßt und erst wieder losgelassen hatte, als sein Name gefallen war. Er sah nicht in die Runde, sondern auf den Abdruck seiner Finger an dem Glas, über dem Kohlensäureperlen in der Luft zerbarsten und den Duft von Orangen verströmten. Vater würde seinen Namen abgedruckt sehen. Dietmar hatte Anlaß, ihn zu fragen, was ein Vertragsspieler verdiente.

Die Tiefstrahler im Stadion stachen hundert Meter grünen Rasen aus dem Dunkel. Er saß auf der Metallstange, hoch oben über der letzten Zuschauerbank, und blickte auf das Spielfeld hinab. In seinem Rücken begann die Nacht. Die Vertragsspieler liefen auf zum Training, die allererste Garnitur; gegen die weißen Hosen glänzten dunkel die Beine. Er konnte jeden einzelnen an der Art, wie er sich bewegte, und an seiner Ballbehandlung identifizieren. Jeden kannte er mit Namen. Traumhaft sicher schoben sie sich die Bälle zu. Mit der Stirn fingen sie das Leder ab, ließen den Ball wie einen Wassertropfen über Gesicht, Brust und Schenkel zum schußbereiten Fuß hinablaufen. Aus Bewegungslosigkeit setzten sie an zum Sprung; die Stürmer hielten mitten im Lauf vor den Verteidigern inne, verlegten ihren Körper auf eine Seite, um plötzlich nach der anderen auszubrechen. Er, hoch oben im Zuschauerrang, war auf der Hut: grätschte hinein, glitt zu Boden, nahm den Ball in die Kniezange, während der Mittelstürmer über ihn hinwegstürzte und leer ausging. Im Mittelfeld bildeten die Spieler jetzt einen Kreis, hörten auf die Anweisungen ihres Trainers Imre Fejes. Dann bewegte sich der Kreis, und ein Spieler nach dem anderen köpfte oder hob mit weichem Innenrist den ihm zugeworfenen Ball zum Trainer zurück, dessen Hände immer schneller warfen, sich öffneten, faßten und warfen. Plötzlich brach er ab, hielt sich das Leder mit kraftvoll gestreckten Fingern einen Augenblick vor die Brust, ließ es zu Boden fallen, wo er den Ball, ohne nach unten zu blicken, kunstvoll stoppte. Er wies mit der Hand zur Aschenbahn. Und während die Spieler über den Rasen zum Tribüneneingang liefen, hob Fejes plötzlich den Kopf, sah über die leeren Ränge zu ihm hinauf. Fejes, der jetzt allein auf dem Spielfeld, im Mittelkreis, stand, hob seine rechte Hand und machte ihm, Christ Kirsch, das V-Zeichen des Sieges. Er täuschte sich nicht. Jeder Zweifel war ausgeschlossen. Er fühlte sein Herz wild schlagen. Dann, langsam, mit nachdenklich gesenktem Kopf, ging Fejes vom Mittelfeld aus auf geradem Weg zu den Umkleidekabinen. Augenblicke später erloschen die Tiefstrahler im Stadion. Das Grün des Rasens war abgeknipst. Durch die Glaswand der schmalen Gegentribüne leuchteten die gelben Fensterzellen der dahinterliegenden Wohnhäuser. Neben der Tribüne ragte im Dunkeln ein weißgekalkter Turm auf. In die zwei lukenförmigen Öffnungen an der Vorderseite, die ins Stadion wies, wurden unter die Bezeichnungen »Platzelf« und »Gäste« große Zahlen geschoben, wenn Tore fielen. Über dem Turm wehte bei Heimspielen die Vereinsfahne. Viele Fahnen wehten im Stadion: auf dem Dach der Tribüne, am Eingang bei den Schaltern, wo man die Karten löste, auf dem spitzgiebeligen Schindeldach der Brauerei, von der das Stadionrestaurant Bier und Limonaden bezog. In seiner Vorstellung bewegten sich die Fahnen am stärksten, wenn der SSV Kolbstadt ein Tor schoß und das Netz zitterte. Im Jubel der Zwanzigtausend, der aufstieg wie ein Sturm, strafften sich die Fahnen, flatterten, gaben dem SSV das Zeichen zu einem neuen Angriff.

Er ließ sich von der Stange gleiten, spürte den Schotter unter seinen Füßen. Er stieg nicht die Stufen hinunter, die zur Aschenbahn führten, von der aus er den Eingang zu den Umkleidekabinen hätte betreten können. Er blieb auf gleicher Höhe und ging zur Haupttribüne zu seiner Rechten hinüber, wo die Tribünenbesucher an Sonntagen einen kleinen, resoluten Rentner mit Armbinde passieren mußten, der streng darauf achtete, daß kein Unbefugter einen teuren Tribünenplatz einnahm. Wenn er seinen Stumpen aus dem Mund nahm und die Hand zum Gruß hob, konnte man sicher sein, daß einer der Honoratioren die Tribüne betrat. Wenn er, nachdem sie das Vorspiel bestritten hatten – was eine große Ehre war –, zu Beginn der zweiten Halbzeit frisch geduscht mit seinen Mitspielern auf der Tribüne erschien, nahm er ebenfalls seinen Stumpen aus dem Mund und klopfte ihm auf die Schulter. Der Gang von den Umkleidekabinen zur

Tribüne hinauf war ein Siegeszug, wenn sie gesiegt hatten. Der Seitenaufgang zur Tribüne war von den Massen durch einen Maschendraht getrennt. Die neugierigen Blicke der Menge waren auf ihn gerichtet; so also sah der Mittelläufer aus nächster Entfernung aus. Oft hinkte er etwas; schließlich hatte er einiges abbekommen, während des Spiels weggesteckt; er bückte sich, um sich den Knöchel zu reiben; die Adidas-Stiefel mit den drei weißen Streifen trug er immer offen über dem Rücken. Bei dir ist alles drin! sagte der Rentner mit seiner lauten Fußballstadionstimme. Natürlich war für sie kein Sitzplatz reserviert. Bevor er sich auf die Treppe setzte, die die beiden Zuschauerränge der Tribüne trennte, täuschte er vor, nach jemandem Ausschau zu halten. Junge Damen in schicken Kostümen sahen auf ihn, den Vertragsspieler von morgen. Er war sich sicher, wiedererkannt zu werden, als der Beherrscher des Strafraums, als der Fels in der Brandung gegnerischer Angriffe, an dem sich alle Stürmerhoffnungen zerschlugen. Dann hockte er sich mit zwei, drei Mitspielern seiner Mannschaft gemächlich auf die Stufen; sie tranken ihre Jaffa aus der Flasche. Nie war der Duft, das Aroma von Orangen, das die Limonade verbreitete, intensiver als nach solchen Spielen. Er sah hinunter auf den Rasen, auf dem er noch vor einer Stunde gekämpft hatte, und genoß eine seltsame, heimliche Solidarität mit dem Mann, der wie er die Nummer 5 auf dem Rücken des weißen Trikots trug.

Von der Turmuhr der nahen Realschule lösten sich Schläge und schreckten ihn auf. Er verließ die Haupttribüne, ging den Seitenaufgang hinab, strich mit den ausgestreckten Fingern über den Maschendraht, der leise vibrierte. An der Rückseite der Tribüne hob er sein Rad aus dem Ständer und setzte auf. Bis zur Jahnstraße fuhr er ohne

Licht, dann drückte er mit dem Fuß den Dynamokopf gegen den Reifen.

In der Küche saß Vater vor einer Reihe Blechdosen mit der Aufschrift »St. Pauli Astra-Brauerei«. Er trank einen Schluck, kippte die Dose in der Hand, las kopfschüttelnd »St.-Pauli-Bier«. Auf der Couch lag aufgeklappt Dietmars Koffer. Wo ist er? fragte er.

Bier in Dosen. Verrückt.

Christ schloß von außen die Küchentür. Schau hinüber ins Kinderzimmer, hörte er Mutter in seinem Rükken sagen. Erst jetzt sah er, daß sie sich mit Dagmar, die gerade dabei war, ein Paket zu öffnen, im Wohnzimmer aufhielt. Im Flur hing Dietmars bester Anzug über einem Bügel. Seit er als freier Handelsvertreter reiste, hingen, über die gesamte Wohnung verteilt, Hosen und Sakkos zum Aushängen, wie er sich ausdrückte, auf Bügeln, an Fensterklinken, Türrahmen, Schrankschlössern. Dietmars bester Anzug stammte aus dem Modegeschäft, das Romans Vater gehörte. Er setzte seine Garderobe bewußt ein. Und ausgerechnet jetzt hing sein Lieblingsanzug im Flur. Der Gang zur Zuckriegl stand also bevor. Aber wer gab ihm das Recht, ihn zu verdächtigen? Was besagte schon ein Regal gefüllter Bonbongläser? Was besagte ein Brief, den schließlich nicht er, sondern sie geschrieben hatte? Woher wollte er wissen, daß »ich möchte Dich fühlen, greifen und lieben« jemals mehr gewesen war als der sehnliche Wunsch einer nicht mehr ganz jungen Frau? Dietmar selbst sprach viel, besonders wenn es darum ging, eine Ware loszuschlagen. Aber hielt er sich wirklich an sein Versprechen? Beruhigend war doch, daß er ihr keinen Rabatt gewährt hatte. Wie hätte er ihr Rabatt versagen können, wenn er ihr nicht vorher anderes versagt hätte? Er selbst legte immer zuviel in die Dinge hinein, beunruhigte sich, und dann kam es ganz anders. Seinetwegen konnte ihn Dietmar weiter nach dem Dativ von cornu fragen. Er wüßte Bescheid, daß Substantive auf -u niemals Maskulina oder Feminina, sondern immer Neutra waren. Er strich mit der Hand in Gedanken versunken über Dietmars Jackenrevers, ging an dem Ehebett der Eltern vorbei, hinüber in sein Zimmer.

Pitralon, Brisk, Deodorant »for men« und Herrenpuder standen aufgereiht auf dem runden, einfüßigen Tischchen, an dem Dietmar abends auf seiner Reiseschreibmaschine den Tagesbericht für die Firma tippte. Beim zweiten Blick wurde ihm klar, warum Dietmars Kosmetikartikel auf dem Schreibtisch standen und nicht, wie gewohnt, in wohlüberlegter Formation auf der Glasplatte des Toilettentisches. Für einen Moment schloß er die Augen, verlegte das Bild ins Innere; dann öffnete er schnell wieder die Augen. Nein, er hatte sich nicht verschaut. Sie spiegelten sich im Glas, so daß er sie doppelt sah: den matten Glanz des feinstrukturierten Leders, die metallgefaßten, silbrig schimmernden Ösen, die Lasche über der Ferse zum Durchziehen der Schnürung. Er beugte den Kopf und begutachtete von unten die Stollen, weiße Schraubstollen auf dünner, hellblauer Kunststoffsohle. Er spürte sie korkleicht an den Füßen, schon, als er aus den Halbschuhen geschlüpft war und in Socken auf dem Teppich stand. Erst jetzt, als er sich umdrehte, bemerkte er Mutter und Dagmar. An Mutters gesenktem Blick erkannte er, sie hatten die ganze Zeit dagestanden, um zu beobachten, wie er es aufnähme. Du solltest dich bei Dietmar bedanken, meinte Mutter. Danksagen war nicht seine Stärke, auch wenn er sich wirklich über ein Geschenk freute. Am Heiligen Abend schoß ihm Röte ins Gesicht, wenn ihm Mutter die Wange zum Kuß bot. Er krempelte die Hosenbeine zu den

Waden hoch, Dagmar reichte ihm dicke, selbstgestrickte Socken, in die er schlüpfte. Dann fuhr er behutsam mit der Hand in einen der beiden Stiefel, hob die Zunge, lokkerte die Schnürung, sein Fuß rutschte hinein. Als er die Bänder durch die Laschen über den Fersen gezogen und eine Schleife gebunden hatte, schien er noch immer in Socken auf dem Teppich zu stehen, nur höher stand er wegen der Stollen. Weich umschloß das Leder seinen Fuß. Er wünschte sich, immer auf sauberen Teppichen spielen zu können und nicht auf den knöcheltiefschlammigen Fußballfeldern der vergangenen Wintersaison. Bei schlechten Platzverhältnissen könnte er ja auf die alten »Schläuche«, wie sie im Umgangston ihre Fußballschuhe nannten, zurückgreifen. Außerdem war jetzt Sommer. Sollte er tatsächlich mit diesen unberührten, neuen Fußballschuhen ins Endspiel ziehen, wo es ausgerechnet gegen den VFR ging, gegen die Jungs aus den Flüchtlingsbaracken, die gefürchtet waren, und deren ältere Brüder, die nun bereits in der Ersten Mannschaft spielten, in den frühen Nachkriegsjahren hinter dem Fußball hergejagt waren, um den Hunger zu vergessen, wie Bimbo Bellini ihnen erzählt hatte? Die aus den niedrigen Barackenfenstern stiegen, sobald frühmorgens der erste von ihnen das Leder in die Luft jagte; die Fußball spielten, während er und seinesgleichen in der Stadt nachmittagelang über Mathematikhausaufgaben schwitzten; die einem die Stollen über die Waden wischten, wenn sie die Kontrolle über das Spiel zu verlieren drohten; die einem »Ferdemetzger« nachriefen, wenn man regelgerecht die Schultern einsetzte.

Dagmar und Mutter gingen aus dem Zimmer. Er machte einen Knoten in die Bänder, hängte die Stiefel über die Schulter, ein Schuh baumelte auf seiner Brust, der andere am Rücken. Er wartete auf Dietmar. Er konnte nicht weit sein. Schließlich hatte er den Koffer noch nicht ausgeräumt, und sein bester Anzug hing über dem Bügel.

In der Küche sah er Vater mit einer leeren Bierdose in Händen. Bier in Dosen ... St.-Pauli-Astra-Bier von einem anderen Stern. Vater griff nach einem der Stiefel, die er umhängen hatte, drückte mit den Daumen ins weiche Leder. Mit diesen Dingern kannst du auch als Verteidiger Tore schießen. Er gab keine Antwort. Es war aussichtslos, Vater über die Pflichten eines Abwehrspielers aufzuklären. Im Grunde machte er sich nichts aus Fußball. Ihn interessierte nicht der Spielverlauf. Für Vater zählte nur, ob die Mannschaft seines Sohnes gewonnen hatte.

Es läutete. Er ging durch den Flur, kalt fühlte er die Klinke im Griff. Hinter den Gardinen erkannte er Dietmars Schatten, ruhelos, ungeduldig, Dietmar trat von einem Bein auf das andere; in wenigen Sätzen jagte er immer die Treppe herauf und drückte dann zweimal in kurzen Abständen sekundenlang den Klingelknopf. In der Küche griff sich Dietmar eine halbvolle Dose und leerte sie mit einem Zug. Er stellte sie auf den Tisch zurück. Dann eilte er ins Kinderzimmer, wie Mutter den Raum, den er mit Dietmar teilte, noch immer nannte.

Als er eintrat, sah er Dietmar, der vor dem Spiegel stand und sich nicht umdrehte. Verlegen streichelte er das Leder. Passen sie? fragte Dietmar, wobei er sich mit einer Wange dem Spiegel näherte und an einem Pickel drückte.

Wie angegossen.

Dietmar betupfte die Stelle im Gesicht, die er bearbeitet hatte, mit Pitralon. Dann blickte er im Spiegel auf und lächelte ihn bedeutungsvoll an. Er sperrte die Schranktür auf, fuhr mit dem Unterarm in einen Hemdstapel, zog ein weißes Hemd heraus, legte es auf den Schreibtisch, eine rote Seidenkrawatte darüber. Erst als Dietmar ihn bat, ihm ein Paar frische Socken aus dem Koffer zu holen, wurde ihm klar, daß er nie so richtig daran geglaubt hatte, »ich möchte Dich fühlen, greifen und lieben« sei nicht mehr als der belanglose Wunsch einer nicht mehr ganz so jungen Frau. Und er zweifelte nicht länger daran, daß er, Dietmar, bei ihrem schlüpfrigen Hinweis »Du weißt schon wie!!« sich in allen Einzelheiten daran erinnerte, wie sie von ihm geliebt werden wollte. An was sonst dachte sie, wenn sie ihren fülligen Körper gegen die Matratze drückte; und in ihrer lüsternen Vorstellung, malte er sich weiter aus, stand sein Bruder in seinem neuen Vertreteranzug mit einem Binder, der genau dazu paßte, vor ihr; blickte zunächst kühl auf sie herab, und sie streifte sich die Decke ab und erkannte genüßlich, wie Dietmars Augen langsam Feuer fingen. Sie bot sich ihm an. Den Mund unverschämt geöffnet, nicht zum Sprechen, nein, um ihn wortlos zu fordern. Dieses hörige, bewußtlose und doch so genau berechnete Tumitmirwasduwillst machte ihn rasend, jetzt, da Dietmar sich das Hemd überzog, in die Hose stopfte, die Perlmuttknöpfe geschickt durch die Öffnungen drehte. Er stand ratlos dabei, nagte an den Lippen; nutzlos hingen die Stiefel von seiner Schulter.

Er war ein Verlierer.

Warum hatte er den Brief nicht verbrannt? Er hatte treuherzig als Bote fungiert. Hatte den Brief entgegengenommen, eigenhändig adressiert, in den Briefkasten geworfen. Jetzt war es nichts anderes als seine Pflicht, das, was sie mit seinem Bruder vorhatte, zu verhindern. Dietmar kreuzte die Enden der Krawatte. Die Art, wie er den Knoten straffte – ein Vorgang, den er im Spiegel mit strengem Blick kontrollierte –, hatte etwas Entschiedenes, Unwiderrufliches. Er atmete tief durch die Nase ein, geräuschlos aus durch den Mund, bevor er mehr flüsterte als sprach: Wo gehst du hin?

Daß er ihn mit einer Lüge abspeisen würde: Ins Kino. Mit dem Wagen ein paarmal um den Block – damit hatte er gerechnet, aber nicht damit, daß Dietmar sich umdrehte und mit einem Gesicht, dem nicht anzumerken war, ob seine Frage ihn überhaupt erreicht hatte, beiläufig fragte: Soll ich dir das Band auflegen?

Nein.

Jeden Augenblick konnte Dietmar in sein Sakko schlüpfen, an ihm vorbeieilen und ihn im Zimmer stehenlassen: Mach's gut! Oder: Bleib sauber! Die Stiefel baumelten an den Bändern. Und er bliebe zurück mit dem Verdacht, das war kein Geschenk, sondern eine Gegenleistung für seine Vermittlerdienste. Zweifellos hatte Dietmar seine Schrift auf dem Kuvert erkannt.

Tatsächlich griff Dietmar nach seinem Sakko, das über der Stuhllehne hing; fuhr mit einem Arm in den Ärmel, suchte tastend mit dem anderen im Ärmelfutter nach der Öffnung, während er zugleich eine Zigarette ausdrückte, die er nur kurz angeraucht hatte. Er preßte mit seinem Daumen das vordere Ende der Zigarette gegen die Innenwölbung des Glasaschenbechers. In einem Ton, auf den sich sonst nur noch Vater verstand, sagte er zum älteren Bruder: Du bleibst hier! Und für ihn, den jüngsten in der Familie, enthielt Vaters Tonfall immer den unausgesprochenen Zusatz: Ich dulde keine Widerrede! Und er tat gut daran, Vater in solchen Situationen nicht zu widersprechen.

Dietmar hob langsam den Blick vom Aschenbecher, die Bewegung seiner Mundwinkel verriet, daß Verblüffung, Verärgerung und Amüsement sich die Waage hielten; für einen Moment schien er verwirrt, ehe er nach einer Unendlichkeit belustigt, aber nicht ohne liebevolles Verständnis für den kleinen Bruder, feststellte: Unser Bürschlein will Vormund sein. Und ehe er sich gefaßt hatte, war Dietmar aus dem Zimmer. Er stellte die Fußballstiefel unters Bett.

Vom Wohnzimmer aus hatte er einen Blick auf den Seiteneingang von Frau Zuckriegls Laden. Durch diese Tür ging sie zur Wohnung im ersten Stock hinauf. Zwei ihrer Fenster über dem Taxisbräu wiesen herüber. Licht sprang in die Glaskörper der Straßenbogenlampen, flammte auf in der Kugellampe über der Außentreppe, flackerte in den farbigen Buchstaben, die in runder Schrift »Taxisbräu« über die Lampe schrieben.

Er wollte Licht im Wohnzimmer anmachen, als er Dietmar erkannte, der am Fuß der Treppe zum Taxisbräu an der Hausmauer lehnte. Sein Körper war außerhalb des Lichtkreises der Kugellampe, nur sein Gesicht war zu sehen. Gelegentlich führte er die Hand, die eine Zigarette hielt, zum Mund. Er sog tief an dem Filter, und in der Zeitspanne, die verging, bis er den Rauch flach über die Unterlippe seines kaum geöffneten Mundes blies, schloß er schmerzvoll konzentriert die Augen. Auf was wartete er? Plötzlich flog die glimmende Zigarette in einem Bogen aus dem Dunkel durch die Helle des künstlichen Lichts wieder ins Dunkel. Mit zwei Sätzen nahm Dietmar die Stufen. Die Tür flog nach innen auf, bewegte sich träge zurück ins Schloß. Nur in einem der beiden Zimmer von Frau Zuckriegls Wohnung brannte Licht. Es war das Wohnzimmer, nicht der Raum, aus dessen Fenster frühmorgens die Federbetten hingen.

Er stand im dunklen Zimmer in der Wohnung seiner Eltern mit dem Gesicht an den Stores. Er dachte daran, was sie geschrieben hatte, was sie tat, wenn er nicht bei ihr war, und er stellte sich vor, was sie jetzt taten, einige

Meter von ihm entfernt, in diesem Augenblick, wo er, machtlos versteckt, hinter den Gardinen stand und nicht wagte, das Licht anzuknipsen. Die Zuckriegl war vielleicht eine nicht mehr ganz so junge, aber eine dafür um so erfahrenere Frau, die wußte, wohin man faßte, die alle verbotenen Zonen kannte, die wußte ums Wie, während Dietmar ertrug, erduldete, sich verkaufte mit allem, was an ihm war, was sie bewogen hatte, ein breites, tiefes Regal mit nichts anderem als seiner Ware zu füllen; kein Glas stammte von der Konkurrenz. Warum konnte nicht er für seinen Bruder erdulden, die Wollust der Zuckriegl schweigend ertragen, sich verkaufen mit dem, was er besaß?

Auf dem Flur hörte er die Stimmen der Eltern, die sich in der Küche unterhielten. Eine Weile horchte er auf das, was Vater sagte. Der Termin zur ersten mündlichen Verhandlung vor dem Arbeitsgericht war anberaumt. Wenn Vater eine Pause machte, stimmte Mutter ihm zu: Ja, du hast recht … bestimmt … das glaube ich auch.

Im Kinderzimmer nahm er aus einer Kommodenschublade, in der seine Schulbücher und Hefte gestapelt waren, das blaugebundene VITA ROMANA. Er zog am Schlüssel die Schranktür auf und versteckte das Lehrbuch unter einem Stapel Hemden. Er wollte sich von Dietmar nicht mehr abfragen lassen. Die Offenheit, mit der Dietmar Vorgänge ansprach, die einige seiner Mitschüler illustriert auf einem Zettel heimlich im Unterricht herumreichten, verletzte ihn. So, als hätte er sich schuldig gemacht, als wäre er der Urheber dieser Begriffe; als würden seine Träume aufgedeckt, als wäre seine Beziehung zu Muschi vom Metzgerladen nicht länger seine Privatangelegenheit, sondern eine heiße Affäre, die sich vor Dietmars Augen abspielte, an der Dietmar als der ältere Bruder aufsichtführend teilnahm, an Vaters und Mutters Statt, die nebenan schliefen. Sprach er vielleicht im Traum? Rührten die Nachsicht, das Verständnis, das Dietmar stets für ihn aufbrachte, der versteckte Spott um seine Mundwinkel davon her, daß Dietmar an Eltern Statt seine geheimen Sehnsüchte kontrollierte? Aber vielleicht waren sie ›Brüder im Zeichen Kains‹, wie er in der Vorankündigung eines amerikanischen Spielfilms für Jugendliche ab achtzehn Jahren gelesen hatte, der gerade im Gloria anlief. Ja, vielleicht sah Dietmar in ihm seinen Komplizen. Zogen sie nicht beide an einem Strang? Hatte er nicht Dietmars Adresse in Stuttgart auf Zuckriegls Kuvert geschrieben, das einen Brief verbarg, der nur beiläufig von Zitronen- und Himbeerbonbons handelte? Damit hatte er sich Dietmar gegenüber als Verbündeter ausgewiesen. Die Adidas-Stiefel unter seinem Bett waren, kaufmännisch gesehen, der gerechte Lohn. Er mußte dieses Mißverständnis aufdecken, indem er die Stiefel zurückgab, sie kommentarlos auf Dietmars Schreibtisch stellte oder doch einen Satz verlor: Mit solchen Stiefeln trifft man nicht.

Er wälzte sich unruhig im Bett. Das frische Leinen rieb gegen seine nackten Beine. Er begann, Gebete zu sprechen: Im Namen des Vaters und des Sohnes ... Vater unser ... Heilige Maria Mutter Gottes ... Seine Phantasie lief die dunklen Nähte von Zuckriegls Seidenstrümpfen hinauf, ihre schmalen Fersen hoben sich in den offenen, korkbesohlten Sandalen, wenn sie nach einem Glas im Regal griff, und durch das feine, dunkle Netz der Strümpfe schimmerten weiß ihre Waden. Er war nicht würdig ... Gotteslästerliche Bilder kamen seinen Gebeten in die Quere. Wie rund ihr Rock gewesen war, prall gefüllt mit etwas, was er unscharf, verschwommen vom Gloria her kannte, wo immer an denselben Stellen ausgeblendet wurde oder sich die Leinwand verdunkelte; und im Dunkel des Kinos sah er schemenhaft neben sich die Liebespaare, und er hielt seinen Atem an, sah auf die blonde Platzanweiserin, die wie er die schneller werdenden Atemstöße nicht überhören konnte. Was empfand sie? Ahnte sie, daß einer im Kino gerade an dieser Stelle des Films an sie dachte? Auch sie trug dickbesohlte Korkschuhe. Er hatte auf ihre Beine geachtet, als sie vorausschritt, damit beschäftigt war, im Dunkel des Lichtspielhauses nach einem freien Platz Ausschau zu halten, der Lichtfleck am Boden, aus der kleinen Taschenlampe, die sie nach unten hielt, ihre Schritte seinen immer einen Schritt voraus. Betend schlief er ein. Der Lichtschein der Taschenlampe lief in einer kringelnden Spur auf sein Bett zu. Es war die blonde Platzanweiserin, die geradewegs auf ihn zukam. Sie hatte nichts an außer einem Höschen und einem Büstenhalter. Jeder Zweifel war ausgeschlossen, er erkannte sie an ihrem Pferdeschwanz. Sie setzte sich, schlug die nackten Beine übereinander; die Hand, in der sie den schmalen Metallstab hielt, ruhte auf dem am Boden abgestützten Bein; im Lichtkegel der Lampe sah er den hellen Flaum auf ihrem Oberschenkel, nach innen zu nahm er ab, und das etwas auseinandergedrückte Fleisch ihres obenauf liegenden Schenkels war weich und weiß. Er griff danach, aber sie faßte seine ausgestreckte Hand, verwehrte, mit einem Lächeln, das er nicht zu deuten verstand. Doch sie hielt noch immer seine Hand, nicht nur, um ihn abzuwehren. Nach einer Weile sagte sie: Es würde dir leid tun. Hatte es Dietmar, hatte es Dagmar leid getan? Nein, er durfte sich nicht beschwichtigen lassen. Oder nahmen sie alle an, daß er nicht reif dafür wäre? Glaubten sie, daß er übersehen konnte, wie die Mädchen aus seiner Klasse in der Pause ihre Röcke warfen, wie sie ihre schmalen Hände auf die Schreibfläche legten, aufblickend aus Augen, die Bescheid wußten, zum Pult vortänzelten, wo sie dem Lehrer achtlos das Blatt Papier aus der Hand nahmen, zurück zu ihrem Platz schritten, aufreizend langsam, ohne die Note, die ihn selbst immer wie ein Schicksalsschlag traf, mit einem Blick zur Kenntnis zu nehmen?

Er wachte auf. Dietmar beugte sich über ihn. Seine kühle Hand lag wie die Hand eines Arztes auf seiner Stirn. Als erstes dachte er daran, die Stiefel unterm Bett hervorzuholen, um sie auf den Schreibtisch zu stellen. Komm mit in die Küche, sagte Dietmar. Er stellte keine Fragen. Er genoß dieses Einverständnis, das darin bestand, daß Dietmar ihn um diese Zeit aus dem Bett holte, ohne eine Erklärung dafür zu geben, und er nach keiner Erklärung verlangte. Schweigend schlug er die Bettdecke zurück, schweigend ging er zur Tür, und ohne ein Wort zu reden, ohne einen fragenden Blick auf Dietmar zu richten, schritt er durchs Schlafzimmer, wo die Betten der Eltern unberührt waren, weiße, bauchige Wolken im Licht des Hausgangs, das durch das Oberlicht der Schlafzimmertür fiel. Dietmar folgte ihm, schloß hinter ihm die Tür. Vor der Küchentür blieb er stehen, nickelweiß blinkte die Klinke. Was gab es zu besprechen? Er wußte es nicht. Aber sicher ging es um Vater.

Dagmar saß in ihrem Bademantel Vater am Küchentisch gegenüber. Mutter goß brodelndes Wasser über das Kaffeemehl im Filter. Der Duft des Kaffees stieg auf, verbreitete sich, war intensiver als nachmittags, wenn sie sich zum Kaffeetrinken in der Küche trafen. Dagmar hielt mit beiden Händen den Kragen ihres Mantels geschlossen, es schien, als würde sie frösteln. Sie hatte ihre Augen auf Vater gerichtet. Zwei Stühle waren frei, für Dietmar und ihn. Mutter schob ein Gedeck vor Vaters

Hände, die auf dem Tisch ruhten; ein zweites Gedeck schob sie Dietmar zu, Dagmar winkte ab. Er sah beklommen auf die Tischplatte, auf Vaters behaarte Handrücken, auf die Tassen. Er durfte nur an Festtagen Bohnenkaffee trinken und auch dann nur eine einzige Tasse. Festtage hatte es seit Vaters Entlassung nicht mehr gegeben. Er machte aus der Not eine Tugend und behauptete, ihm läge nichts an Bohnenkaffee, er habe ohnehin Probleme mit dem Einschlafen. Aber jetzt konnten sie ihn nicht ausschließen, wo sie ihn um Mitternacht aus dem Bett geholt hatten, um ihn einzubeziehen in eine Angelegenheit, bei der es um mehr ging als um eine Tasse Kaffee oder um eine schlaflose Nacht. Mutter sah Vater fragend an. Ohne seinen noch immer auf die gefausteten Hände gerichteten Blick zu heben, neigte Vater den Kopf. Warum suchte sie um Vaters Zustimmung nach? Wenn er nicht schlafen konnte, war das sein Problem. Es gab so viele Probleme, die ihm den Schlaf raubten. Aber davon ahnten sie nichts. Mutter ging zum Büfett, Porzellan klirrte. Nachdem sie Vater und Dietmar eingegossen hatte, bediente sie ihn. Ein schwarzer, heißer Strahl floß aus dem Kannenhals ins weiße Porzellan, sprühte gegen den Tassenboden. Schweigend tranken sie den ersten Schluck. Er beobachtete, wie Kaffee im braunverfärbten Schaumgummiröllchen des Tropfenfängers versickerte.

Das Schweigen dauerte an. Er hörte auf das Ticken der Küchenuhr, das er tagsüber nie wahrgenommen hatte. Umständlich kam Vater zur Sache. Daß es alle beträfe. Von Ansehen, von Gerechtigkeit, von Auskommen war die Rede. Daß er, der ihre Ratschläge sonst nie ernst genommen hatte, sie jetzt um Rat fragte, machte den Vorgang peinlich, gab ihm Bedeutungsschwere. Und die Hilflosigkeit, mit der er sprach, demütigte Vater und machte ihn, Christ, verlegen. Nie hatte er ihr Einverständnis eingeholt. Zwar hatte er sie nach ihrer Meinung gefragt. Er hatte interessiert zugehört, wenn Dietmar und Dagmar ihre Argumente vortrugen. Aber er hatte dann immer genau das getan, was er zur Diskussion gestellt hatte, hatte genau den Entschluß gefaßt, den sie in Frage stellen durften. Nein, er brauchte sich nicht noch einmal zu entschließen, weil er in Wirklichkeit den Entschluß nicht aufgegeben hatte, keinen Augenblick, die ganze Zeit über, während sie argumentierten. Und es lag nicht daran, daß Dietmar und Dagmar sich nicht bemühten. Aber je deutlicher sie machten, daß er falschlag mit seiner Entscheidung, um so mehr verhärteten sie in ihm seine Entschlossenheit, recht zu behalten. Aber dieses eine Mal war er offensichtlich auf ihre Meinung angewiesen, hatte sie nicht aus den Betten geholt, die Familie um sich versammelt, um sich eine Entscheidung, die schon getroffen war, bestätigen zu lassen. War es ratsam, den vom Gericht unterbreiteten Vergleichsvorschlag zu akzeptieren, der ihnen Geld für zwei, drei Jahre einbrachte, der den Makel einer fristlosen Kündigung in eine einvernehmliche Kündigung abschwächte, der aber nichts daran änderte, daß Vater seine Stellung verloren hatte? Man bezahlte ihn aus, schickte ihn weg, linderte nur, wie das Gericht sich ausdrückte, eine soziale Härte.

Vater trank eine zweite Tasse. Mutter schenkte auch Dietmar nach. Er selbst aber hielt seine Hand flach über den Tassenrand, damit sie ihm nicht nachschenken konnte, denn er war sich nicht sicher, ob Vater ein zweites Mal zustimmend den Kopf gesenkt hätte. Die Lampe streute Licht in den aufsteigenden Zigarettenrauch. Sie schoben sich Zuckerdose und Milchkännchen zu. Dietmar und Dagmar waren gegen diesen Vergleich. Mit derselben schockierenden Offenheit, mit der Dietmar intime Vorgänge ansprach, für die es kein angemessenes Vokabular gab – vielleicht verdankten diesem Umstand die verbotenen Kritzeleien einiger seiner Klassenkameraden ihre Existenz –, sprach Dietmar aus, was für sie alle außer Frage stand: daß es keine Lösung war, sich mit einem Bündel Geldscheine abspeisen zu lassen. Die Wirtschaft, sagte Dietmar, sei nicht versessen auf entlassene Behördenangestellte, vor allem, wenn sie in Vaters Alter wären.

Dann demonstrierte er ihnen seine Lieblingsbeschäftigung »Eine-Ware-Losschlagen«, stand auf, durchschritt die Küche, baute sich vor ihnen auf, die sie verdutzt um den Tisch saßen und zu ihm aufblickten. So mache ich das! Das Weiße im Auge des Gegners! Auf Tuchfühlung trat sein Bruder an ihn heran, der, mit Schlafanzug bekleidet, als Kaufmann zu fungieren hatte. Vater lächelte befreit, nickte stumm, seine Augen glänzten. Mutter räumte wortlos das Geschirr vom Tisch. Dagmar sah auf ihre lackierten Fingernägel, während Dietmar »hemdsärmelig aggressiv« – diesen Ausdruck benutzte Dietmar, wenn er sich an ihm, abends, im Kinderzimmer, schulte – Ware losschlug, ihn mit Worten überschüttete, sich nicht mit seinem Schweigen zufriedengab. Verlegen stand er in dem gestreiften Schlafanzug als Prügelknabe von Dietmars Rhetorik, der abrupt Pausen setzte, damit er Rabatt fordern sollte, der ihm sowieso nicht eingeräumt würde, wie er genau von den Schulungen her wußte. So machte Dietmar das. Und er machte es ausgerechnet auf seine Kosten vor den Augen der Familie.

Sie würden den Vergleich nicht eingehen. Dabei war der Ausgang des Rechtsstreits ungewiß. Was zählte, war, daß sie beisammensaßen, nachts, in der Küche, wo er genußvoll den Duft des Bohnenkaffees durch die Nase einatmete; ein Versprechen, das für ihn nie eingelöst wurde, wenn er dann wirklich eine Tasse Kaffee trank, die auf den Magen ging und ihn in Nervosität versetzte. Vielleicht, dachte er, blendeten die Filme genau an der richtigen Stelle aus; vielleicht bestand das, was als Lebenserfahrung bezeichnet wurde, darin, sich mit dem Versprechen zufriedenzugeben und nicht auf Erfüllung zu bestehen. Daran gemessen verfügte sein älterer Bruder über wenig Lebenserfahrung. Der Gedanke, fand er, war wert, sorgfältig überdacht zu werden. Er fühlte sich nicht müde. Er war hellwach, als sie auseinandergingen.

Sein Bett war zerwühlt. Er legte sich hinein, schloß die Augen, kein Wort wollte er reden. Dietmar, vor dem Spiegel, hatte die Ruhe, einen Pickel auszudrücken.

Nach einer Weile verschwand der farbige Schimmer, den er gegen die Lider sah, und er hörte das Rascheln von Dietmars Plumeau. Er täuschte vor, bereits zu schlafen, und atmete gleichmäßig ein und aus. Das »Gute Nacht« würde er nicht hören. Aber Dietmar wünschte keine gute Nacht. Du hast mir doch nachspioniert, wie ich dich kenne, überraschte er ihn.

Und da vergaß er, daß er eigentlich schlief. Deine Angelegenheiten gehen mich nichts an. In dem lang andauernden Schweigen spürte er, wie verlogen dieser Satz aus seinem Mund klang. War Dietmars Affäre mit der Zuckriegl nicht auch zu seiner Angelegenheit geworden, seit er das Briefkuvert im Dunkel des Lagers angenommen und später adressiert und abgesandt hatte? Sie waren tatsächlich Brüder im Zeichen Kains. Die teuren Adidas-Stiefel unter seinem Bett waren der sichtbare Beweis. Er schlüpfte mit einem Arm unter der Bettdecke heraus, tastete, griff, fühlte Weiches, Glattes vom Fersenpolster. Dann faßte er die Stiefel an den Schnüren, die Stollen schlugen gegen die Holzwand des Bettes. Er beugte sich zu Dietmar hinüber und stellte die Stiefel mitten auf das Plumeau. Bewegungslos lag er auf dem Rücken und starrte gebannt auf die Schuhe, die im schütteren Licht, das durch die spaltgroße Öffnung der Vorhänge drang, glänzten. Seine Entschlossenheit verschlug ihm selbst den Atem. Dabei hatte er gar keinen Entschluß gefaßt. Er hatte nur das Glatte, das Weiche, das sich anfühlte wie das Sündige in seinen Träumen, betastet und unwillkürlich darauf reagiert. Riesig standen die Stiefel auf Dietmars Bett, sanken etwas in das Plumeau ein. Minuten vergingen. Warum bewegte sich Dietmar nicht? War es denkbar, daß er die Stiefel nicht wahrnahm? Oder war ausnahmsweise Schweigen Dietmars Antwort? Ein Lastwagen fuhr die Simmernstraße hinauf, der Fahrer schaltete genau unter ihrem Fenster, die Scheiben schepperten, er hielt den Atem an, um den Lärm nicht zu vergrößern. Tatsächlich: Dietmar schlief. Er stellte es erleichtert fest. Behutsam, ohne das Federbett zu bewegen, schlüpfte sein Arm hervor und griff nach den Stiefeln. Geräuschlos stellte er sie wieder unter sein Bett.

Eine Woche später wurde Dietmar ein Verkaufsbezirk in Hessen zugeteilt. Vater breitete die Deutschlandkarte auf dem Küchentisch aus. Sein Finger folgte den blauen, gewundenen Adern der Bundesstraßen, sprang über auf das geradlinige gelbe Band der Autobahn, die nach Frankfurt führte. Er ging in ihr Zimmer hinüber, das bald nur noch sein Zimmer sein würde, vor den unberührten Betten blieb er stehen. Allein würde er nachts hier liegen, nie wieder die wortlose Gemeinsamkeit, bevor sie einschliefen, das Beieinandersein, das andauerte, solange nur einer von ihnen wach lag.

Dietmar würde ihn nicht mehr mit Substantiven aus dem VITA ROMANA überraschen, ob er cornu deklinieren könnte, den Komponisten der ›Cavalleria Rusticana‹ kannte – das war nicht mehr Dietmars Problem.

Die Flakons, die Dosen, die Parfumzerstäuber auf dem Toilettentisch würden verschwinden. Und mit ihnen der Duft, der an den Abenden das Zimmer erfüllte, wenn Dietmar sich anschickte auszugehen. Vor der Metzgerei stand Dietmars Libby großzügig geparkt. In Frankfurt standen die Autos Stoßstange an Stoßstange, hatte er gelesen. Man setzte in kleinen Schüben vor und zurück, schaukelte sich frei; Chrom rieb an Chrom. Abschürfungen, Rost waren die Folge. Er verstand Dietmars Begeisterung für dieses großstädtische Rabaukentum nicht. Warum fand sein Bruder es gut, wenn man gegen die Regeln verstieß? Er selbst hielt sich an die Verbote, im Fußball wie in der Schule. Auch in der Liebe? Sehnte er sich nicht insgeheim nach »a forbidden love«? Verstieß er nicht gegen ein Verbot, wenn er Muschi aus dem Metzgerladen in seine Träume mit einbezog und sie zwang, an seine Muskeln zu fassen, sie im Griff ihrer geröteten Finger zu halten wie eine Hartwurststange, von der sie Rädchen für Rädchen schnitt?

Wer kümmerte sich in Frankfurt um den Libby? Wer füllte Dietmar heißes Wasser in den Kübel? Wer stünde Seite an Seite mit ihm, die Fliegenreste vom dosenmilchfarbenen Lack zu kratzen? Ohne Dietmar war die Familie nicht vorstellbar. Sie würden in das Schweigen versinken, aus dem sie jetzt noch täglich Dietmars Rückkehr riß, wenn gegen achtzehn Uhr in der Simmernstraße die Bremsen quietschten und der Motor ein letztes Mal aufheulte. Hektik brach aus wie im Gloria, wenn der Streifen gerissen war und dann mit falscher Geschwindigkeit wieder anlief. Vater saß plötzlich nicht mehr am Tisch, sondern hatte den Griff der runden Tür des Frigidaire in der Hand, um zwei Flaschen Bier herauszunehmen. Mutter wendete die Lende in der Pfanne, Lende mit brauner Sauce, gelbe Rüben, junge Erbsen, über denen ein dickes Stück Butter schmolz. So mochte es Dietmar.

20

Die ersten Wochen seiner Anstellung hatte Dietmar zu kämpfen gehabt. Kaufleute waren gegenüber neuen Vertretern mißtrauisch. Seine Firma hatte ihn mit einem Warensortiment losgeschickt, das noch nicht eingeführt war. Er hatte die Feuerprobe bestanden. Aber so siegesgewiß, wie er sich gab, war er nicht, wenn er um halb acht das Haus verließ. Nach drei, vier Läden kam er auf Trab, streifte er Zweifel, Hemmungen ab. Der weiße Kaufmannskittel war nur eine Fassade, von der er sich nicht blenden lassen durfte. Dahinter versteckten sich die persönlichen Probleme; dahinter war der Schlüssel verborgen, der seinem Artikel Eingang ins Warenlager verschaffte. Er hatte ein Ohr für ihre Sorgen, Mitgefühl für die Tochter, die sitzengeblieben war mit einem unehelichen Kind, die Pech gehabt hatte mit einem Kerl. Wenn der Sohn es nicht schaffte, lag es doch nur daran, daß Lehrer in Schulen heute den falschen Stoff vermittelten. Wie schlecht war doch die Gesellschaft. Hatten sie als ehrliche Kaufleute nicht Hand angelegt an das in den Nachkriegsjahren zerstört am Boden liegende Deutschland? Setzten sie nicht noch heute Stein auf Stein? Mit solchen Argumenten verkaufte er doppelte Mengen, mit diesem Respekt für die Väter des Wohlstands strafte er das Prinzip von Angebot und Nachfrage Lügen. Kartons und Bonbongläser stauten sich in den Regalen. Dennoch lebten die Lebensmittelhändler auf, sobald er erschien. Mit exakt dosiertem Schwung warf er die Autotür ins

Schloß, in das sie mit mattem Ton schnappte; forsch nahm er mit einem einzigen Schritt die Stufen zum Laden, täuschte Eile vor, seine Fingerspitzen trommelten ein Stakkato auf die gläserne Verkaufstheke, während er von einem Fuß auf den anderen trat, dabei sich mit wachem Blick im Laden umsah, den Absatz kontrollierte. Der Neue ist da, holten Verkäuferinnen ihre Chefs aus den Lagern, aus den Kontoren. Der Moment, wo sie ihn zu Gesicht bekamen, war entscheidend. Das richtige Wort in diesem Augenblick garantierte, er war nicht umsonst gekommen. Es war nie dasselbe Wort, es gab keine Formeln, keine Rezepte.

Er verließ sich auf seinen Instinkt. Bald war der Laden am frühen Vormittag von Lachen erfüllt. Freilich, er durfte nicht überziehen; schließlich betrieb er solide Kundenberatung. Die Heiterkeit, die aufkam, war Stimmungsmusik für seine Verkaufsgespräche. Er schaltete um, von einer Stimmung auf die andere. Vertrauensvoll steckten sie die Köpfe zusammen. Was sie sich zu sagen hatten, Persönliches, Familiäres, ein Wort unter Männern, war schließlich nicht für Verkäuferinnen bestimmt. Sie zogen sich zurück, schoben sich an den Schultern in Zimmer mit der Aufschrift »privat«, wo man sich bei zwei, drei Gläschen Schnaps reinen Wein einschenkte. Hatte er erst einmal diese Barriere genommen, bestimmte er das Auftragsvolumen, trieb es dabei aber niemals zu weit, denn er rechnete mit jenem Zustand der Ernüchterung, in dem jeder Satz im Licht seines Verkaufserfolgs als kühle Berechnung gedeutet werden könnte.

Er verschwisterte sich mit jedem Händler gegen die eigene Firma, verschwor sich mit ihm noch gegen den eigenen Chef. Tatsächlich gewährte er verkehrsübliche Rabatte flüsternd bei vorgehaltener Hand; das versteckte Augenzwinkern, wenn er vom Bestellblock aufsah, signalisierte Sonderrabatt, den er nicht jedem einräumte. Bekannte Geschäftspraktiken seines Unternehmens gab er ihm, dem kleinen EDEKA-Kaufmann, preis, bedeutungsvoll, konspirativ, als verriete er Betriebsgeheimnisse.

Er machte Aufzeichnungen, führte Buch. In seiner Privatregistratur speicherten sich persönliche Vorlieben, Schwächen und Stärken. Bereitwillig zogen sie ihn in ihre Privatsphäre hinein, informierten ihn über die letzte Entwicklung, über den neuesten Stand der Dinge. Er hatte immer Vorschläge, Zuspruch parat, war nie um eine Lösung verlegen. Bedenken, Einwände zerstreute er mit einer energischen Handbewegung. Und wenn er, nach drei Kirsch oder Himbeergeist, aufbrach, den Bestellblock in die Sakkoinnentasche schob, begleiteten sie ihn zur Ladentür, um zwischen Tür und Angel mit ihm noch ein paar Worte zu wechseln. Aufgekratzt stieg er in seinen dosenmilchfarbenen Kombi, zupfte die Hosenfalten, kurbelte die Scheibe herunter, blitzartig fuhr er an, im Anfahren drückte er auf die Hupe. Er hinterließ schmunzelnde, kopfschüttelnde Kunden – Ein verrückter Kerl! Hat was am Kasten! –, die Tage darauf erfuhren, daß sie doch zuviel bestellt hatten, wenn der VW-Bus vor ihrem Laden hielt und der Ausfahrer Kartons und Gläser ins Lager schleppte. Aber ihre Entrüstung hielt seiner Erscheinung nicht stand, wenn er nach Wochen wieder in ihrem Laden erschien und sein Stakkato auf die Glasplatte trommelte, nicht dem Glanz seines briskfrisierten Haares, dem schalkhaften Spiel seiner Mundwinkel, seinem ansteckenden Lachen. Und lachend konnten sie ihm nicht sagen: Sie haben mir bei Ihrem letzten Besuch entschieden zuviel aufgeschwatzt. Schließlich brauche ich auch noch Platz für die Sonderangebote der Konkurrenz. Dann lief alles wieder plangemäß ab: der streng vertrauliche Zuspruch bei vorgehaltener Hand, der Gang ins Nebenzimmer »privat«, die Toasts, in die er ausbrach: Der seriöse, deutsche Kaufmann soll leben! Es gibt so wenige von dieser guten, alten Sorte! Noch in der Ladentür winkten sie ihm nach, blieben zurück, mit glänzenden Augen. Er wußte sehr wohl, seine Auftritte waren das Glanzlicht in ihrer Lebensmittelladen-Alltagsmonotonie. Ein Feuerwerk, das er gratis für sie abbrannte.

Er hatte ihr Vertrauen gewonnen. Von jedem einzelnen würde er sich verabschieden. Seine Probezeit wurde verkürzt. Er übertraf die Anforderungen. »Süddeutschlands Jüngster übertrifft erheblich!« Es war eine Auszeichnung. Er trug sie mit Stolz.

Ihm blieben noch ein paar Tage. Er wollte Franzi, die Tochter des Hausmeisters der Pestalozzischule, wiedersehen. Er trieb sich in der Nähe der Schule herum. Er ging wieder den Gartenweg; an diesem Zaun hatte sie gelehnt, der Nachtzug München–Hof–Leipzig fuhr durch, blaue Feuerfunken zerstoben, bröckelten von den Oberleitungsdrähten.

Waggons voller Zonenmenschen, spöttelte er.

Die schlafen bestimmt, sagte Franzi.

Träumen von Kühlschränken und VW.

Gibt es die bei ihnen nicht?

Du gefällst mir, lachte er. Die bringen keinen Fuß aufs Gaspedal.

Gehen wir, sagte sie.

Sie griff nach seiner Hand und sah dem Zug nach.

An Dietmars starker Hand durchs Wirtschaftswunderland, schmunzelte er.

Im Gartenweg hatte er sie zum ersten Mal geküßt. Es

war ihr erster Kuß gewesen. Er hatte keinen Grund, das zu bezweifeln. Er drückte sie gegen den Holzzaun, damit er seine Hände frei hatte. Sie hatte ihn an den Handgelenken gefaßt, und wenn er seine Hände öffnete, mit den Fingerkuppen über dem Rock an ihren Schenkeln tastete, registrierte er an der Entschlossenheit, mit der sie den Griff um seine Handgelenke schloß, ihre Angst, ihren Widerstand. Wußte sie überhaupt, gegen was sie sich wehrte? Warum sie sich ihm widersetzte? Er behielt einen klaren Kopf. Nein, sie wehrte sich nicht gegen ihn. Sie wehrte sich gegen den Zeitpunkt. Er bewegte seine Finger, der stumme Kampf ihrer Hände begann von neuem, nervös wie der Flügelschlag eines Vogels raschelte ihr Rock. Er drückte seinen Mund auf ihren Mund, gegen den sanften Widerstand ihrer Lippen, er fuhr mit seiner Zunge über ihre Zähne. Als er seine Augen öffnete, sah er, daß sie die Augen offen gehabt hatte. Augenblicklich machte er sich von ihr los, richtete sich auf, rückte ab. Sie griff nach seinen Händen, führte sie zurück, lehnte sich in den Zaun, aber er bewegte seine Hände nicht, rührte keinen Finger, wartete, bis sich ihre Oberschenkel ihm entgegendrückten. Jetzt erst war er erregt.

Ja, sie war die Tochter des Hausmeisters. Er hatte sich am Anfang eingebildet, daß sie nach Schulspeise roch. Der Haarkranz auf dem runden Hausmeisterschädel ihres Vaters, seine pappigen Hände, wenn er in den Pausen den Schülern aus einem Korb die süßen Amerikaner reichte, die stets finstere Wohnung im Parterre, das private Refugium aus üppig wuchernden Pflanzen, ausgesonderten Rollschränken und Vogelkäfigen, immer, überall Schule, noch im Elternschlafzimmer, in das er einen Blick geworfen hatte, die Erinnerung an fromm gefaltete Hände über dem hoch aufgetürmten Hausmeisterehepaarbett – das wollte er sich nicht »einkaufen«, das verband er mit ihr. Er war ihr nicht treu.

Er trug den Geruch fremder Parfums noch in seinen Kleidern, wenn er sich anschließend mit ihr traf. Bemerkte sie es nicht? Redete sie nur nicht darüber?

Er hatte sie damals, 1953, für den frühen Nachmittag zu sich eingeladen. Seine Familie verbrachte das Wochenende in der Arberhütte im Bayerischen Wald. Er hatte sich abgesetzt. Sie kam pünktlich, auf die Minute. Er lag noch im Bett. In der Küche häufte sich im Spülbecken das Geschirr. Der Aschenbecher quoll über. Er hatte mit einem Freund gefeiert. Er kleidete sich an, nachdem er ihr geöffnet hatte. Schubladen wurden aufgezogen, geschlossen. Teller klirrten. Aus einer Gummiflasche drückte sie Pril ins Wasser. Wie sehr sie Mutter ähnelte. Dieses bedrückende Schweigen, das um sie entstand, das aggressive Klirren des Bestecks, wenn sie Messer und Gabeln zurück in die Besteckschublade legte. Er konnte in diesem Schweigen das Ticken der Wanduhr nicht mehr ertragen. Wie wenig sie sich von Maria unterschied: wie sie dieses Schweigen schufen und dann die Starrköpfigkeit, mit der sie es aufrechterhielten, durchhielten, der wortlose Vorwurf, der sich in dem metallenen, gläsernen Klappern und Klirren der Küchengeräte wiederholte – Schweigen war ihre stärkste Waffe. Sie hatte die Ärmel ihrer Schürze hochgekrempelt. Ja, sie trug, als wäre dies selbstverständlich, Mutters Schürze. Er saß auf der Chaiselongue und beobachtete sie. Wenn sie ihren Kopf vom Schatten ins Licht bewegte, leuchtete ihr rotes Haar auf. Sein Blick wanderte mit ihren Bewegungen hin und her. Ihn schwindelte. Er hatte zuviel getrunken am Abend vorher. Ihre schmalen Hände mit den rotlackierten Fingernägeln stießen steil ins Wasser wie die gestreckten Körper der Kunstspringer, die im Blau-Weiß-Bad ihre Meisterschaft austrugen; sie war eine leidenschaftliche, ausdauernde Schwimmerin; sie konnte springen. Sie federte auf dem Dreimeterbrett, sprang in einem schönen, kühnen Bogen, tauchte ein, durchschwamm die Fünfzigmeterbahn in gleichmäßigen Zügen, schnellte am Beckenrand aus dem Wasser, das im Sonnenlicht von ihrem glänzenden Lurexanzug ablief, wie jetzt die Wasserperlen vom Geschirr abliefen, das sie kurz hochhielt, prüfend musterte, bevor sie den Teller in den Geschirrkorb stellte. Er hatte sich zu ihr in die Umkleidekabine gedrängt, wo es dumpf und modrig nach Gras und feuchten Badeanzügen roch. Er hatte Stunden in der Sonne gelegen, jetzt drückte er seinen aufgeheizten Körper gegen ihre Brüste, sie schlotterte, stürzte, weil die Kante der Holzbank in ihre Kniekehlen stieß. Im Fallen versuchte er, sie zu küssen, ihre Haut schmeckte nach gechlortem Wasser. Ein Klopfen an der Tür der Umkleidekabine trieb sie auseinander; sie standen still, mit angehaltenem Atem. Sie hörten, wie ein Ball gedämpft in der Wiese aufsprang, das Keuchen der Spieler, die hinter ihm herjagten. Sie waren erleichtert.

Sie trocknete Tassen und Teller, stellte sie ins Büfett. Dann, am Küchenfenster, sah sie zum Taxisbräu hinüber, wandte ihm den Rücken zu. Das Geschirr war im Büfett, das Besteck in der Schublade, eine frische Decke über dem Tisch. Jetzt bröckelte das Schweigen ab, lief wie Sand durch das Nadelöhr eines Glasbehältnisses, verrieselte, verrann. Sie war ihm ausgeliefert. Sie gehörte ihm, stellte er triumphierend fest. Das ruhige Bild ihres Rükkens, wie sie am Fenster stand, um sich von ihm abzuwenden, verdeutlichte nur, daß sie sich ihm zuwenden müßte, endlich, mit jeder Bewegung, jeder Geste, jedem Laut, jedem Wort, auf das er begierig wartete, zurückgelehnt auf der Chaiselongue, aus verengten Augen fixierte er sie. Mit geöffneten Beinen lag er da. Seine Familie bestieg den Arber. Er war mit Franzi allein.

Ihre Bewegungslosigkeit enthielt unausgesprochen die Bitte, er möge ihr helfen, dieses Schweigen zu beenden. Er sah über ihre Schulter zum Seiteneingang des Taxisbräu hinunter, wo auf dem Treppenplateau Bierträger sich stapelten.

Ich lieb' dich doch, sagte er. Sie fing zu weinen an. Er faßte sie an den Oberarmen, drehte sie herum. Er sah ihr auf den Mund.

›Schorscherl‹, begann er, ihr zögernd vorzusingen, den Blick auf ihre Lippen geheftet, in der Erwartung, daß auch ihr Mund dieses Wort formen würde, ein Losungswort, sie wußten beide Bescheid; sie mußte die Losung ausgeben, sich ihm ausliefern mit einem Wort, mit einer Verformung der Lippen. ›Schorscherl‹, begann er wieder, indem er sie an den Schultern faßte, ›Schorscherl, komm, fahr mit mir ...‹ Sing es. Sing es für mich.

Sie schüttelte den Kopf. Er ließ nicht locker. Aus ihrem Mund, aus dem Mund der Tochter des Schulhausmeisters, wollte er hören, was zur albernen Erkennungsmelodie geworden war. Bettelnd sah er ihr auf die Lippen. Angestrengt formte sie unter seinem strengen Blick das erste Wort. Mit diesem Wort zwang er sie, ihr Schweigen zu brechen, er war Sieger geblieben, sie gab auf, mit einem Wort, dem ersten Akt ihrer Hingabe, unter Tränen sang sie: ›Schorscherl, komm, fahr mit mir im Automobil, von Hamburg nach Kiel, kost' ja net viel ...‹

Er sah entzückt auf ihren Mund, als würde sie endlich ein lang ersehntes Geständnis ablegen, das Eingeständnis, daß sie von ihm abhängig war, daß er sie besitzen konnte, wann immer er wollte, wo immer er auch herkam.

Schorscherl, komm, fahr mit mir im Automobil, von Hamburg nach Kiel, kost' ja net viel ..., wiederholte sie den Refrain mit brüchiger Stimme. Er drängte sie gegen die Tür. Mit einem Zug öffnete er die in ihrem Rücken gebundene Schürze. Er schob ihren engen Rock hoch zur Hüfte. Warm fühlte seine Hand zwischen Strumpfende und Slip. Mit klarem Blick kontrollierte er in ihrem Gesicht, was sie fühlte, auf dem Weg seiner Hand unter ihrer Wäsche. Nur für ihn trug sie, die Hausmeistertochter, schwarze Wäsche, nur für ihn stand sie auf Stöckelschuhen, zunehmend wehrlos, gegen die Tür gelehnt.

Er brauchte diesen Widerstand. Er suchte ihn. Ja, er baute ihn auf. Es war wie bei »Eine-Ware-Losschlagen«. Beim Rasieren vor dem Spiegel, am Steuer des Libby: Er baute sich seinen Gegner auf.

Später bewirtete er sie mit den Resten, die vom Vorabend übriggeblieben waren. Fisch in Tomatensauce aus dem Frigidaire, Mürbteig mit Bananenscheiben belegt, mit Aprikosenhälften beschichtet; durchsichtige Gelatine, in der der Aprikosensirup aus der Dose aufgelöst war, überzog als kühler Guß den Kuchen. Eine halbvolle Flasche Weißwein, endlos zogen sich auf dem Etikett grüne Rebstöcke eine Steillage hinauf, auf deren höchstem Punkt ein Kirchturm in einen Herbsthimmel ragte. Wein von der Mosel, sagte er weltmännisch. Das ist die Mosel, er deutete auf die silbrige Schleife am Fuß der Rebhänge.

Spätlese 1951, las sie andächtig. Spätlese, Dietmar! wiederholte sie ungläubig.

Spätlese – was sonst.

Spätlese, las sie nochmals, sich vergewissernd, vom Etikett. Kopfschüttelnd, vorwurfsvoll, sah sie zu ihm auf: Spätlese – du spinnst!

Er nahm die bleikristallenen Römer, die auf einem Klöppeldeckchen hinter Glas das Wohnzimmer zierten, aus der Vitrine, stellte sie lässig auf die Tischplatte. Vorsichtig faßte sie an den mit Nuppen besetzten Schaft.

Daraus trinkt ihr?

Daraus trinken wir.

Am Sonntag.

Täglich – wo denkst du hin.

Wo hatte sie hingedacht? Sollte er hierbleiben, sie heiraten, mit ihr ein Zimmer in der Hausmeisterwohnung ihrer Eltern beziehen, sich ein Schlafzimmer einrichten in diesem düsteren, weitläufigen Souterrain, das über kein Bad verfügte, in dem man von einem einzigen finsteren Gang in die Küche, in das Wohnzimmer abtrat, als würde man vom gebohnerten Schulhausgang ins Lehrerzimmer treten? Jeder hatte seine Chance. Auch sie. Seine Chance lag nicht hier, nicht in Kolbstadt. Wollte sie ihre Chance wahrnehmen, mußte sie raus aus dieser Pestalozzischule. Der Geruch von Kreide, Bohnerwachs und lauwarmem Kakao mußte raus aus ihren Wollsachen, raus aus ihrem roten, selbstgeschneiderten Kostüm. Sie durfte sich nicht auf einem Weg, der durch Schrebergärten führte und bei einer Volksschule endete, bewegen. Ihre gemeinsame Zeit, ihre Zeit mit ihm, war eine Erfahrung, die sie nutzen könnte. Was ist aus ihr geworden? dachte er, als er mit seinem Libby bei der Schulhofmauer hielt und durch das Spalier der aufragenden Pappeln nach dem Fenster spähte, hinter dem er sie vermutete; es brannte Licht. Er stellte den Motor ab, kurbelte die Scheibe herunter, stützte seinen Ellbogen in die Öffnung der Fahrertür. Er hatte sie sich gezogen, abgerichtet nach seinen Wünschen, und dann allein gelassen. Hatte es Männer gegeben, die davon profitierten? War sie wieder eine feste Bindung eingegangen? Wurde er in ihrer neuen Beziehung verschwiegen? Oder war er bei ihr, wenn ein anderer bei ihr war? Könnte sie das rote, selbstgeschneiderte Kostüm tragen, aus dem roten, engen Rock schlüpfen, ohne von seiner Gegenwart verunsichert, ohne von der Erinnerung an Schorscherl, Hamburg und Kiel traurig gestimmt zu werden?

Er stellte das Radio an, drehte den geriffelten Plastikknopf auf der Suche nach einem Sender. Eifersucht war das letzte, was er sich verziehen hätte. Er lächelte. Jeder wurde schließlich einmal sentimental.

Einkäufer aus aller Welt, sagte der Sprecher, kamen wieder nach Hannover. Das Markenzeichen »Made in Germany« konnte wieder auf Interesse und Nachfrage in allen Kontinenten rechnen. Bundeswirtschaftsminister Erhard – er legte den Gang ein, fuhr an – kann sagen: »Es ging uns nie so gut«, und seine Devise, meinte der Sprecher, seine Devise »Wohlstand für alle« geht für die große Mehrheit sichtbar und spürbar in Erfüllung. Es rauchen wieder die Schlote, schloß der Kommentator.

Sie gehörten nicht zur großen Mehrheit. Nennenswertes Einkommen in der Familie verdiente nur er. Warum zur großen Mehrheit gehören? fragte er sich. Spitzenverdiener wollte er werden. Auf geradem, kurzem Weg. Den Umweg über die Mehrheit nahm er allenfalls widerwillig in Kauf.

Sein Philips-Autoradio war, kritisch, und das hieß analytisch, betrachtet, kein Luxusartikel. Der Informationsstrom versiegte nicht, auch nicht, wenn er aus seinem Libby stieg und das Hotelzimmer aufsuchte, denn er konnte das Philips-Gerät aus der Halterung ziehen. Er würde sein Nyltesthemd waschen und auf einen Plastikbügel hängen und dabei auf Tuchfühlung mit dem bleiben, was draußen in der Wirtschaft geschah. Er wollte sich offenhalten für alle Informationen. Welchen Anzug man bei welcher Gelegenheit trug, war genauso wichtig wie die Verkaufsziffern von VW zwischen Flensburg und Konstanz. Alles stand mit allem in Beziehung, bedingte sich; alles war Ursache und Wirkung zugleich.

Er lenkte seinen Libby durch die nächtliche Stadt. Im Martini, dem einzigen Lokal, in dem Pernod zu haben war, saßen ein paar Gymnasiasten, tranken ein Weißbier. An Sonntagmorgen spazierten sie, die ›Süddeutsche Zeitung‹ in die Beuge ihres Arms geklemmt, durch die Maximilianstraße. Knabenhafte Vorstellungen von dem Phänomen Großstadt waren das, Fremdanleihen, nicht mehr, die achtlos weggeschnippte Zigarettenkippe, ein Eis bei dem Italiener, der Benjamino Gigli am Hauptbahnhof bei der Durchfahrt im Zug die Hand gedrückt hatte und jetzt mit dieser Photographie in seiner Auslage warb, ein bewegungsunscharfer Benjamino Gigli, verdutzt, weil er nicht wußte, wie ihm geschah, als der Zug außerplanmäßig im Ödland hielt, wie er das nannte, was seine Lehrer als Heimatstadt bezeichneten. Immerhin, der clevere Eismann hatte diese »italienische Begegnung« inszeniert, und die ›Mittelbayerischen Nachrichten‹ hatten das Photo gedruckt.

Neben der Eisdiele die fade Eleganz des Café Fürstenhof, wo im ersten Stock die Billardkugel rollte, während im Parterre die Körper der Tanzenden sich steif bewegten; hier führten die Herren, hielten den rechten Ellbogen waagrecht, hielten in linker Herrenhand die rechte Damenhand, exakt in Augenhöhe. Bei Tageslicht besehen, war das tiefste Provinz. Über allem wachte der Bischof, dieser eifersüchtige Hüter des sechsten Gebotes, der mit allen Mitteln seines Einflusses dafür sorgte, daß sich keine Industrie in Kolbstadt ansiedelte. In den Fabriken, in den Köpfen der Arbeiter, in den Körpern der Arbeiterinnen wohnte die Sünde, ließ der Bischof im Bistumsblatt schreiben.

Der Bischof und seine Katholische Aktion, die Kolbstadt vor vier Jahren in die Schlagzeilen gebracht hatten, als sie sich der ›Sünderin‹ entgegenstemmten, ihrem lasterhaften, verderbten Körper, der angeblich grell und amerikanisch war; mit einem weichen, mitleidigen Herzen, wie die Befürworter der ›Sünderin‹ zu bedenken gaben. Mitleid fühlte auch er mit den Eingeborenen von Ödland, die sich auch heute noch dem Donnerwetter beugten, das am Morgen des 21. Februar 1951 von Kolbstadts Kanzeln einsetzte; er erinnerte sich genau, denn der »Schandfilm« war für Jugendliche unter sechzehn Jahren verboten; natürlich sah er den Streifen, in dem nicht viel zu sehen war. Mehr zu sehen gab es vor dem Rathaus von Kolbstadt, wo sich Hunderte von Frauen mit Kindern und Geistlichen versammelt hatten als das Aufgebot der Katholischen Aktion, dem Die Freiheit der Presse und des Films gegenüberstand. Polizei zog im Gloria auf, beschlagnahmte die sündigen Filmrollen, besetzte das Theaterbüro. Vor dem Bischöflichen Ordinariat kam es zum Auflauf. Als der Brandmeister der Berufsfeuerwehr sich weigerte, mit der Spritze gegen den unanständig gesinnten Teil der Bevölkerung vorzugehen, beschlagnahmte die Polizei den Löschwagen. Sein jugendlicher Schmähruf war einer von dreitausend Schmährufen, die in Strömen von Wassern ertränkt wurden. Gummiknüppel flogen im Foyer des Gloria, wo statt der ›Sünderin‹ ›In die Falle gelockt‹ auf der Leinwand flimmerte; polizeiliche Prügel bezogen die enttäuschten Besucher, die sich an den Standphotos der schamlosen Sünderin schadlos halten wollten. Nein, was wollte er noch in dieser Stadt. Es gab keine Aufstiegsmöglichkeiten in ihr. Jede Träne, die er weinen würde, wäre eine falsche, sagte er sich.

Am Dienstagnachmittag räumte er seine Bücher, Schulhefte, Geschäftsjournale aus der Kommode, stapelte seine Wäsche. Christ hatte Unterricht.

21

Wie sich die roten Blüten auf Dagmars Sommerkleid in verschiedenen Ebenen bewegten, bewegten sich ihre Vorstellungen von Roman Best. Sie überlagerten sich, changierten zu einer Mehrdeutigkeit, die sie irritierte.

Mitte September. Die Gerichtsferien waren vorbei. Vermehrt hatte sie wieder Botengänge zwischen Anwaltskanzlei und Justizgebäude zu erledigen. Durch die Maximilianstraße führte mehrmals täglich ihr Weg. Im Schaufenster seines Modegeschäfts brach sich ihre Chiemsee-Erinnerung an Roman, splißte zu unzähligen Bildern, Trugbilder, projiziert auf die Statuen von Schaufensterpuppen, dahinter die Silhouetten elegant gekleideter Verkäuferinnen, lautlose Dienerinnen im Dienste wohlhabender Kunden. Sie stellte ihren Blick scharf, auf ihr Spiegelbild in der Scheibe: Unter einem roten Seidenkopftuch quoll ihr schwarzes Haar hervor und bedeckte ihre Stirn, sie trug einen gelben, feingerippten Pullover, das Rot ihrer Kopfbedeckung wiederholte sich in dem Karo ihres Wollrocks. Was fand er an ihr, was er an seinen Verkäuferinnen nicht fand, wenn sie gefügig aus einem Rock herausschlüpften, um sich für ihn, den Juniorchef, in einen anderen zu zwängen? Sie ließen sich abtasten von seinen Blicken, die nicht dem Schnitt eines figurbetonten Kleids, nicht der Paßform einer Bluse galten. Er und seine Modelle lebten von einem Widerspruch: der Veräußerung von Kleidungsstücken, die Frauen anzogen, um von Männern bewogen zu werden, sie auszuziehen. An dem kostspieligen, aufreizenden Spiel waren Juniorchef, Verkäuferinnen und Kundinnen gleichermaßen beteiligt. Sie gaben sich blasiert, seriös. In Wirklichkeit steckten sie unter einer Decke. In diesem Spiel spielten Maßband, Schneiderkreide, Schere eine sachliche Rolle. Was erwartete er unter ihren Wollsachen? Müßte das, was er vorfände, nicht seine Erwartung enttäuschen?

Und doch wußte sie, insgeheim, daß sie ihn quälte.

Sie hatte ihn gequält, vielleicht gekränkt, damals, als sie ihn zwang, im strömenden Regen vom Chiemsee nach Hause zu fahren. Der Rücksitz seines Motorrads hatte einen Haltegriff für den Sozius. Sie klammerte sich an seinen Körper; ihre Hände, auf seiner Brust gefaltet, wurden klamm und spürten ihn nicht. Ihre Motorradbrautumarmung entschädigte nicht.

Sie waren allein geblieben. Den ganzen Tag. Am Chiemsee. Sie hatten sich selbst genügt. Der blaue Himmel, entfernt das Gebirge. Die Schneeinseln, oder war das das ewige Eis? An Dietmars Bonbons fühlte sie sich erinnert. In Cellophan gewickelt. Der Name seines Artikels hatte mit Eis oder mit Gletscher zu tun. Ein kühler adstringierender Geschmack, ein kühles Knistern, wenn sie das bläulichweiße Bonbon aus dem Cellophan wikkelte; ein kühles Gebirge, während am Fuß dieses Gebirges Menschen menschärgeredichnichtklein in Badehosen auf den See zugingen, während es ihr heiß war, neben Roman, in der frisch gemähten Wiese; sie zog jetzt das Sommerkleid an, rote Blüten, deren Blätter nach unten wiesen, was sie, als sie im Schutz der Heupuppe in das Kleid schlüpfte, nicht wußte; was sie viel später erfuhr, als sie die Erfahrung mit der am Armaturenbrett der Borgward Isabella in einer goldenen Halterung ausgestellten Photographie machte; optisch ging das in

Ordnung; die Blätter paßten sich dem natürlichen Fall des Stoffes an; das Kleid fällt gut, sagte Mutter hinter ihrer Singer, der Stoff fällt schön, sagte sie, nachdem sie ihr das Kleid zugeworfen hatte, achtlos, was nicht ihre Art war, bemüht lässiger Abschluß einer vierzehntägigen Näharbeit; und der Gefallen, den Mutter an ihr fand, wie sie sich nun vor dem Schlafzimmerschrankspiegel in dem Kleid drehte und sich nicht aus den Augen ließ, war ausnahmsweise ein Gefallen, den Mutter an sich selbst fand; beide waren sie zufrieden, mit dem Stoff, den Mutter günstig als Restposten erworben hatte, mit dem Schnitt, sie waren zufrieden mit sich. Sie war zufrieden mit ihrer Figur. Wurde das Kleid nicht Mittel zum Zweck, blickte nicht auch sie durch das Kleid auf anderes hindurch, spiegelte sich nicht im Schlafzimmerschrank der Eltern wider, wie sie wollte, daß Roman sie sah, nicht jetzt, noch nicht, später? Sie hatte das Sommerkleid angezogen. Nicht wegen der Hitze. Nicht wegen der Photographie.

Sie machten kleine Erkundigungen am See. Ihr himmelblauer Anorak flatterte im Fahrtwind, als sie auf dem Motorrad ein Stück die Uferstraße abfuhren. Wie zuverlässig er in seinen weit geöffneten Armen den Lenker hielt, wie gefühlvoll er in einer Kurve das Gas wegnahm, wie sacht er am Ausgang der Kurve wieder beschleunigte; die Landschaft zog wie eine gleichmäßig bewegte Kulisse an ihr vorbei, spitzgiebelige Häuser blinkten weiß, gestreifte Wasserbälle im See erinnerten sie an Frau Zuckriegls Minzekugeln in dem hohen, mit einem runden Deckel verschlossenen Glas. Er trug nur ein Hemd. In der Innenfläche ihrer über seinem Bauch verschränkten Hände spürte sie, wie er atmete. Sie schloß die Augen. Als die Maschine leicht anzog, beschleunigte, verstärkte sie den Druck ihrer Hände; sie spürte, wie sie seine Atmung beengte; sie lockerte die Umklammerung, um sie bei der nächsten Beschleunigung wieder fester zu schließen; sie hielt sich nur an den Rhythmus der Maschine; sie gab nur den Rhythmus der Maschine, den er ja bestimmte, an ihn weiter. Ohne ihr Zutun wurde sie in diesen Rhythmus hineingeschaukelt, den ihre Hände, ihr ganzer Körper an den Körper vor ihr vermittelten. Willenlos waren sie beide diesem Rhythmus ausgeliefert. Wenn sie ihre Hände mit zunehmendem Druck gegen die Beschleunigung hielt, spürte sie Weiches, Warmes in ihren Handtellern anschwellen. Druck und Gegendruck waren für einen Augenblick in Balance; sie lockerte ihren Griff, sie spürte es wieder anschwellen; sie machte die Hände auf, um zu erleben, wie es hineinwuchs.

Es war ein träger Rhythmus, der sie schaukelte. Sie wollte unterwegs sein mit Roman auf dieser Uferstraße. Mit dem Ziel, niemals anzukommen.

In Seebruck stiegen sie von der Maschine. Sie sah ihm nicht in die Augen. Nichts war passiert. Sie war etwas derangiert. Als Folge der Geschwindigkeit. Auf einer Strecke von ein paar Kilometern. Die hinter ihnen lag.

Es war Spätnachmittag. Sie hatten nichts gegessen. Sie blieb, ihren Rucksack am Rücken, in dem das Kleid wieder sicher verstaut war, beim Motorrad. Er ging in einen Laden. Mit einer Konservendose fuhren sie aus Seebruck hinaus. Auf der Konservendose aß eine junge Frau ein Eintopfgericht. Die Dose hatte in der Sonne gestanden, das Photo war verblichen. Die Frau trug einen weißen, engen Pullover. Ihr ausgeblichenes Farbphotogesicht hatte kaum Konturen. Mit ihrer schwarzen, aufgebauschten Frisur beugte sie sich über einen Löffel, den sie weit von sich hielt. Die Reklamefrau machte den Eindruck einer kranken Person, die sich mit einem Löffel voll Lebertran stärkte. Beide sahen sie auf die Dose, die Roman auf dem Sattel des Motorrads abgestellt hatte. Die Dose trug die Aufschrift »Linsen-Fertiggericht«.

Ein Blockhaus, über einen Plankenweg zu erreichen, stand auf einer hölzernen Plattform vorgelagert im See. Er ließ das Motorrad ins Gras gleiten. Sie gingen auf dem schmalen Holzsteg zur Hütte hinaus. Sie trug die Dose, Roman einen Schraubenzieher, eine Zange aus dem Werkzeugkasten des Motorrads. Er deutete grinsend auf das Photo. Hausmannskost ist Trumpf! Er bekam die Dose auf. Sie lachten gleichzeitig schallend auf, als sie die Spaghetti in roter Sauce sahen. Etikettenschwindel, stellte Roman anerkennend fest.

Da lockt der Süden, lächelte sie.

Nix da Pasta asciutta, das hier ist ein klarer Fall von Spaghetti mit Hackfleischbällchen. À la ›Die Kluge Hausfrau‹ von EDEKA. Wir machen es ihr einfach nach, sagte er unter Anspielung auf die blasse Frau, die sich über den Löffel beugte.

Wir haben weder Löffel noch Gabel.

Wir haben Hunger, stellte er fest. Er faßte mit den Fingern in die Konserve.

Buon appetito! wünschte er ihr. Er hielt seine Hand mit den Nudelfäden über ihren Kopf. Auf Zehenspitzen stehend, versuchte sie, die Spaghetti mit ihren Zähnen zu fassen. Sie kaute einige Bissen der kalten Nudeln. Sie schmeckten wie der Tomatensaft aus der Dose in der Milchbar am Arnulfplatz. Abwechselnd griffen sie in die Konserve. »Ja, ja, der Chiantiwein, der lädt uns alle ein«, sang er mit vollem Mund.

Sie teilten sich den Inhalt der Konserve. Sie aßen mit den Fingern. Sie schleckten sich die Finger ab. Rote, helle Sauce war um ihren Mund verschmiert. Sie kniete nieder, an der Spitze des Stegs. Wolken verdunkelten die Oberfläche des Wassers, in das sie ihre Hände tauchte.

Sie schöpfte Wasser, um sich den Mund abzuwaschen. Sie hielt Wasser auch für ihn im Kelch ihrer Hände. Er senkte sein Gesicht hinein. Er hatte zeitlos langes, glattes Haar. Es war schwarz. Seine Frisur unterlag keiner Mode. Die Mäntel, die Kostüme der »höheren Qualitätsklasse«, die er führte, unterlagen keiner Mode. Sie hatten Bestand. Er ließ sein Gesicht länger, als es der Vorgang des Waschens erforderte, in ihren Händen. Sie blickte auf ihn herab. Sein gerades Haar klaffte auseinander. Sie sah auf den hellen Scheitel, der über seinen Hinterkopf lief. Er entblößte sich. Das Gesicht in ihre Hände getaucht. Er war in ihrer Hand. Sie hatte ihn in der Hand. Er, Roman Best, lieferte sich ihr aus. Der See blendete nicht mehr. Die Oberfläche kräuselte sich. Regen setzte ein. Unvermittelt. So kam es ihr vor. Die Landschaft, die sie umgab, war eine leblose Kulisse. Sie fuhren mit einem Motorrad durch eine Kulissenlandschaft. Sie bewegten sich zwischen Figuren aus Heu wie Dekorateurinnen in Schaufenstern. Selbst die Motorräder, nach deren metallener Identität sie fahndeten, machten keine Fahrt. Sie verströmten eine Melodie zum Erkennen, die anschwoll, ein Schwellkörper wie das Weiche, das Warme in ihren Händen, wenn sie sich, auf dem Rücksitz des Motorrads, an ihm festhielt. Die Hände auf die Holzbohlen aufgestützt, hob er langsam sein Gesicht. Wasser lief von den Haaren über die Stirn zu seinem Mund. Ihr Blick folgte dem Lauf des Wassers. Sie sah auf seinen Mund. Er hatte dicke Lippen, wie ein Mädchen. Rote, geschminkte Lippen was von dem Saft der Tomaten herrührte. Sie wollte diese Mädchenlippen mit ihrem Mädchenmund berühren. Der Wunsch, in ihn einzudringen, erregte sie. Sie war erregt gewesen, wurde ihr bewußt, gestand sie sich ein, als sie an jenem Montag morgen auf der Straße kniete. Sie hatte ermöglicht, daß er in sie eingedrungen war, sie hatte die Beuge ihres Arms ein wenig geöffnet, ein warmer Spalt, acht Umschläge, achtmal hatte sie sich ihm geöffnet, achtmal sich ihm wieder verschlossen. Ihr Blick ruhte auf seinem Mädchenmund. Alles vollzog sich. Obwohl sich der Abstand ihrer Gesichter nicht verringerte. Alles erlebte sie. Es machte sie frei.

Sie fuhren im Regen durch die Landschaft. Sie hatte das Gefühl, daß ein langer Sommer zu Ende gegangen war – jetzt, mitten im Mai. Die bunten, gestreiften Gummibälle waren verschwunden. Regen prasselte auf die schmalen Stege, die vom Ufer in den See hinausführten. Regen fiel in das Schilf. Er hatte eine Jacke übergezogen, von der ihre Hände rutschten, wenn er die Maschine beschleunigte. Er hielt an einer Tankstelle, an der die Zapfsäule noch fehlte; gegenüber ein Einfamilienhaus mit einer Tafel am Fensterladen: Zimmer. Er bockte das Motorrad auf.

Er ging auf das Haus zu. Sie sah ihn am Gittertor läuten und dann durch einen Vorgarten gehen. Auf einem ovalen Betonsockel stand metallgerahmt eine ovale gläserne Kabine; ein flacher Metallaufsatz wiederholte als Dach exakt in Form und Ausmaß den Sockel, auf dem der transparente, noch funktionslose Kassenraum der Tankstelle stand. Sie öffnete die Glastür, trat ein. Sie sah zu dem Einfamilienhaus mit dem Schild »Zimmer« hinüber. Sie schlüpfte aus ihrer Hose, legte Anorak, Pullover ab. Sie schnürte den Rucksack auf, um das zusammengefaltete Kleid herauszunehmen.

Wenn sie später an diese Episode ihrer Chiemseefahrt dachte, gelang es ihr nicht, sich in ihre eigene Situation zu versetzen. Der Standpunkt, den sie einnahm, war seiner, als er Minuten später durch den Vorgarten herauskam, sie über die Straße hinweg in diesem rundherum einsehbaren Glaskäfig ausgestellt sah, eine rotweißkarierte Holzleiste über ihrem Kopf, ein schmaler Rahmen, auf dem das Metallflachdach aufsaß; sie hatte sich eingesperrt, nicht nur, um den Regen abzuhalten, mußte es ihm durch den Kopf gehen; sie hatte die Glastür von innen wieder geschlossen; sicher spürte er in seinem Rücken die Blicke der Leute, die in dem Einfamilienhaus am Parterrefenster mit dem Zimmer-Hinweis standen und ihn verfolgten auf seinem Weg zu ihr. Warum machte er nicht den Versuch, die Tür zu öffnen? Warum blieb er draußen im Regen stehen? Stumm vor einer Glasvitrine, die auf keinem Marmorkarree stand; wo er stand, würde die Zapfsäule stehen. Sie erschien ihm, er sah auf sie, eine Erscheinung in einem dünnen Kleid, das an dem nassen Körper herunterhing, der Rucksack wieder auf dem Rücken, mit wollenen, an den Knöcheln umgeschlagenen Socken, die in zu große Schnürstiefel rutschten; an Stellen, wo das Kleid naß an der Haut klebte, mußte es ihm erschienen sein, als würden die roten Blüten bluten.

Er hatte genickt. Sie hatte den Kopf geschüttelt. Bis zu diesem Kopfnicken erinnerte sie sich mit seiner Erinnerung, erinnerte sie sich aus seiner Sicht. Was sein Kopfnicken zu bedeuten hatte, schien zunächst klar. Im Lauf der Zeit drängten sich mehrere Interpretationen auf. Zweifel kamen. Sie blieb im Zweifel. Sie blieb in einer Kabine aus Glas im Zweifel zurück. Reden wollte sie mit ihm darüber nicht.

Sie schreckte auf. Von großer Dringlichkeit hatte ihr Chef gesprochen. Sie hatte eine Frist zu wahren. Schnellen Schrittes ging sie die Maximilianstraße hinauf in Richtung Justiz.

22

Die Entwicklung ihrer Tochter schien einen anderen Verlauf zu nehmen als die Entwicklung der Familie. Und doch machte sich Maria Sorgen um Dagmar. Sie war eine Bindung eingegangen mit Roman Best. Aber fühlte er sich gebunden, der Chef eines jugendlichen Modehauses nach französischem Muster? Fühlte er sich verpflichtet durch das, was er mit ihr auf dieser Chiemseefahrt erlebt hatte? Wo begannen seine Erfahrungen mit Dagmar? Wo hörten sie auf? Worin die Erfahrungen eines Modehausbesitzers mit Verkäuferinnen, mit Mannequins, mit jungen Kundinnen endeten, war nicht schwer zu erraten. Daß sie nicht vor dem Traualtar endeten, verstand sich. Hatte er sich bei ihrer Tochter mit weniger zufriedengegeben?

Dagmar lockte ihn. Als Mutter entging ihr das nicht, obwohl sie die Tochter nicht überwachte. Doch der Duft, den Dagmar verströmte, stieg auch ihr in die Nase. Kosmetikartikel reihten sich nicht mehr allein nur auf Dietmars Kommode; wie auf eine Schnur gezogen, verlief zwischen dem Sonnenkind und der bauchigen Vase die geradlinige Formation von Fläschchen, Dosen, Parfumzerstäubern, Flakons. Sie zeigte jetzt oft ihre langen, braunen Beine. Sie saß vor der Frisierkommode auf dem Mophocker und lackierte sich die Zehennägel. Das angezogene Bein stützte sie mit der Ferse auf dem Stuhl, mit ruhigen Pinselstrichen trug sie Lack auf, Nagel für Nagel. Was hatten sie am Chiemsee miteinander erlebt?

Sicher hatten sie im See ein Bad genommen. War es nicht so, daß Männer heute mit ihrem Anzug den Kavalier ablegten samt allem Anerzogenen, samt allem Angelernten? Aber galt das auch für einen Roman Best? Ein Mann aus seinem Hause legte niemals alles ab. Sein Vater war als ein Kavalier der alten Schule bekannt. So ein Vater färbte ab auf den Sohn. Und der Sohn erinnerte sie an den jungen Mann auf dem Umschlag des Buches ›Der Angenehme Gesellschafter‹. Auf dem Buchumschlag trank der angenehme Gesellschafter ein Glas Wein mit einer jungen Dame. War es Zufall, daß die junge Dame Dagmar wie aus dem Gesicht geschnitten war? Die junge Dame trug eine am Hals eng anliegende Perlenkette. Sie hatte ihren Mund zu einem Lächeln geöffnet. Die weiße Perlenkette und die weißen Zähne der jungen Dame schimmerten in einem Weiß, das weiß war wie frisch gefallener Schnee an einem sonnigen Tag im neuen Jahr. Wie Dagmar hatte sie pechschwarzes Haar, in dem in Augenbrauenhöhe eine Batistrose steckte. Und obwohl ihr Abendkleid dekolletiert war und sie sich zudem nach vorne beugte, um das Weinglas am Stiel zu fassen, hielten ihre schwarzen Augen alle Herren dieser festlichen Gesellschaft, die zwar auf dem Umschlagbild nicht zu sehen waren, aber gewiß an anderen Tischen vor ihren Weingläsern saßen und auf sie blickten, auf Distanz; eine vornehme Distanz, die sie schuf, mit Blicken aus schwarzen Augen, über schneeweißen Zähnen, über schneeweißen Perlen. Der tiefe Ausschnitt ließ tief blikken, und doch stellte er nichts zur Schau; er war ein Versprechen, aber es wurde nicht leichtfertig gegeben. Eile mit Weile – das war eine schöne, kluge Devise aus dem ›Angenehmen Gesellschafter‹; galt sie auch für Roman Best, der sich um ihre Tochter bemühte, die bestimmt auch tief blicken ließ, wenn sie aus ihrem Sommerkleid schlüpfte und mit ihren langen, braunen Beinen am Chiemseestrand stand? Ihre makellosen Beine, die auch für einen Mann wie Roman Best ein Versprechen waren, das sie nur nicht vorschnell einlösen durfte. Aber vielleicht war Dagmar klüger, als sie ahnte. Vielleicht hatte sie heimlich ihren ›Angenehmen Gesellschafter‹, der für sie bestimmt war, die einzige Tochter, gelesen.

Stört Sie die Sonne, mein Fräulein? Wenn Sie wünschen, ziehe ich gerne den Vorhang vor.

Danke, lassen Sie nur.

Sie haben recht; vielleicht werden wir uns noch oft die Sonne herbeiwünschen.

Was für die Unterhaltung unterwegs galt, galt auch für eine Spazierfahrt in der Borgward Isabella. Sie wünschte sich die Sonne herbei für Dagmar.

Nicht unvorbereitet traf ihre Tochter auf Roman Best. ›Der Angenehme Gesellschafter‹ war einer von drei Bänden, die man gelesen haben mußte, um sich in der guten Gesellschaft bewegen zu können. Auch ›Du Kannst Schön Sein‹ bildete gewissermaßen den Sockel, auf dem die junge Persönlichkeit aufgebaut wurde, der sich am Ende der drei Bände dann alle Türen öffneten. In dieser »Kleinen Schönheitspflege für die moderne Frau«, wie es im Untertitel hieß, gab eine altbekannte Spezialistin ihre bis dahin unveröffentlichten Geheimnisse preis. Wenngleich sie als Mutter den Mund nicht so voll nahm wie Richard – unsere Tochter ist das, was man eine Schönheit nennt –, so war auch sie der Ansicht, daß die Anschaffung des ersten Bandes keiner dringenden Notwendigkeit entsprang. ›Das Kursbuch der Höflichkeit‹ aber, das Selbstvertrauen, Sicherheit und Sympathien schuf, erleichterte das persönliche Fortkommen, es brachte dem Leser gesellschaftlichen Erfolg.

›Das Kursbuch der Höflichkeit‹ war Richards Lieblingslektüre. Nach dem ›Kursbuch der Höflichkeit‹ schulte er die Kinder, wobei es ihm nicht nur um die Vermittlung vollendeter Umgangsformen ging, sondern auch darum, Dagmar, Dietmar und Christ mit väterlicher Autorität zu belehren. Wurde zum Beispiel Spargel als Vorspeise gereicht, so war es stillos, zum Hauptgang Schwarzwurzeln aufzutischen. Als einen groben Verstoß gegen jeden Geschmacks- und Farbsinn brandmarkte er dieses Vergehen der Gastgeberin. An ihrem Tisch wurde kein Spargel gereicht. Worauf zielte er mit solchen Belehrungen ab? Wenn ein Gast hereingebeten worden war und sich ihm die Tür bereits geöffnet hatte, so war es verboten, an die offene Tür zu klopfen. Das erbetene Glas Wasser – bitte nie in der nackten Hand, sondern immer auf einem Tablett, zumindest auf einem Teller. Uncharmant waren Gäste, die mit erstaunten Fragen verbrämten: Sie haben noch keinen Starmix und noch kein UKW-Teil am Radio? Ach, Sie trinken zum Essen nie Wein? Überreste der Mahlzeit nahm man nie mit aus einem Lokal. Auch Damen in Hosen konnten sich wie Damen benehmen. Zu stark duftende Blumen bei Krankenbesuchen waren manchem Patienten unangenehm. Durchaus unmanierlich war es, fremde Menschen auffällig zu mustern oder sie gar anzustarren; an Dietmars Adresse war dieser Vorhalt gerichtet. Dietmar zeigte sich unbeeindruckt von Richards Versuchen, seinen Benimmkurs zu korrigieren. Die Ernsthaftigkeit und Ausdauer, mit der sich sein Vater in Anstand und gutes Benehmen vertiefte, amüsierte den Sohn. Auf imaginären silbernen Tabletts servierte Richard den Kindern Havannas mit »Bauchbinden«, Spargel und Krebs, Operngläser und Schmucktelegramme. Natürlich übersah sie nicht sein ehrliches Bemühen, die Kinder mit den allgemeinen Regeln des guten Umgangs vertraut zu machen. Aber er hatte ein Talent, sie zum Lachen zu bringen: Die Schnauze eines auch noch so reizenden Hundes gehörte nicht auf den Teller.

Nur Dagmar lachte nicht. Ihr war nicht anzusehen, wie Vaters guter Ton auf sie wirkte. Sie blieb ernst. In einem schönen Ernst hörte sie ihrem Vater zu. Erkannte sie hinter seinen schiefen Bildern die Grundbegriffe der Umgangsformen? Hatte sie, anders als Dietmar, »von zu Hause aus« den Takt und das Feingefühl, ein Lächeln, das Lächeln der Tochter, das ihn vielleicht verletzt hätte, zu unterdrücken? War sie vielleicht schon vorwärtsgekommen auf dem Weg, den ›Das Kursbuch der Höflichkeit‹ wies? War auch ihr nicht entgangen, wie verblüffend sie der jungen schwarzhaarigen Dame mit der Batistrose im pechschwarzen Haar und der schneeweißen Perlenkette und der Perlenkette schneeweißschimmernder Zähne ähnelte, die neben dem jungen angenehmen Gesellschafter saß und ein Glas Wein mit ihm trank? Hörte sie zu? Oder waren ihre Gedanken bei Roman Best, dessen Chiffontuch sie trug? Roman Best, der sich auf Tennisplätzen bewegte, wo man ein feines Englisch sprach, das anders klang als die Texte jener amerikanischen Musik, die man besser nicht verstand. Roman Best, mit dem sie bestimmt ein Glas Wein trank, dann und wann.

Dietmar in Frankfurt bewegte sich nun nach den Regeln eines anderen Kursbuches. Ein Kursbuch, das auch zum Erfolg führte. Zu einem geschäftlichen Erfolg. Daran zweifelte niemand in der Familie. Eine erste Überweisung aus Frankfurt war schon eingegangen. Für Dietmar in der Großstadt Frankfurt galten härtere Gesetze. Die harten, aber fairen Gesetze der freien Marktwirtschaft. Er konnte sich in kein warmes Nest setzen. Er hatte es schwerer als Roman Best. Er war mit Roman Best nicht zu vergleichen. Bei aller Bewunderung, die sie für diesen jungen Best aufbrachte, bei allem Respekt vor der kaufmännischen Leistung des Seniorchefs – ein bißchen langweiliger waren die Best-Herren schon als ihre Männer, und wenn sie von ihren Männern sprach, dachte sie nicht nur an Richard, sondern immer auch an Dietmar; gewiß war das Leben, das eine Best-Dame an der Seite eines Best-Herren führte, weniger aufregend als ein Leben mit Richard und Dietmar. Ein bißchen weniger aufregend wünschte sie sich ihr Leben.

Sie war vierzig Jahre alt. Sie hatte die Einladung des Schlagersängers wieder nicht annehmen können. Ihre Näharbeiten für die lange geplante Italienreise waren schon im März beendet. Sie war vierzig, aber sie trug Konfektionsgröße achtunddreißig. Daran würde sich auch in den nächsten Jahren nichts ändern. Das Meer war immer da. Dieser Gedanke war tröstlich. In einem Traum schwamm sie auf das offene Meer hinaus. Sie träumte viel. Ihr Leben lang hatte sie viel geträumt an der Seite von Richard. Gewiß träumte sie mehr als eine Best-Dame. Im Traum schwamm sie mit offenem Haar auf das offene Meer hinaus. Im Traum trocknete sie ihr offenes Haar in der südlichen Sonne. Obwohl ›Das Kursbuch der Höflichkeit‹ und auch ›Der Angenehme Gesellschafter‹ so genaue Ratschläge für Anstand und vollendete Umgangsformen gaben, verführten sie diese Bücher zum Träumen. Hoffentlich teilte Dagmar nicht diese Neigung mit ihr. Was nutzte es, von einem Kavalier zu träumen? Ja, was nutzte ein Kavalier am Steuer eines tollen Wagens? Sicher war Roman Best ein Kavalier am Steuer seiner Borgward Isabella. Aber wäre er auch ein Kavalier am Steuer von Dagmars Leben?

Auch in ihrem Leben war ein Wagen vorgefahren. Aber hätte er ihr wirklich Glück gebracht? Das Glück kam auf einem Fahrrad. Es radelte jeden Samstag von Kolbstadt nach Waldfreiung, wo sie geboren und aufgewachsen war, wo sie das Mineralwasser der Reinen Quelle in Flaschen füllte, bevor sie ins Büro wechselte, wo sie dem Firmeninhaber persönlich unterstand, Direktor Quemski, was ein Aufstieg für sie war, die ruhige Schreibstube, in der keine Flaschen schepperten, in der sie sich nicht die Hände naß machte. Fünfunddreißig Kilometer legte Richard zwischen Kolbstadt und Waldfreiung zurück; ihr Wochenendglück kam auf einem Rad, das die letzten zwei Kilometer den Berg hinunter auslaufen durfte, auf der staubigen Landstraße, das nicht abbremste, wenn die Bahnschranke sich zum Himmel reckte, ein rot-weiß gestreifter, zum Willkommensgruß erhobener Arm; die Tür in dem niedrigen Holzzaun vor dem Einfamilienhäuschen, in dem sie mit ihrer Mutter und ihren zwei Brüdern lebte, stand an den Samstagen für ihn offen, so daß er mit seinem Rad bis unter ihr Fenster rollte; wenn er sich auf dem Rad duckte, konnte sie ihn von der Wohnküche aus nicht sehen, wo nach dem Mittagessen die weiße Decke schon wieder über den Tisch gebreitet war und das Kaffeewasser im Kessel schon auf der Herdplatte stand, fünf Tassen hatte sie abgemessen, zwei Tassen trank er, zwei Tassen ausnahmsweise für sie an Samstagnachmittagen, eine Tasse trank die Mutter mit, bevor sie sich zurückzog – natürlich verließ sie nicht die Wohnung. Doch die Küche gehörte für eine Stunde ihnen, und dann gingen sie sowieso außer Haus. Waldfreiung war stolz auf seinen Weiher mitten im Wald; sie war stolz auf Richard, weil er immerhin ein Städter, ein Kolbstädter, war; und er war stolz auf sich, weil er jedes Wochenende eine neue Bestzeit fuhr, vorausgesetzt die Schranke machte ihm keinen Strich durch die Rechnung; wenn sich der gestreifte Arm auf Höhe der Restauration und Schweinemetzgerei Schmitz senkte, lag er lange in dieser Gabel, die einem riesigen Zwistel glich, wie ihre Brüder die Holzschleuder nannten, mit der sie beim Waldweiher mit Obstkernen und Beeren nach Liebespaaren schossen; Paare, die sich vom Wasser in den Wald zurückgezogen hatten. Wo immer sie sich in der Wohnung aufhielt, sein Fingerknöcheltrommelgewirbel gegen die Scheibe war nicht zu überhören; sie eilte in die Küche, seine Finger flatterten von außen gegen das Glas; sie stürzte zum Fenster, in dem er auftauchte, noch immer auf seinem Rad; er hielt sich am Blumenkasten fest, während sie sich küßten; sein Gesicht war heiß, sie roch seinen Schweiß. Er glüht ja, sagte später die Mutter, die es vermied, ihn persönlich anzusprechen; auf dem Umweg über die Tochter ging sie dem Sie oder Du aus dem Weg.

Bestzeit vom 23. Juli unterboten, stellte er fest und sah dabei auf seine Armbanduhr.

Draußen, am grünen Zaun, lehnte sein Fahrrad, staubbeschlagen; nur der Ledersattel, gegen den er fünfunddreißig Kilometer lang seinen Hintern gewetzt hatte, glänzte. Drinnen, in der Wohnküche, beeilten sie sich mit der ersten Tasse, damit auch die Mutter schnell ihre Tasse austrank.

Ich lasse euch jetzt allein, sagte sie endlich.

Sie war noch nicht aus der Küche, da langte er schon über den Tisch.

An einem Samstagmittag war Direktor Quemskis Wagen vorgefahren; die Decke lag noch zusammengefaltet in der Tischschublade, die fünf Tassen Wasser waren noch nicht abgemessen für den Nachmittagskaffee. Quemski kam von der Reinen Quelle; Reine Quelle nannte er nicht nur die Quelle und die große Halle, in der dem Wasser Kohlendioxyd zugesetzt wurde; auch ihr Büro, in dem sie für Quemski schrieb, war Reine Quelle. Vor dem grünen Zaun hielt Quemskis roter Wagen. Direktor Quemski stieg aus, sah sich neugierig, aber keinesfalls abschätzig um und schritt dann durch die kleine Tür in den Vorgarten, der nicht breiter als ein Blumenbeet war; Direktor Quemski begab sich persönlich zu seiner Schreibkraft, die er »außerplanmäßig« zu einem »unaufschiebbaren« Diktat bat.

Ihre Mutter entschuldigte sich umständlich bei dem Chef ihrer Tochter, daß an diesem Samstag mittag zur Essenszeit in dem Zimmer, in dem sie aßen, nicht alles so war, »wie es sein mußte«. Direktor Quemski entschuldigte sich für die außerplanmäßige Beanspruchung der Tochter. Sie folgte ihrem Chef durch die winzige Tür im Zaun hinaus auf die Waldstraße. Im Vorbeigehen tätschelte sie einen der Scheinwerfer, die wie grüne Froschaugen vor dem engmaschigen Gitter der Kühlerhaube saßen.

Ihre weichen Schenkel unter dem Sommerkleid spürten das weiche Leder. Das weiche Leder duftete nach Herrschaft, nach Mann, männliche Herrschaft. Bedächtig fuhr der rote Wagen die lange, grüne Zaunreihe entlang. Sie war ihrem Chef dankbar, daß er durch die Windschutzscheibe auf die Waldstraße blickte und nicht auf die weißen Würfel der Siedlungshäuschen, ein Haus wie das andere, über den Fenstern des Erdgeschosses saß schon die rote Ziegelmütze. Am Ende der Waldstraße, hundert Meter hinter dem Ortsschild, begann der Wald. Direktor Quemskis weißer Schuh drückte sanft das Gaspedal. Am Waldrand hielt Quemski. Sein Anzug war aus feinstem Tuch und hatte die Farbe der Schleiflackmöbel in Dagmars Zimmer, die sie dreiundzwanzig

Jahre später an Sekt und Richard an Champagner erinnerte.

In Dagmars Zimmer dachte sie noch heute manchmal an diesen Direktor Quemski, der sicher schon damals Champagner getrunken hatte, dieses prickelnde Getränk; prickelnd wie die Erinnerung an jenen Samstag mittag, der so außerplanmäßig für sie begonnen hatte und der vielleicht außerplanmäßig hätte enden können für Direktor Quemski und seine Schreibkraft. Er hatte sie von diesem Arbeitsplatz abgezogen, wo sie Wasser in Flaschen füllte; er hatte sie herangeholt, in seine Nähe, Stunden am Tag verbrachte sie mit ihm zusammen in einem Raum; außerplanmäßig bat er in Gegenwart ihrer Mutter um ihre Dienste; auf eine Dienstfahrt hatte er sich anscheinend mit ihr begeben, die er außerplanmäßig unterbrach, kaum hatten sie Waldfreiung verlassen; stolz führte er ihr sein Automobil vor; in schlanken Glacéhandschuhen steckten seine Hände, die die Motorhaube seitlich aufklappten, um fachkundig an einer Scheibe zu drehen. Um Luftklappen ging es und um Vergaser. Um was ging es ihm wirklich? Direktor Quemski paßte das schöne rote Auto dem schönen Wetter an. Direktor Quemski, erkannte sie heute, hatte sich schwergetan, außerhalb seiner Reinen Quelle; auch ein Direktor konnte das Opfer seiner Verhältnisse sein. So wie seine Arbeiterinnen und Arbeiter an den roten Wagen nur herangehen durften, um ihn zu bewundern, die Pracht seiner Drahtspeichenräder, seine hellglänzenden Stahlbremstrommeln, so durfte auch er sich ihr, seiner Schreibhilfe, nur nähern. Hätte er wirklich nicht mehr gedurft? Sie spielte gern mit dieser Frage; und wenn sie sie offenließ, blieb vieles offen, über das sie gern nachsann. Sie war keine Best-Dame. Sie neigte zum Träumen. In einem roten Traumauto fuhr sie in ihren Träumen an der Seite eines angenehmen Gesellschafters aus Waldfreiung mit seinen Würfelhäuschen hinaus, sie durchquerten den Wald, um bei offenem Verdeck in ein offenes Land hinauszufahren, das so offen war wie das Meer, das sie nie gesehen hatte und das sie auch in diesem Sommer nicht sehen sollte, der bald zu Ende ging. So wie sie in Dagmars Zimmer davon träumte, mit offenem Haar auf das offene Meer hinauszuschwimmen, träumte sie manchmal davon, in einem offenen Wagen ihr offenes Haar dem Fahrtwind zu überlassen. Der rote Wagen paßte in ihre Träume, nicht aber Direktor Quemski: wie er ihr an diesem Samstag mittag tatsächlich einen Brief diktierte, der niemals abgeschickt wurde; ein verworrener Direktor Quemski diktierte ein verworrenes Schreiben. Das Thema nahm er nie wieder auf.

Sie blieb in diesem Betrieb, was sie war. Quemski blieb ihr Chef. Ein angenehmer Chef, aber kein angenehmer Gesellschafter. Ein Wasserglas mit reinem Quellwasser paßte in seine Hände; er mochte zwar Champagner getrunken haben, aber sicher liebte er nicht Champagner. Auch das Weinglas, aus dem der angenehme Gesellschafter neben der schwarzhaarigen Dame trank, nähme sich in Quemskis Hand fremd aus. Sie war rein geblieben in der Reinen Quelle. Sie war nicht die einzige »Maria« in Quemskis Betrieb gewesen. Und obwohl Direktor Quemski gewissermaßen an der Quelle saß, konnte sie sich vorstellen, daß er noch immer allein in seinem roten Wagen durch die grünen Wälder Waldfreiungs zu seiner Reinen Quelle fuhr.

Wenn es eine Gelegenheit gegeben hatte, eine Dame zu werden, und sie diese Gelegenheit nicht wahrgenommen hatte – sie weinte ihr nicht nach. Auch jetzt nicht, wo für Richard und sie für lange Zeit kein Zug mehr über den Brenner fuhr.

Was machte eine Dame aus? War man nur an der Seite von Herren wie Best und Quemski eine Dame? Im Sommer 1951 war sie von einem Tag auf den anderen eine Dame geworden, auf Kur, im Schwarzwald, wo sie sich ohne Richard, ohne die Familie aufhielt. An ihrer Stelle stand Dagmar in der Küche in Kolbstadt und wendete die Fleischpflänzchen in der Pfanne, die sich Christ gewünscht hatte: der Knabe aus dem Stadtosten, der im feinen Stadtwesten zur Aufnahmeprüfung antrat, wo die Schwägerin, neu verheiratet mit einem Herrn Sparrer, als Sparrer-Dame schon seit Kriegsende in einer Villa wohnte, die man Sparrer-Villa nannte, ein Haus aus Steinen und Mörtel, das auf einen Namen zu hören schien wie ein Kind aus Fleisch und Blut.

Schon am kühlen Morgen lag sie, in Decken gehüllt, in einem Liegestuhl, im Freien vor dieser herrschaftlichen Klinik, an deren Balkons wilder Wein hochrankte. Sie konnte sich kaum bewegen in ihren schweren Decken. Aber sie brauchte sich nicht zu bewegen. Ihr wurde mit einem freundlichen Guten Morgen das Frühstück gereicht, das Tablett mit dem weißen Porzellan bis an ihre Hände herangeschoben. 1951 trank sie Bohnenkaffee, aß sie ein Frühstücksei. Der Tau der Nacht hing in den ersten Stunden des Vormittags noch an den Weinblättern, glitzerte in den Strahlen der frühen Sonne, die wärmer wurden und ihr Gesicht wärmten, so daß sie einschlief, schlief, ohne zu träumen, eine traumlose Dame, der man jeden Wunsch von den Lippen ablas, sobald sie erwachte und die Augen aufschlug, die sie gegen Mittag mit einer Sonnenbrille schützte, hinter der ihr nach einem vitaminreichen Mittagessen wieder die Augen zufielen; eine traumlose, wunschlose Dame, die ihre Krankheit, ja ihre Familie vergaß.

Mit dem Zug fuhr sie nach Kolbstadt zurück. Schon

die Zugfahrt verwandelte sie. Als ihr Christ in Abwesenheit seiner Schwester sagte, daß Mutters Fleischpflänzchen die besten waren, drückte sie den Jungen an sich und wollte keine Dame mehr sein. In Kolbstadt träumte sie wieder in den Nächten.

Es war Tagmitte, in Dagmars Zimmer. Das Sonnenkind auf der goldenen Kugel hielt seine weit ausgebreiteten Arme dem Septemberlicht entgegen, als wäre es ihm kalt und es müßte sich wärmen.

23

Christ hatte den Schlagring gegen vier Bände Karl May eingetauscht. Kein vorteilhaftes Geschäft, aber man hätte ihm bei Waffen-Wallner keinen Metallschlagring verkauft. Zuerst war es nur das, was Vater abwertend immer als eine fixe Idee bezeichnete, wenn er zum Beispiel den Großglockner »erradeln« wollte, zusammen mit Manfred, in ihren Osterferien; dann ein Gedanke vor dem Einschlafen, mit dem er spielte, ihn sich ausmalte, der ihn beruhigte. Er schlief lange nicht ein. Er wachte, während die anderen schliefen. Ein hellwacher Rächer, der abrechnete, der dem Schuft Grasser die Rechnung aufmachte, präsentierte, in seinem Namen, im Namen der Familie, die arglos sich dem Schlaf überließ. Ein »Geschäftsführer ohne Auftrag« war er, wie es in den Schulungsbriefen geheißen hatte, die Vater gepaukt, aus denen ihn Mutter abgefragt hatte – »vergebliche Liebesmühe«, nein, sie sprach es nicht aus, nicht Vater gegenüber, aber es traf den Nagel genau auf den Kopf. Hatte dieser Grasser Dietmar nicht von der Schule getrieben und jetzt auch noch aus der Stadt, in der es keine »optimalen Aufstiegsmöglichkeiten« gab? Schließlich mußte einer aus der Familie aufsteigen, nachdem Vater abgestiegen war, sie alle in diesen Abstiegsstrudel hineingezogen hatte. Als vor einem Jahr der SSV aus der Süddeutschen Oberliga in die Landesliga abgestiegen war, war das ein Schock gewesen. Doch er traf nicht nur ihn. Er traf eine Stadt. Vaters Abstieg traf allein die Familie.

Ja, er hatte mit Gott gesprochen; nicht die heruntergeleierten Gebete, die sie vor Schulbeginn und nach der letzten Stunde lustlos sprachen. Keine Tagesgebete. Nachtgebete, Nachtgespräche mit Gott, wie sie ihnen, den Schülern, Dr. Riedert empfahl, der junge Geistliche, der sie in Religion unterrichtete, der gelegentlich einen anthrazitfarbenen Anzug statt eines schwarzen trug, und in seinem Haifischkragen hatte er einen Binder geknotet, der bei genauem Hinsehen ein Muster, ein freilich dezentes, verriet. Gingen Dr. Riederts Empfehlungen nicht manchmal zu weit, sprengten seine Auffassungen nicht manchmal den Rahmen? Waren sie vom Lehrplan gedeckt? War sich Riedert dessen bewußt, wenn er im Unterricht plötzlich innehielt, um an ihrem Gesichtsausdruck zu prüfen, ob sie seine heimlichen Grenzüberschreitungen akzeptierten? Dr. Riedert war im Gespräch. Nicht nur bei den Schülern. Der Lehrkörper beschäftigte sich mit ihm. Gab es eine Parallele zwischen Dr. Riedert und Vater, obwohl Riedert doch Akademiker war, Vater hingegen eine Schulgattung besucht hatte, die es heute gar nicht mehr gab? Er redete gewissermaßen auf Dr. Riederts Empfehlung mit Gott über Vater. Von ihm durfte er Hilfe erwarten.

Die Hilfe blieb aus. Beten half also nicht. Gott erhörte nicht, dachte er. Dabei wußte Gott, sie waren im Recht. Da war es sein Recht, die Sache selbst in die Hand zu nehmen. In der Pause war er an Alfred herangetreten. Für Alfred war es ein gutes Geschäft. Alfreds amüsiertes Lächeln, als er ihn nach dem Schlagring fragte, verhärtete nur seinen Entschluß.

Er schlüpfte mit der rechten Hand in den Metallring und ließ die Hand in der Hosentasche verschwinden. Auf dem Schülerklosett schloß er sich in eine Kabine ein. Auf leichten Sohlen würde er um diesen schäbigen Grasser tänzeln, der den Kopf nach ihm wandte, beengt in seinem schweren Anzug sich immer schneller nach ihm drehte, er pumpte Grasser auf wie einen Kreisel, voll mit Tempo, nahm die Hand von dem Kreisel, die aufgespulte Geschwindigkeit lief ab, wirbelte Grasser im Kreis. Er konnte unbarmherzig sein, wenn er an dieses Gesicht dachte, das endlich zum Stehen kam, vor ihm stand, offen, ohne Deckung, gemein.

Dieses gemeine Gesicht hatte auf Vater und ihn geblickt. Grasser hatte die Dienstgarage durch die Seitentür betreten. Von oben herab sah dieses Gesicht auf sie, nicht nur weil sie beide knieten, vor der Zündapp 600. Auf frischer Tat ertappt. Machte Grasser einen Scherz, oder handelte er bereits damals in Ausübung seines Amtes, eines hohen Amtes, dem sich Vater unterzuordnen hatte? Auch außerhalb der Dienstzeit, auch an diesem Samstag nachmittag um halb vier, wo sie etwas taten, was sie nicht tun durften, nicht hier, nicht in der Dienstgarage? Dabei hielt Vater nur den Gummischlauch, zielte mit dem scharfen Wasserstrahl unter das Schutzblech, damit der festgetrocknete Schmutz sich löste. Er schämte sich für Vater, der nun mit der freien Hand an den fassonlosen Hut griff, den er immer trug, wenn er sich mit seiner Zündapp 600 beschäftigte, angerostete Schrauben, Muttern in einen Unterteller mit Petroleum legte, die Zündkerzen reinigte oder die Maschine ganz einfach »gründlich überholte«, wie er sich Dietmar gegenüber ausdrückte. Er verschob mit Mittel- und Zeigefinger den Hut, aber er nahm ihn nicht ab, mit so einem Hut konnte man nicht grüßen, indem man ihn zog, aber vielleicht wollte Vater vor Grasser den Hut nicht ziehen. Er sagte etwas, das wie ein Fluch klang, Gott sei Dank prasselte der Wasserstrahl so heftig gegen das Blech, daß man Vaters Wort nicht verstand. Endlich drehte er den Hahn zu, hielt jetzt den Schlauch in Richtung seines Chefs: Ein letzter Schwall schwappte in einem kurzen Bogen aus der Schlauchöffnung, klatschte auf den Zementboden. Als Vater sich erhob, richtete auch er sich auf. Verbringt man so einen Samstagnachmittag? lächelte Grasser. Sein Blick folgte den Windungen des Gummischlauchs bis zum Wasserhahn im Hof, verweilte in dem Unterteller, in dem Schrauben, Muttern dunkel im Petroleum glänzten, dann ging Grasser langsam an ihnen vorbei, hinaus in den Behördenhof. Ein teures Vergnügen, so eine Maschine. Finden Sie nicht? Nach zwei, drei Schritten drehte er sich um: Den Garagenschlüssel geben Sie beim Hausmeister ab.

Er tänzelte vor dem Klobecken und boxte Richtung Kabinenwand. Der Anblick des silbrig funkelnden Eisens an seiner Faust jagte ihm einen Schrecken ein. Wozu war er fähig? Er schauderte. Er war gegen jede Art von Blutvergießen. Nur einmal hatte Blut an seinen Händen geklebt, das er zuerst an seiner Jacke wahrgenommen hatte, als er das zündholzschachtelgroße Sammelbild aus dem ›Schut‹ einstecken wollte. Er schmierte Blut an die aufgenähte Jackentasche, Blut war am »Lasso-Grande«, wie in Sammlerkreisen das begehrteste Bild der Karl-May-Serie hieß, auf dem Kara Ben Nemsi zu Pferd mit dem Lasso den Schurken Hamd el Amasat einfing, in federndem Sprung brachte Rih seinen Herrn über eine drei Meter breite Felsspalte hinweg an den Gegner heran. Schon flog die Schlinge des Lassos. Hamd el Amasat wurde aus dem Sattel gerissen. Sein Schicksal war besiegelt; das verbrecherische Gewebe, das zu entwirren Kara Ben Nemsi sich zum Ziel gesetzt hatte, bis auf den letzten Faden gelöst. Eine Rarität, für die er fünf Bilder aus ›Unter Geiern‹ hingegeben hatte; das Blut des

Schurken Helmut klebte an seiner Jacke, am Lasso-Grande, an seiner Hand, mit der er zurückgeholt hatte, was ihm Helmut in der Pause aus dem Schulranzen geklaut hatte. Es war nicht seine Absicht gewesen, Helmut zu verletzen. Sie besuchten beide die Pestalozzischule; er hatte Helmut durch den Gartenweg verfolgt, bei der Unterführung gestellt, über die zweimal am Tag der Zug nach München fuhr. Helmut wollte die Böschung hinauffliehen; er hatte einfach seinen Arm bewegt, dann war er wieder im Besitz des Lasso-Grande. Blut war plötzlich da. Wo war es herausgetreten? Helmut am Hang, über ihm, im hochaufgeschossenen grünen Gras. Helmut blutete aus der Nase.

Er hatte keine Freude mehr an seinem Lasso-Grande.

Am Jahresende wechselte Helmut von der Pestalozzischule ins Von-der-Tann-Gymnasium, was ein Abstieg war, weil sich hinter dieser Bezeichnung die Hilfsschule von Kolbstadt verbarg. Als er davon erfuhr, stieg er nach Schulschluß hinauf zum Bahndamm, zerriß den blutverschmierten Grande. Er breitete die Überreste des Kara Ben Nemsi in seiner Hand aus und wartete, bis der Zug aus München durchfuhr. Teilnahmslos beobachtete er, wie die Papierschnipsel, die der Fahrtwind aus seiner Hand über die Brüstung riß, zur Unterführung tänzelnd hinunterschwebten.

Durch das Futter seiner Hosentasche drückte er das Metall gegen den Oberschenkel. Die Metallfaust in der Hosentasche, würde er diesem Grasser die Lage erklären. Zunächst »im Guten«, um mit Mutter zu sprechen. Die Lage, in die Grasser seine Familie versetzt hatte, von dem Samstag mittag an, als Vaters ungeduldiges Fingerknöcheltrommelgewirbel an der Wohnungstür ausgeblieben war; statt dessen ein kurzes, dünnes Läuten, das aufhorchen ließ, das Unheil ankündigte. So vieles war möglich gewesen, wenn die Familie samstags mittags vor den Tellern saß und Mutter nervös zwischen Küchentisch und Herd hin- und hereilte. Jetzt aßen sie schweigend. Er war froh, wenn er zurück in sein Zimmer durfte.

Nein, er hatte dieses Gesicht nicht vergessen. Verbringt man so einen Samstagnachmittag? Er würde keinen Hut vor ihm ziehen, und es läge nicht daran, daß er noch keinen trug. Die Sachlage war klar, das Recht auf ihrer Seite. Er mußte ihn überzeugen, ihm ins Gewissen reden. Vielleicht war ihm nicht bewußt, was er auf dem Gewissen hatte, welche Schuld er auf sich geladen hatte. Er, der Sohn des Geächteten, war bereit, ihm die Hand zu reichen. Aber er war auch entschlossen, seine metallbewehrte Faust aufblitzen zu lassen. Mit leicht eingeknickten Knien, die Fußspitzen nach innen gekantet, mit einem Gesicht, das keine Deckung brauchte, aus dem stahlblaue Augen auf Grasser blickten, ohne Lidschlag, ohne anzukündigen, daß die Wut, die Ohnmacht all des vergeblichen Argumentierens in seine Faust gefahren war, sie auflud, eingefaßt in die Fessel aus Metall, um schließlich in der Verzweiflung einer pfeilschnell abgeschossenen Vorwärtsbewegung zu explodieren. Für nichts könnte er dann eine Garantie übernehmen.

Pünktlich um siebzehn Uhr fünfzehn erschien Grasser im Hauptportal seiner Behörde. Der Kapitän verläßt als letzter sein Schiff, das hatte er ausspioniert. Es war ein Schiff, auf dem eine gequälte Mannschaft Dienst verrichtete und sich anschickte zu meutern. Dieses Bild paßte. Er führte die Meuterei an, er war der Kopf, und wenn es sein mußte, die Faust.

Auf Treppenhöhe pflegte Grasser kurz innezuhalten, ließ seinen Blick in einem Halbkreis wandern, um auszukundschaften, ob Gefahr drohte. Jetzt verläßt der Schinder sein sinkendes Schiff, machte er sich Mut. Um die Friedrichstraße zu überqueren, bis zu den ›Mittelbayerischen Nachrichten‹, benötigte er, der Anführer der Meuterer, hundertfünfundzwanzig Schritte, ein Mann von Grassers Statur holte weiter aus. In einer Minute würde Grasser auf ihn stoßen. Eine Minute. Eine Minute sah er in den Schaukasten der Tagesausgabe der ›Mittelbayerischen Nachrichten‹. 28. September 1955, Liobo und Thekla hatten Namenstag, Moskau stützte noch immer das SED-Regime. Über der Photographie von Bulganin und Brentano spiegelte sich Grassers Schatten im Glas. Er fuhr herum, stellte sich dem Schurken in den Weg. Grasser lief auf ihn auf. Er reichte ihm bis zur Krawattennadel, die ihm einen Kratzer über die Wange zog. Besorgt beugte sich der Unhold zu ihm hinab. Habe ich dir weh getan? erkundigte sich Grasser.

Es ist meine Schuld, entschuldigte er sich.

Grasser trat einen Schritt zurück. Die goldene Klammer baumelte an einem Kettchen über seiner Anzugbrust. Umständlich schob er die Spange über den Binder, klemmte sie in die Knopfleiste des Hemdes, prüfend tastete seine Hand am Kragen, befingerte den altmodisch geschlungenen Knoten, »Blutwurstknoten« hieß diese »Deformation« bei Dietmar; nein, das war nicht die Erfindung des Herzogs von Windsor, Dietmars Bindeanleitung hatte er plötzlich im Kopf, die bebilderte Anleitung, der Windsor-Knoten in acht Arbeitsgängen, dynamisch, symmetrisch, dieser Mann war nicht auf der Höhe der Zeit, bieder war er, mit einem blassen, vom Rasieren bläulichrotfleckigen Gesicht, ein biederer, älterer Herr, mit dem er versehentlich zusammengestoßen war.

Du bist doch der kleine Kirsch? fragte ihn Grasser.

Nein. Den Namen kenne ich nicht.

24

Seit elf Monaten ging Dagmar mit Roman. Sie ging auf ihn zu. Sie entfernte sich. Sie durfte nicht auf halbem Weg zu ihm stehen bleiben. Seine Anrufe in der Anwaltskanzlei würden ausbleiben. Es wäre eine Frage der Zeit. Stets wurde sie, war sie nicht selbst am Apparat, höflich ans Telephon gebeten. Ja, es schien, als begegnete ihr ihr Chef aufmerksamer als an Tagen, an denen er sich nicht bei ihr meldete. Fürsorglich erkundigte er sich, ob sie mit ihrer Stenographie auf der Höhe seines Diktats sei. Sie ging jedes Tempo mit. An allen Tagen. Nie fiel sie zurück. Sie blickte mit einem Ausdruck gespielter Langeweile auf ihren Vorgesetzten, der einen Satz diktiert hatte und in Gedanken einen neuen erwog, Formulierungen fand, verglich, verwarf, gereizt zu ihr aufsah, Schuld bei ihr suchte, als hemmte sie mit zögerlicher Niederschrift seinen Diktat- und Gedankenfluß. Der Langeweileausdruck in ihrem Gesicht war eine perfekte Kopie des Mienenspiels ihres Bruders, wie Dietmar hob sie gereizt die Hand und ließ sie fallen: Allons! Allons! forderte die unausgelastete Stenohand; amüsiert registrierte sie, daß er zusammenzuckte, erschrak. Seine Advokatengeschäftigkeit wich einer Höflichkeit, die ihr, Dagmar Kirsch, galt; seine Zuwendung galt nicht der Sekretärin. Sie war Tippse, Botin, Stenotypistin. In Wirklichkeit war sie Spionin in einem fremden Land, dabei, Land und Leute zu erforschen, die Landessprache zu erlernen. Sie lernte gut. Sie machte Fortschritte. Sie ging auf ein Ziel zu. Sie näherte sich.

Sie näherte sich Romans Welt. Einer Welt, in der man Tennis spielte, leise miteinander sprach, diskret sich liebte. Man machte sich schön. Man machte sich das Leben schön. Man machte sich ein schönes Leben. Was war verwerflich daran? Warum nahm sie nicht einen Schläger in die Hand und ging auf den Platz? In ihrer Familie gab es nur Fußball, Singer und Zündapp. Sie nahm sich ein Herz und kaufte sich ein Racket. Er wußte nichts davon. Sie kaufte sich einen Schläger »For Championship Play«; eine feine Schrift auf der Oberseite des Griffs versprach »Perfect Balance«, eine Waage unter dem Schriftbild illustrierte dieses Versprechen. Dieselbe Waage hatte die rote Sandsteinfigur über dem Eingangsportal des Justizpalastes in Händen, durch das sie ins Innere des Gebäudes ging, um Schriftsätze, Urkunden, Ladungen, von Gerichtswachtmeistern ins Fach der Rechtsanwälte deponiert, abzuholen und andere zu bringen. Sobald sie unter der Steinfigur ging, die das Recht, die Gerechtigkeit verkörperte, wurden aus ihrem eiligen Gang Schritte, die sie auf das Schachbrettmuster des breiten Flurs setzte, der wie ein Strom in allen Etagen mitten durch den Palast floß, ihn teilte, ein gewaltiger Strom, der das Licht transportierte, das durch die hohen Doppelfenster fiel. Die beiden Waagschalen auf dem Holzgriff des Schlägers standen in gleicher Höhe. Mit feinen Strichen schwarz auf das lackierte Holz gezeichnet, vermittelte das Statuarische dieser exakten Balance eine Ahnung von Ordnung, von Recht, von der Entschiedenheit, mit der Richter in einem Palast der Gerechtigkeit zum Sieg verhalfen. Um Sieg und Niederlage ging es beide Male. Beide Male vollzog sich der Kampf unter strenger Einhaltung von Regeln, auf abgestecktem Terrain. Geahndet wurde, wer gegen die Regeln verstieß. Neigten sie nicht in ihrer Familie zu Regelverstößen? Sie dachte an Dietmar. Aber auch ihren Vater konnte sie nicht freisprechen von Schuld.

Der Schlägergriff hatte die braunglänzende Politur des Elternschlafzimmers in Kirschholz; ein Möbelstück, mit dem sie Sport betreiben sollte. Ein englisches Möbelstück, alle Hinweise auf diesem Möbel waren in schöngeschwungener Schrift auf Englisch geschrieben; nur das »Professional« stand sachlich aufrecht in Druckbuchstaben. Sie fühlte, wie das lederne Griffband dem Druck ihrer Hand nachgab, eine kurze Verbindung mit der Feuchte ihrer Handfläche einging. Der Holzrahmen wog schwer. Die Aufschrift »Professional« kam ihr vor wie ein unseriöses Versprechen. Der Preis fiel ihr ein, den der Schläger hatte. Sie hatte den runden Aufkleber auf dem doppelten S des »Professional« mit der Spitze ihres Fingernagels wegradiert; mit Spucke rubbelte sie die Papierfusseln zu einer winzigen Kugel, sie schnippte das Papierknöllchen mit der Fingerkuppe vom Lack. »Der weiße Sport ist ein teurer Sport« war eine Redewendung ihres Vaters. Ihr Bruder Christ teilte sich ein Fußballfeld mit einundzwanzig Spielern. Zweiundzwanzig Spieler und ein Schiedsrichter, der Schwarz wie Trauer trug, jagten hinter einer schmutzigen Lederkugel her, pflügten die Erde auf, auf die sie nicht selten nach einem Foul stürzten. Mit einem Waschlappen wusch Christ in der Küche seine Wunden, tupfte Jod auf seine wundgeschürften Knie, ehe er seinen Platz am Balkon einnahm, den Stammplatz zum Schuhe- und Fußballputzen. Er saß auf dem niedrigen Hocker, der Kübel mit warmem Wasser, Tücher, Schuhcreme, Bürsten in Reichweite. Seine Liebe galt auch nach Spielschluß dieser Lederkugel, ja, es war vorgekommen, daß er mit ein und demselben Lappen zuerst sich und dann den Lederball wusch, den er auf Hochglanz polierte, indem er noch trübe Stellen im Leder anhauchte, bevor er mit der Bürste darüberging. Er war vernarrt in diesen harten Lederball, mit dem er auf engstem Raum zwischen Kübel, Bürsten und Lappen dribbelte und den er plötzlich in einem ungebremsten Tordrang gegen das Eisengeländer des Balkons schoß, daß sich die Gitterstäbe bogen.

Es war ein kühler Sport, den man in weißer Kleidung betrieb. Man berührte sich nicht. Man brachte sich nicht zu Fall. Man hielt Distanz zueinander. Ein Netz, in vorgeschriebener Höhe gespannt, wies den Spielern den Raum zu, in dem sie sich bewegten.

Sie nahm Tennisstunden. Zweimal in der Woche. Sie nutzte die Mittagspause. Sie hielt sich für unsportlich. Sie weihte Roman nicht ein. Er sollte nicht ihr Scheitern erleben. Er sollte nicht ihren Versuch scheitern sehen, sich in einem Raum mit ihm zu bewegen. Dieser Raum hieß »Court«. Seine Ausmaße beschränkten sich nicht auf die vorgeschriebenen 23,77 mal 8,23 Meter. Wer auf diesem Raum zurechtkam, war nicht nur auf einem Sportplatz der Sieger. Die Garderobe war in der Mittagszeit beinahe leer. Sie drängte sich an die Wand. An den äußersten Haken hängte sie ihr Sommerkleid. Daß die Blütenblätter tatsächlich nach unten wiesen, beunruhigte sie nicht mehr. Ihre Unterwäsche ließ sie nicht im Umkleideraum zurück. Sie schichtete Höschen und Unterrock, sorgfältig zusammengelegt, in das Seitenfach ihrer Tasche.

Der Tennislehrer verabschiedete sich auf dem roten Ziegelmehlplatz von einem Schüler. Sie stellte ihre Tasche auf die Bank am Rand des Courts. Der Tennislehrer kam auf sie zu. Er gab ihr die Hand. Sie fühlte ihre Hand kraftlos in der großen Hand des Tennislehrers. Sie griff nach ihrem Schläger. Auf der Oberseite des Schlägerhalses las sie, quer verlaufend, die siegverheißende Aufschrift »For

Championship Play«. Der Tennislehrer auf der anderen Seite des Tennisfeldes lächelte ihr aufmunternd zu. Er griff mit der linken Hand in den Korb mit den weißen Tennisbällen. Sie ging in Stellung. Sie nahm die Ausgangsstellung ein, aus der Broschüre ›Tennisspielen leicht gemacht‹. Die Beine hüftbreit gegrätscht, die Knie gebeugt, den Oberkörper nach vorn geneigt, erwartete sie den Ball. Der Tennislehrer tippte die weiße Kugel auf den roten Boden, er schwang den Schläger gegen den Filz. Der Ball schwebte über das Netz. Sie ließ ihn nicht aus den Augen. Er sprang auf dem roten Sandplatz auf, befand sich in ihrer Hälfte. Sie bewegte sich jetzt aus ihrer Ausgangsstellung heraus. Sie bewegte sich richtig. Der rechte Fuß drehte auf der Ferse, ihre linke Schulter drehte sich zum Netz. Sie führte den Schläger zurück, schwang das lackierte Holz in einer flachen Schleife. Ihr Bewegungsablauf verlief in einem ruhigen Fluß, synchron zur Bewegung des Lehrers. Sie traf ihren ersten Ball. Sie traf ihn in der Mitte des Schlägers. Sie schlug ihren ersten Ball in einem schönen Bogen über das Netz in das Feld ihres Tennislehrers zurück.

Was sie in einem Monat in der Anwaltskanzlei verdiente, gab sie in einem Monat für Tennis aus. Sie trug ein Tennishemd aus Pikee, ein Lorbeerkranz war zum Zeichen des Sieges auf die Brust gestickt; alle Zeichen standen auf Sieg, auch im Kragen des Hemds war zwischen dem Vornamen »Fred« und dem Nachnamen »Perry« immergrüner Lorbeer als Sinnbild des Ruhmes geflochten. Sie ruhte sich nicht aus auf den Lorbeeren ihres Talents. Das teure Holzstück, das sie an das Schlafzimmer ihrer Eltern in Kirsche erinnerte, bekam erste Schrammen, wenn sie beim Halbflugball mit dem Schlägerrahmen über die rote Erde wischte.

Sie drängte sich nicht mehr in die Ecke des Umkleideraums. Achtlos warf sie Bluse und Rock über den nächsten Kleiderhaken. Niemanden ringsum nahm sie wahr, wenn sie in ihrer Tasche wühlte. In Socken eilte sie dann aus der Garderobe; sie zwängte sich in die Leinenschuhe, die im Umkleideraum nicht getragen werden durften. Denn rote Asche bröselte von den Sohlen, zog eine rote Spur zu den Spielern, die gegen die Weisung des Clubsekretärs verstießen.

Sie traf den Ball. Im Treffpunkt zerplatzte eine Blase. Echolos, ohne Vibrieren. Es ging durch ihren Körper. Sie sah nicht auf die Uhr. Sie sah nur auf den weißen, rotierenden Ball. Sie traf den Ball mit der Mitte der Saite. Sie war in der Mitte der Welt.

Ihre mittäglichen, sportlichen Aktivitäten blieben ihrer Mutter nicht verborgen. Mutter wusch ihre Tennishemden, -röcke und -socken. Argwöhnisch sah sie auf die langen, braunen Beine ihrer Tochter, wenn die vom Bad in ihr Zimmer ging.

Sie spielt Tennis, hörte sie Mutter in der Küche sagen. Woher nimmt sie das Geld?

Ein exklusiver Sport, antwortete Vater.

Es soll ein schöner Sport sein, erwiderte Mutter. Vor allem ist es kein so roher Sport, ergänzte sie – sie dachte wohl an Christ. Daß sich Dagmar für Sport interessiert, wunderte sie sich.

Sie spielen Tennis miteinander, stellte Vater nachdenklich fest. In aller Öffentlichkeit … verstehst du, Maria? Man spricht Englisch dabei, fuhr er fort.

Das hat sie ja in der Schule gelernt, antwortete Mutter. Ein feines Englisch, ereiferte er sich. Zenter Kohrt. Offensichtlich stieg sie in der Achtung ihres Vaters.

Hauptsache, sie kommt auf andere Gedanken, sagte Mutter.

Man darf die kleine Filzkugel nicht aus den Augen lassen, meinte er.

Aber Richard, du verstehst doch nichts von Tennis, wies ihn Mutter in die Schranken.

Ballsport bleibt Ballsport! entgegnete er.

Sie spielte mit Roman. Der Clubsekretär steckte die »Gäste«-Karte. Roman verlor kein Wort der Anerkennung, wenn sie seine Angriffsschläge retournierte, den Ball im Feld hielt. Sie war stolz. Die Plane am Center Court trug seinen Namen. Sein Vater und er unterstützten den Club. Auf der grünen Plane des Center Courts las sie »Modehaus Best«. Mit »Modehaus Best« vor Augen und im Rücken spielte sie auf. Der Center Court war außerhalb der Turniere nur für die Mannschaftsspieler des Clubs bestimmt. Ihr wuchs etwas zu. Sie spürte es, wenn sie neben Roman vom Platz zurück in die Umkleideräume ging. Er sah nicht mehr im Vorbeigehen nach den Mädchen, er grüßte sie. Ein Gruß, nichts anderes verbarg sich dahinter. Die Korrekturen, die er auf dem Platz an ihrem Spiel anbrachte, waren diskret. Er ließ einen Ball passieren, ging ruhig zum Netz, um ihr sachlich, leise, Tips zu geben, über die er als erfahrener Turnierspieler verfügte.

Sie sprachen über Tennis, wenn sie nach dem Spiel auf der Terrasse des Vereinslokals saßen. Sie sprachen über Tennis wie über eine gemeinsame Erfahrung. Er trank ein Glas Sekt. Er war ein eleganter Mann, ohne Allüren. Der aus der Höhe der Terrasse die Anlage überblickte. Jeden der Spieler auf den neun Plätzen hatte er einmal besiegt. Er brauchte es nicht zu erwähnen, damit sie es wußte. Es verstand sich von selbst. Hatte sie sich ein falsches Bild von ihm gemacht? Sie war zu sehr auf Distanz gegangen. Sie hatte ihn mit einem Zaun umgeben, mit der Warnung »Betreten verboten!«. Er drehte das Sektglas am Stiel zwischen den Fingern, hob den Kopf, blickte ihr unvermittelt in die Augen. Er sah sie zärtlich an, bevor sein Blick ihre Aufmerksamkeit mitzog; zum Swimmingpool, um den sich Damen in Liegestühlen gruppierten. Weißgerahmte Schmetterlingsbrillen waren gegen die Sonne gerichtet. Die Damen rückten ihre Liegestühle dann und wann nach dem Stand der Sonne. Sie schwammen nicht im Swimmingpool. Sie knieten sich nur an den Rand des Beckens, schaufelten Wasser, um es sich über Brust, Bauch, Beine zu schütten. Sie standen im Gras, ein Rest Wasser lief über die Fingerspitzen; sie standen mit weichen Knien, die Hitze hatte ihnen einen Schlag versetzt; nun, wo sie aufgestanden waren, zeigte sie Wirkung; benommen drehten sie sich um die eigene Achse, versuchten, sich zu orientieren, an den Vereinsfahnen, die schlapp von den Masten hingen, an den weißen Sonnenschirmen über den weißen Tischen und Stühlen der Terrasse, wo sie mit Roman saß und heimlich auf ihre Armbanduhr blickte: Sie zeigte halb eins. Da schiebt sich wieder eine Gans in die Röhre. Da gießt sich wieder eine auf, scherzte er verächtlich. Man war braun. Man wurde es nicht. Der Bräunungsvorgang war ein intimer Vorgang. Damen wie diese, die sich vor den Augen der Öffentlichkeit in einen Bräter legten, wie Roman das ausdrückte, benahmen sich »völlig unmöglich«.

Er sprach mit ihr über Taktik, die Taktik im Tennis. Er riet ihr, in ständiger Bewegung zu sein. Ständige Bewegung lenkte den Gegner ab, raubte ihm seine Konzentration. Wie konzentriert er sprach, fiel ihr auf. Wie dezent sich seine Sprache in seiner Körpersprache wiederholte, ergänzte. Nein, er ähnelte Dietmar nur auf den ersten

Blick. Er überließ es ihr, seine Meinung zu teilen. Zwischen Grundlinie und T-Linie stände sie auf verlorenem Posten. Halte dich niemals im »Niemandsland« auf, verweile nicht in der Zone der Verlierer. Und doch sprach er nicht im Imperativ. Sie konnte es halten, wie sie wollte. Er sprach nur über eine Erfahrung, die er gemacht hatte. Er sprach eine Erfahrung aus. Sein Erfolg gab ihm recht. Sonnenlicht streifte sein Gesicht, blendete sie. In der Erinnerung an die gemeinsame Fahrt verwischten sich seine Lippen, tomatensaftrot.

Sie hatte sich in eine Isolation begeben. Die zu tun hatte mit den Verhältnissen, in denen sie lebten. Kleinbürgerliche Verhältnisse nannten es Journalisten, die in den ›Mittelbayerischen Nachrichten‹ in »Streiflichtern« über Politik und Kultur sinnierten. Diese Journalisten hatten die Gabe, politische Entwicklungen, abendfüllende Filme auf einen Begriff zu bringen. Auch ihr Chef verwendete solche Begriffe. Von »Verkehrsanschauung«, von »Treu und Glauben«, von »allen billig und gerecht Denkenden« war in seinen Schriftsätzen die Rede. Wenn in Filmbesprechungen die Rede auf kleinbürgerliche Verhältnisse kam, dann waren diese Verhältnisse an etwas schuld. Filmhelden scheiterten an kleinbürgerlichen Verhältnissen; wurden schuldig, weil sie aus kleinbürgerlichen Verhältnissen kamen. Filmhelden, die es am Ende schafften, hatten während des Films ihre kleinbürgerlichen Verhältnisse verlassen.

Sie hatte das Racket »For Championship Play« ergriffen, sich das Pikeehemd von Fred Perry übergezogen, sie trug auf der Brust den immergrünen Lorbeerkranz zum Zeichen dafür, daß sie sich aufgemacht hatte, ihre kleinbürgerlichen Verhältnisse hinter sich zu lassen, die mit Kampf, Neid und dem Mißverständnis zu tun hatten, daß kein Weg aus ihnen hinausführte. Sie bewies sich das Gegenteil. Jede Minute, die sie mit Roman auf dieser weißen Terrasse verbrachte, mit jedem Wort über den weißen Sport.

Zu Hause pflegte sie ihre Tennisausrüstung. Sie polierte den Lack des Schlägerhalses; mit einem feuchten Tuch wischte sie die rote Erde vom Rahmen. Sie zupfte die Fasern von den aufgeriebenen Saiten der Bespannung. Sie legte die vier Tennisbälle auf die Glasplatte ihrer Frisierkommode. Ball für Ball kennzeichnete sie mit Nagellack; mit dem Pinsel am Schraubverschluß des Glases zog sie halbe Kreise auf den Filz, die sie mit geradem Balken schloß. Vier D markierten ihren Besitz.

Soweit sie zurückdachte, hatten sich Mutter und sie gesorgt. Sie lebten in Sorge. Wenn sich eine Sorge als unberechtigt erwies, trat eine neue an ihre Stelle. Nie lebten sie in den Tag hinein. Sie machten einen Plan. Und dann kam es anders. Vater und Dietmar waren nicht zu verplanen. Vaters Leidenschaft für schwere Maschinen, Dietmars nächtliche Streifzüge, sein leichtsinniger Umgang mit Romans Borgward, ihrer beider unkontrollierbarer Drang, Regeln zu brechen, die für andere galten, hielt die Familie in Atem. Und doch ging Faszination aus von dieser Bereitschaft, sich in Gefahr zu begeben. Indem sie sich männlich verhielten, verstießen sie gegen die Regeln, stellten sich mutig denen entgegen, die die Macht hatten, solche Regeln aufzustellen; denen es zustand, Verstöße zu ahnden. Indem sie Gesetze brachen, zeigten sie ihre Tugend als Mann. Wenn sie Roman beobachtete, wie er im Zorn Tennisbälle über die Plane schlug, sich nicht darum scherte, wo sie wieder auf die Erde fielen, dachte sie auch an Vater, an Dietmar. Sie liebte ihren Vater, ihren Bruder; doch sie vertraute ihnen nicht.

Sie zählte ihre Tennisbälle, nach jedem Spiel. An dem halbierten Kreis, hinter dem sich der Anfangsbuchstabe ihres Vornamens verbarg, erkannte sie ihr Eigentum. Sie erneuerte die Markierung, sobald sie sich abgespielt hatte. Rollten von den benachbarten Plätzen fremde Bälle in ihr Feld, unterbrach sie ihr Spiel. Sie ließ keine Verwechslung aufkommen.

Einen Ball aber hatte sie verschlagen. Sie übte den Aufschlag. An diesem Sommermittag konnte sie die weiße Kugel am blauen Horizont nicht lokalisieren, nicht mit dem Blick festmachen an einem Punkt, der in den Lehrbüchern »Treffpunkt« hieß. Der Ball befand sich in ihrem Rücken, als ihr Handgelenk zuschnappte. In einem hohen Bogen flog der Ball in den Himmel. Außerhalb des Courts kollerte er den abschüssigen Rasen hinab, verschwand in den Hecken. Sie übte mit neuen Bällen. Sie hatte sie gestern bei Sport-Pfeil gekauft. Auf Zehenspitzen versuchte sie, die mannshohe Hecke einzusehen. Sie drängte ihren Körper in das Gestrüpp, sie verletzte sich an den Armen, den Beinen. Sie klaubte zwei Bälle aus dem Dornengestrüpp; der Filzbezug war grau, feucht, nach leichtem Daumendruck blieb eine Delle. Sie ließ die Bälle fallen. Sie kniete nieder. Sie gab nicht auf.

Etwas wiederholte sich in ihrer Familie. Etwas lief nicht nach Plan. Daß sie sich in eine Position begaben, in der sie schuldig waren. Wobei es keine Rolle spielte, daß die vereiste Straße, von der der geborgte Wagen abkam, ungestreut war; daß man gegen die Partei gewesen war, der man kurze Zeit angehört hatte, was man Jahre später in einem Fragebogen verschwieg. Sie waren schuldig, sobald sie angetroffen wurden. Es war sinnlos, aus dieser Position heraus sich zu verteidigen.

So traf Roman sie an. Als ihre Wange am Rasen auflag und sie versuchte, mit ihrem Blick das Gestrüpp zu durchdringen, ein wucherndes Labyrinth, in dem Bälle kaum wiederaufzufinden waren. Fleischfressende Pflanzen kamen ihr in den Sinn; es war töricht, wußte sie, daß sie am Boden kniete wegen eines Tennisballs; doch dieser Ball machte aus drei Bällen vier Bälle, die zusammengehörten. Mit vier Bällen, nicht mit drei, spielte man Tennis.

Er war plötzlich da. Nicht um Tennis zu spielen. Er war da, sie zu prüfen. Seine breiten Hosenumschläge standen vor ihrem Gesicht. Die Spitzen seiner rehbraunen Wildlederschuhe waren auf sie gerichtet. Die Schuhe bewegten sich nicht. Er war nahe an sie herangetreten. Sie hatte sich weit von dem Court entfernt, wo sie aufgeschlagen hatte. Wo der Schläger noch lag, auf der Bank, der Racketkopf in die Sporttasche gesteckt. Er war nicht hier, um einen Gegner zu besiegen. Er war gekommen, sie auf die Regeln hinzuweisen. Es waren ungeschriebene Regeln. Nirgendwo waren sie angeschlagen. Sie galten auf dem gesamten Clubgelände. Sie galten überall dort, wo Roman sich befand. Wer sich in seinen Kreisen bewegte, der suchte nicht in einer Hecke nach einem Tennisball. Der ruhige Fall des Stoffes, die Exaktheit, mit der die spitzen Schuhe auf sie wiesen, ja, dieses leblose Gesicht sagten ihr, nicht er, nicht seine Person war erschienen, sich mit ihr zu befassen. Eine Schaufensterpuppe hielt ihr das Regelbuch vor, ein Buch mit Regeln, die von nun an auch für sie galten, wollte sie eintreten in diesen Kreis. Sie sah zu ihm auf. Eine Frage stand über ihr, modelliert in das unbewegte Gesicht. Sie ergab sich aus der Neigung des Kopfs, den geschürzten Lippen, den hochgezogenen Brauen. Leidenschaftslos stand die Frage in dem Gesicht, sachlich, wie in einem Fragebogen; der Fragesteller drängte nicht auf Antwort. An dem Ausgang des Verfahrens war er nicht interessiert. Sie hatte sich zu entscheiden, jetzt.

Sie sah auf, in diese Augen, denen nicht anzusehen war, ob sie blickten. Sie hatte sich entschieden. Schon lange. Bevor sie nickte.

Er besuchte sie jetzt öfters zu Hause. Natürlich fing ihn Vater ab. Es war ihr nicht unangenehm, den Männerdialogen zuzuhören, die sich darum drehten, worin sich Horex 500, Supermax 350, NSU Max, BMW und Zündapp 600, der »Sieger der Berge«, unterschieden. Vater eilte plötzlich ins Schlafzimmer, Schubladen flogen auf, er wühlte in Unterhosen, Hemden und Socken, brachte den Turm sorgfältig übereinandergeschichteter Taschentücher zum Einsturz; triumphierend hielt er schließlich ein Paar Manschettenknöpfe in seiner Hand.

Sehen Sie, die habe ich bei Ihrem Vater gekauft, sagte er stolz zu Roman. Auf jedem Knopf ist ein Springreiter. Das ist schon ein paar Jahre her. Sie waren nicht billig. Natürlich waren sie ihren Preis wert, schränkte er schnell ein.

Roman beugte sich über seine geöffnete Hand. Das war einmal Mode, stellte er sachlich fest.

Ich habe sie an Sonntagen getragen. Extra für die Trabrennbahn.

Sehr originell, sagte Roman.

Kein Rennen habe ich ausgelassen. Das gehörte zum Sonntag. Waren Sie mal draußen?

Nein. Die Einsätze hier rentieren sich nicht.

Da draußen sind wir unsere Privatrennen gefahren, nach dem Kartenspiel, kam Vater zur Sache. Ich mit meiner Zündapp 600. Verrückte Idee!

Eine beachtliche Maschine, bestätigte Roman.

Nicht zu vergleichen mit der 250er BMW. In den Bergen ist selbst die 500er ohne Chance.

Sind Sie da wirklich sicher? bezweifelte Roman.

Sie können sich in dieser Beziehung auf mich verlassen.

Sie saß vor der Frisierkommode. Sie ließ sich Zeit. Schmunzelnd hörte sie zu. In den Bergen waren sie, Vater und seine Zündapp 600, ungeschlagen. In den Bergen, am Großglockner, hatte Vater mit seinem Motorrad den Angriff einer BMW 500 abgewehrt. Schweigend nahm es Roman zur Kenntnis.

Ich habe sie überholt, kam Vater wieder auf das nächtliche Rennen zu sprechen. Einen VW und einen Olympia. Dr. Tröndle und Dr. Jagusch. Vielleicht sind Ihnen die Herren ein Begriff?

Roman kannte sie nicht.

Der Sand, erinnerte er sich, schlug in Schwaden gegen die Barriere. Ich spüre die Gumminoppen noch heute in meiner Faust. Sieben Zentner wog die Maschine.

Daß sie sich wie Halbstarke benommen hatten, Roman störte es nicht. Es ging in Ordnung, fand auch sie, daß Vater in der Zielgeraden an ihnen vorbeigezogen war, daß er sie abgehängt hatte, die Herren Akademiker, wie Vater sie nannte, wenn er in der Familie über Dr. Tröndle und Dr. Jagusch sprach. Ein Ausdruck, den er im Gespräch mit Roman vermied. Er vermied auch die »illustre Runde«, die sich daraus ergab, daß Tröndle Zahnarzt, Jagusch Medizinalrat war. Wenn er über die »illustre Runde« sprach, blieb unerwähnt, welche Schule er besucht hatte, welche Position er in seiner Behörde bekleidet hatte. Er war Mitglied dieser »illustren Runde«. Ein Mitglied von dreien. Kein Zweifel, er war nicht wegzudenken aus dieser starken Sozietät von Männern, die vorwärtsgekommen waren, vorwärts in einem neuen Deutschland, nicht nur auf einer Trabrennbahn.

Wir waren unzertrennlich, darauf hatte er gegenüber Mutter bestanden.

Na, ich weiß nicht, hatte sie bezweifelt.

Kein Dienstag wurde ausgelassen.

Mittwoch, hatte sich Mutter erinnert. Mittwoch war nämlich Fleischtag.

Jeden Mittwoch trafen wir uns.

Und heute? Wurde Dr. Jagusch nicht nach München versetzt?

Wir haben uns etwas aus den Augen verloren, hatte Vater nach einer Pause gesagt.

Daß er sich nicht mehr mit Dr. Jagusch und Dr. Tröndle traf, erwähnte er gegenüber Roman nicht. Aber Roman war mehr an den Motoren als an den Herren Jagusch und Tröndle interessiert. Unerwähnt blieb auch, daß Vater Geld aufgenommen hatte, Geld für den Kauf der Maschine, mit der er in diesem Rennen bestanden hatte.

Du hast uns in Schulden hineingeritten. Wegen eines Motorrads stürzt man seine Familie nicht in Schulden, hatte ihm Mutter vorgehalten.

Sie war froh, daß Roman und Vater sich auf die technischen Daten, auf den Verlauf des Rennens konzentrierten.

Alle machen Schulden, hatte er sich gegenüber Mutter gewehrt. Nur so gibt es ein Wirtschaftswunder.

Man muß das Geld arbeiten lassen, hatte Mutter zitiert. Sagt man, hatte sie kleinlaut hinzugefügt.

Darlehen, Zinsen, Investitionen – davon lebt unsere Wirtschaft! hatte Vater sie belehrt.

Es muß sich alles in Grenzen halten. Aus ihrem Mund hatte dieser Satz wie eine Zurechtweisung geklungen.

Jetzt mischte sich Mutter nicht ein. Sie wagte es nicht, die Unterhaltung zu stören. Vater und Roman kamen sich näher. Waren so weit nicht auseinander, in ihren Motorradfahrergesprächen. Sie stellte es mit Genugtuung fest.

Wie gehen die Geschäfte, Herr Best? hörte sie ihren Vater.

Wir expandieren. Ein Geschäft nach französischem Muster.

Das war neu für die Stadt.

Maria, hörst du? rief Vater über den Gang. Herr Best eröffnet ein Geschäft nach französischem Muster. Völlig neu für die Stadt.

Wie schön, sagte Mutter.

Sie müssen wissen, klärte er Roman auf, meine Frau näht nach eigenen Entwürfen.

Mutter war es peinlich, daß er über ihre Näharbeiten sprach.

Stell dein Licht nicht unter den Scheffel! Leistung bleibt Leistung! Und die wird bei uns anerkannt.

In Romans Gegenwart lebte Vater auf. Es war, als kehrte Dietmar zurück. Er erwartete Roman, so wie er Dietmar erwartet hatte. Wenn Roman mit ihr, seiner Tochter, in die Borgward Isabella stieg, fuhren jetzt in diesem Wagen Vaters Hoffnungen mit. Er stand am Fenster. Wahrscheinlich murmelte er jetzt wieder etwas von echtem Leder und Weißwandreifen.

Nur ihr Bruder Christ ging Roman aus dem Weg. Wenn sie mit Roman über den Hof ging, schoß er den Ball noch schneller, noch härter gegen die Wand. Ihr kleiner Bruder spielte Fußball. Sie, die große Schwester, hatte sich dem weißen Sport verschrieben. Dachte er tatsächlich darüber nach? Einem illustren Kreis gehörte sie an. Ihre Mitgliedschaft ließe sich nicht auf ein Kartenspiel, nicht auf ein Motorrennen beschränken.

Der Ball pendelte in einem schnellen, nicht unterbrochenen Tempo zwischen Christs Füßen und der Hauswand hin und her. Sie gingen in seinem Rücken an ihm vorbei. Die Borgward Isabella stand vor dem Haus geparkt.

Ist diese Kugel nicht eine Nummer zu groß für dich? Roman versuchte, in ein Gespräch zu kommen.

Der Ball klopfte noch dreimal dumpf gegen die Mauer. Dann stoppte er ihn. Sie sah die große, dunkle Lederkugel unter der Schuhsohle ihres Bruders. Seine Aufmerksamkeit schien einem Vorgang zu gehören, der sie an Mutter, an ein Rühren erinnerte. Er bewegte seinen Fuß, der auf dem Ball ruhte, in einem kleinen Kreis. In einem kleinen Kreis bewegte sich der Ball unter seinem Schuh. Roman hatte recht: Der Fuß stand wie ein Kinderfuß auf einem Ball, gegen den an Sonntagen in den großen Stadien Männerfüße schlugen. Ein Photo, das sie in der Montagsausgabe der ›Mittelbayerischen Nachrichten‹ überblätterte. Es langweilte sie. Sie hatte plötzlich Mitleid mit ihm.

Dann kreiste sein Fuß auf dem Ball schneller. Langsam hob er den Kopf. In Romans Kniehöhe stoppte sein Blick. Er bewegte den Fuß, zögernd, in einem großen Kreis. Er spielte mit dem Fuß wie mit einem Gedanken, den man abwog, bevor man sich entschloß. Sein Fuß kam zum Stehen. Stand auf dem Ball. Er sah Roman noch immer nicht in die Augen, als er ihm mit einer Handbewegung bedeutete, die Stellung des Tormanns einzunehmen, zwischen den weißen Kreidestrichen. Die fahrige Handbewegung drückte aus: wenn es sein mußte, seinetwegen, ausnahmsweise.

Sie war überrascht, daß Roman verstand und sich zwischen die Kreidestriche stellte. Er stand in dem Tor wie an einer Bushaltestelle: eine Hand in der Hosentasche, das vorgestellte Bein abgeknickt. Er stand nicht in Erwartung des Balls. Den Ball legte sich Christ zurecht. Er ging zwei Schritte zurück. Er trat nochmals vor, beugte sich hinab, um die Lederkugel zu justieren. Er nahm die Stellung ein, aus der er herausgetreten war, um an dem Ball eine Veränderung vorzunehmen, deren Sinn sie nicht begriff. Zu diesem Ritual gehörte auch, daß er seinen Blick andächtig senkte. Er sah auf seinen rechten Fuß, als hätte er sich der Schußbereitschaft des Fußes zu vergewissern. Jetzt erst nahm er Roman ins Visier, der in offener Körperhaltung, unverändert unvorbereitet, zwischen den Kreidestrichen stand.

Dir steht ein Turniersportler gegenüber, sagte Roman, als er sah, daß Christ zögerte.

Sie müssen in Stellung gehen. Es war eine Bitte, die Christ an ihn richtete.

Er befolgte sie nicht.

Roman war bleich im Gesicht und hielt sich sein Handgelenk. Schweigend saßen sie nebeneinander in der Isabella. Der Kinderfuß auf der großen, schmutzigen Kugel war eine Manipulation, ein übler Trick des Bruders. Sie waren hereingefallen darauf. Das dumpfe, monotone Klopfen des Balls war eine unverhohlene Drohung gewesen. Sie hatten nicht darauf gehört. Gewalt ging von dem Bruder aus. Gewalt machte ihn fremd.

Was war in ihn gefahren? Was hatte ihm Roman getan? Fußballer gleich Sportpöbel – hatte ihren kleinen Bruder Romans abfällige Gleichsetzung am Wohnzimmertisch der Eltern wirklich so schwer getroffen? So schwer, wie er jetzt Roman getroffen hatte? Oder war es ihre Schuld: War Christ einer der Jungen, die um den ausrangierten Straßenbahnwaggon in der Nähe des Friedhofs schlichen, um Liebespaare zu beobachten?

Kränkung hin, Eifersucht her – wenn er sich weiter so benahm, würde er es nie zum Tennisspieler bringen.

Am nächsten Wochenende konnte Roman seinen Titel nicht verteidigen. Er trug den Arm in einer Schlinge. Bei dem Versuch, Christs gemeinen Schuß im letzten Moment doch noch abzuwehren, hatte er sich eine böse Handgelenksverstauchung zugezogen.

Sie bewegten sich zwischen Clubmitgliedern und Gästen auf dem Gelände. Auf allen neun Plätzen wurde gleichzeitig gespielt. Sie unterhielten sich leise. Wenn sie sich einem der Courts näherten, senkte er die Stimme. Bei jedem Platz blieben sie eine Weile stehen. Erbittert wurde um den Titel gekämpft; mit mehr Kraft als an anderen Tagen wurden die Bälle über das Netz geschlagen; die gutturalen Laute, die die Spieler ausstießen, das kurze Klopfen der Bälle beim Aufspringen auf Sand bildeten den akustischen Rahmen, innerhalb dessen die Meisterschaft ausgetragen wurde.

Aus purer Höflichkeit, flüsterte Roman, verfolgten sie jedes Match. Er hielt ein Glas Sekt in der Hand. Auch sie nippte an ihrem Glas. Das Stöhnen der Spieler, ihr Rutschen über den roten Sand vollzogen sich innerhalb von Grenzen. Sie nahmen ihr Gespräch wieder auf, sobald sie sich außer Hörweite eines Courts befanden. Sie unterhielten sich über Modetrends. Sie unterhielten sich, indem sie über Belangloses sprachen. Er beschrieb ihr einen Damenmantel aus »expressivem Shetland-Glencheck«, von »lässiger Grazie«, ja von einer gewissen »hochmütigen Sportlichkeit«. Schön war die »Nonchalance der fallenden Linienführung«, die sich im Kragen, an den Schultern und in den breiten Taschenpatten zeigte. Charakteristisch für den Anzugstil der Herren blieb die »schlankgeformte Gesamtlinie«. In ihrer weiteren Entwicklung würde sie nur feine Variationen in den Details erfahren. Bei der schmalen Hose war auf »eleganten Fall« Wert zu legen. Die Linie von Stadt-, Reise- und

Sportanzügen zog sich wie ein roter Faden durch seinen mit gedämpfter Stimme erstatteten Bericht, ein roter Faden, auf ihrem Weg entlang der roten Courts, auf denen Romans Nachfolger ermittelt wurde. Sie schmiegte sich an ihn. Sie streichelte seinen verletzten Arm. Ich bin ein Verlierer, sagte er mit gespieltem Pathos.

Mein schöner Verlierer, sagte sie lächelnd und hielt seinen Arm umfaßt.

Eine vom Sekt beschwingte Gesellschaft feierte abends den Sieger, drehte sich im Foxtrott auf der Terrasse. Sie ging mit Roman die Steinstufen zu den Tennisplätzen hinunter. Die weißen Markierungslinien waren nachgezogen, sie schimmerten im Licht der niedrigen, pilzförmigen Laternen, die das Gelände nachts schwach illuminierten. Im Swimmingpool schwamm ein großer Wasserball, blau-weiß, in den Clubfarben. Er erinnerte sie an ihre Chiemseefahrt. Sie lehnte mit dem Rücken an der Plane des Center Courts, die seinen Namen trug. Sie lehnte mit ihrem Kopf in dem unteren der beiden Kreise, die den Anfangsbuchstaben seines Familiennamens bildeten. Oben auf der Terrasse pendelten Lampions über den Köpfen der Tanzenden ruhig im Luftzug der Nacht. Langsame Rhythmen drangen herunter, in weichen Formen tanzte man Blues, offen standen sich die Paare gegenüber, die Hände der Sieger und der Verlierer, die noch vor Stunden die Rackets geschwungen hatten, ruhten für Augenblicke an der Taille der Damen, bevor die Beine in einem sanften Pendeln seitlich ausschwangen, ähnlich den Lampions an den weißummantelten Drähten über der Tanzfläche. Die Hektik von Sieg und Niederlage war gewichen. Die geschlossene Gesellschaft, schien es ihr, hatte ihren Grundrhythmus wieder aufgenommen, der weich und fließend war, ein nächtlicher Rhythmus, bei dem man sich berührte, taktvoll, zärtlich, mit einer nicht zur Schau gestellten Begierde.

Sie tanzte mit Roman im Dunkeln. Auf dem Sandboden des Center Courts. Sie tanzte mit Roman Best entlang der Aufschrift »Modehaus Best«. Er war ein guter Tänzer. Aber er hatte einen Arm in der Schlinge. Er ließ es sich gefallen, daß sie ihn führte.

Am nächsten Morgen, als sie erwachte, hörte sie ihn telephonieren, irgendwo, in einem Zimmer in dem großen Haus seiner Eltern. Sie hörte ihn lachen, in einem der Zimmer, das größer sein mußte als die Kammer, in der sie die Nacht verbracht hatten, in der sie nun lag. Sie hörte auf dieses Lachen, um etwas herauszuhören. Er lachte. Was sollte daran nicht in Ordnung sein? Sie lag in einem hellen Holzbett, unter der Schräge der Kammer, und sah auf das Stück Tapete, das vergilbt war, weil in dem Dachfenster kein Vorhang hing. Sie bewegte ihre schwere Zunge von innen gegen die Lippen. Überall war zu lesen, daß es süßer sein mußte als Wein. Sie schmeckte bitter. Ein fremdes Bitter. Sie hatten in der Nacht noch einen Campari getrunken.

25

Sie zogen ins Endspiel um den »Silbernen Fußball«. Christ war dabei. Er war mit den Stiefeln nicht eingeschossen, doch er packte sie in den Matchsack. Dietmar hatte sie ihm geschenkt, damit sie siegten.

In der Umkleidekabine umringten ihn seine Mannschaftskameraden. Er fingerte an den Schuhbändern. Blume half ihm, Blume verstand sich auf die Technik des Schnürens. Seine Füße konnten nicht stillhalten, wiederholten das Repertoire an Schüssen, das er eingeübt hatte, wenn er im Hof den Ball stundenlang gegen die Mauer trat: Oberrist, Spann, Innenrist, nur keinen Spitz, damit die Kugel nicht übers Tor in den Himmel stieg.

Nebeneinander saßen sie auf der Bank; Blume, Aigner, Rogner, Zeitler, Huber, Siegl, Gluth, Klum, Lifka, Quirxner, solide und kampfstark klangen die Namen; Bimbo Bellini nahm sie sich vor, Spieler für Spieler; Oberschenkel für Oberschenkel walkte er in seinen Händen. In dunkelblauen, ausgewaschenen Trikots erschien ihr Gegner, der VFR; diese Hemden hingen in den Barackenfenstern, wenn er mit Manfred im Sommer zum Siecherweiher fuhr, durch das Pulverturmviertel, wie die Gegend verächtlich genannt wurde, in der die Flüchtlingsfamilien wohnten; allmählich verschwanden die Baracken; kleine, weiße Siedlungshäuser entstanden, schwierig wie die Namen ihrer Bewohner waren sie voneinander zu unterscheiden.

Nein, er hatte keine Angst vor diesen weiten, schlottrig flatternden Hosen, die an das vergilbte Photo in Vaters Geldbörse erinnerten; das Photo, das er aus dem Fach für Scheine gezogen hatte, Vater barfüßig, im Bürstenhaarschnitt, die schlabbrige Turnhose reichte ihm bis zum Knie, ausgewaschen, sonnengebleicht, wie er auf der Schwarzweißphotographie erkennen konnte.

Das mit Schweinefett pomadisierte Haar hinterließ einen Fettrand in der Schüssel, in die sie den Kopf zum Haarewaschen tauchten, erzählte man sich in seiner Mannschaft über die Spieler des VFR. Hinter dem Spott verbargen sich Anerkennung, Respekt. Selbstbewußt wie bei einem Dienstagstraining schoben sie sich eine Minute vor Spielbeginn die Bälle zu, hatten kein Auge für ihn, würdigten Blume, Aigner und Rogner mit keinem Blick. Gegen wen sie spielten, war nicht ihr Problem. Sie waren das Problem ihres Gegners.

Sie waren nicht wählerisch in ihren Mitteln. Nachdem das Strafraumdickicht aus nervös schlagenden Beinen vor Blumes Tor sich gelichtet hatte, sah er Blume, nach Luft ringend, am Boden, gekrümmt wie ein Embryo. Ihre Unschuld beteuernd, standen sie mit hocherhobenen Armen um Blume. Er, auf der Torlinie, bückte sich, er durfte jetzt den Ball mit den Händen fassen. Durch das Netz schickte er einen Blick zum blauen Himmel. Lautlos zog ein Flugzeug seine Bahn. Alle Wege dort oben führten nach Frankfurt. Er stand in den Schuhen, die Dietmar ihm geschenkt hatte, damit sie siegten, hier unten am Boden. Am Boden der Tatsachen. Und Tatsache war: Der VFR führte 1:0.

Sie würden dieses Finale verlieren. Nicht, weil seine Elf dem VFR unterlegen war. An ihm lag es. Weil er mitwirkte. Außenseiter, Pechvogel, überall, wo er sich versuchte, ausgeliefert seiner unheilvollen Phantasie, die schwingenden Mädchenröcken hinterherlief, auf das

Geklapper von Stöckelschuhen lauschte, anstatt sich auf den Ball zu konzentrieren. Im Schultheater war er Spezialist für Mädchenrollen, Elfen und Pagen. Jetzt hatte seine Mannschaft das Vertrauen, das sie in ihn gesetzt hatte, zu büßen. Nach Seidenkleidern, Damen in Reisekostümen hatte er geschielt, auf dem Weg zum Spielfeld, der die Vortribüne teilte; auf gleicher Höhe mit diesen Damen, die die klangvollen Geschäftsnamen ihrer Ehemänner trugen, hatte er verweilt, indem er sich bückte, die Nachwirkung einer Verletzung vortäuschte, am Knöchel rieb und dabei seine Beinmuskulatur anspannte; ja, er spürte die Damenblicke auf seinen nackten Beinen, er fing sie ein, so wie er an Sommermittagen auf dem Balkon die Sonne in einem Brennglas einfing und sie auf seine Haut richtete, bis die Hitze unerträglich wurde; seine Mannschaftskameraden waren fast schon im Mittelkreis; er streifte sein Trikot unter dem Gummizug der Hose glatt, schüttelte im Laufschritt die Beine, schloß auf.

Er war mehr als das Zünglein an der Waage. Er, das blutjunge Talent, trug die Nummer 5 auf dem Rücken, er war der Beherrscher des Strafraums, an ihm zerbrachen die Hoffnungen der gegnerischen Stürmer. Aber welcher Verein nähme einen Träumer wie ihn unter Vertrag? Zweihundertfünfzig Mark im Monat für Fußball. Er könnte buchstäblich zum Unterhalt der Familie beischießen. Fußball war unbezahlbar.

Später, im Bus, erinnerte er sich nur noch an ein Hinterherrennen, einen Metallgeschmack auf der Zunge, sehnige Kniekehlen, den blassen Hosenfetzen, der darüber flatterte; Pulvertürmler, Flüchtlingsbaracken, schoß es ihm durch den Kopf, ohne daß er es dachte, wurde es irgendwie wahr, das Vorurteil des Verlierers, ein Grasbüschel schleuderte von den Stollen, er machte ein Bein lang, wühlte mit seinem Schuh, mit Dietmars Stiefel, im weißen Pulver der Markierungslinie, das aufstieg und ihn verriet. Reglos lag Kovaletzki, der von ihm zu Fall gebrachte Pulvertürmler, im Strafraum. Er hatte Schuld auf sich geladen, im Strafraum, Schuld, Strafraum, Strafe, Strafstoß. Czerny, der zum Elfmeter anlief, vollstreckte die Strafe. Die gerechte Strafe für ihn, nicht für die Mannschaft. Es gab keine kollektive Schuld, hatten sie zur deutschen Geschichte gehört. Es gab nur die Schuld einer einzelnen Person. Er hatte sein Bein gestreckt, unwillkürlich, unbedacht, so wie Vater das Kreuz gemalt hatte, am Ende des Kriegs, in einen vorgedruckten Fragebogen. Beide hatten sie nur reagiert, sekundenschnell, zu schnell, um einen Gedanken zu fassen, reagiert auf eine plötzliche Erscheinung, sehnige Kniekehlen, der flatternde Hosenfetzen, die Angst vor dem Verlieren, einmal wollten sie zu den Siegern gehören, Vater und er, sie wollten diesen Sieg nicht für sich, für einen Augenblick nahmen sie Schuld auf sich für den Zusammenhalt der Familie; wie betäubt verharrte er mit gestrecktem Bein am Boden, das Trugbild sehniger Kniekehlen hatte sich aufgelöst, er wurde zur Rechenschaft gezogen, auf dem Fuß folgte die Strafe, wie genau dieses Bild paßte, als wäre das Wort für ihn geprägt.

Der Bus schaukelte auf der welligen Straße. »Alkoholgenuß« war ihnen streng untersagt. Und doch roch es nach Bier. Bellini verlor kein Wort darüber. Im Gegenlicht schmerzten die Augen. In der trüben Scheibe spiegelten sich die Gesichter. Er machte die Augen zu. Sie fuhren nach Hause. Nach Hause – was das für ihn hieß! Lifka und Huber begannen jetzt zu singen: ›Geh'n wir mal rüber, geh'n wir mal rüber, geh'n wir mal rüber zum Schmied seiner Frau ...‹

Der Bus hielt am Bahnhofsplatz. Sie gingen wortlos auseinander. Er nahm den Weg durch die kleine Allee, eine grüne Insel zwischen der Geschäftigkeit des Hauptbahnhofs und der Simmernstraße; Insel mit einer Kapelle, vor der sie sich eingefunden hatten, an den Morgen der Schulwandertage.

Wie schweres Marschgepäck trug er Dietmars Stiefel über seiner Schulter. Stiefel, mit denen er keinen Treffer erzielt hatte. Stiefel, die den Gegner und seine Mannschaft zu Fall gebracht hatten. Korkleicht an den Füßen, die Kovaletzki nicht folgen konnten. Hoffentlich begegnete ihm jetzt nicht Muschi, hoffentlich paßte ihn jetzt nicht die Zuckriegl ab, die sich oft nach Geschäftsschluß noch im Laden aufhielt, Sonderangebote der vergangenen Woche von der Schaufensterscheibe wischte, neue erfand.

Ob ihm der Thunfisch in Gemüse zugesagt habe, hatte sie Interesse vorgetäuscht. »Solid packed« stand auf jeder Dose. War das nicht selbstverständlich, oder verbarg sich dahinter eine andere Bedeutung? Fiel er nicht immer auf eine »Deutigkeit« herein? War überhaupt etwas eindeutig? Verbarg sich nicht hinter ihrer freundlichen Nachfrage nach Thunfisch in Gemüse, »solid packed«, ihr lüsternes Interesse an Dietmar? In Wirklichkeit erwartete sie doch nicht ihn, sondern Dietmar: auf weichem Kreppsohlengang die leicht abschüssige Simmernstraße zu ihrem Laden hinunter, die rechte Hand in der Hosentasche, den Ellbogen exakt abgewinkelt. Vom Wohnzimmerfenster aus hatte er sie manchmal beide unter Blickkontrolle, Dietmar, der auf halber Höhe der Simmernstraße plötzlich vor einer Schaufensterscheibe innehielt, die Leblosigkeit, die Erstarrung eines Standphotos annahm; ein Photo, an dem Dietmar die Körperhaltung, den Sitz des stets briskfrisierten

Haares seines Motivs, den prallen Dreiecksknoten im Haifischkragen überprüfte; bevor das Motiv sich aus der Mattscheibe des Schaufensters herausbewegte, formte die Hand die Wellenbewegung des Haares nach. Ebenso hatte er vom Balkon oder Wohnzimmerfenster aus die Zuckriegl im Auge, die ihren engen Rock am Bund faßte, ein Stück höher schob, sich auf Zehenspitzen stellte, sich um die eigene Achse drehte, die Waden nach außen drehte, um den Verlauf, den geraden Verlauf der dunklen Mittelnaht von den Fersen über die Waden bis in die Kniekehlen erfassen zu können; »die dunkle Mittelnaht eines wohlgeformten Frauenbeins«, hörte er Dietmar mit gespielt tiefer Stimme zitieren, diese dunkle Mittelnaht, die an einem noch dunkleren Strumpfansatz im Verborgenen endete, war Gegenstand ihres gemeinsamen brüderlichen Interesses; hier, im Bereich des Dunklen, Verborgenen endeten seine Erfahrungen, nicht die des großen Bruders; aus der Höhe des ersten Stocks beobachtete er, wie sie aufeinander zukamen, sich auszogen, sich vereinigten; in sich sprach er das Wort laut aus, ohne die Lippen zu bewegen, mit gesenktem Blick. Nur jetzt nicht der Zuckriegl begegnen, deren Anblick ihm bewußt gemacht hätte, daß sie die Urheberin seiner nächtlichen Phantasievorstellungen war, Vorstellungen, die ihn vom Ball trennten, die wegführten vom grünen Rasen in eine Dunkelzone verbotener Begierden, einen Strafraum, in dem man sich schuldig machte. Stets folgte die Strafe der Schuld auf dem Fuß.

Er zog sich in sein Zimmer zurück. Den Wandkalender hatte Dietmar zurückgelassen, wie er triumphierend festgestellt hatte. Er hatte gelernt, die Zeichen, Kreuzchen, die Abkürzungen Dietmars geheimer, außerdienstlicher Buchführung zu deuten. Am 15. Juni hatte er, sein Gesicht in den Stores versteckt, registriert, daß um zweiundzwanzig Uhr dreißig in Zuckriegls Wohnzimmer das Licht ausging, Augenblicke später im Schlafzimmer Licht angeknipst wurde, um vier Minuten später wieder zu verlöschen. Um dreiundzwanzig Uhr zehn hatte Dietmar ihre Wohnung verlassen. Am 16. Juni hatte er die mit Bleistift von Dietmar für den 15. Juni geschriebene Eintragung »V–Z« gelesen. Vereinigung mit Zuckriegl – diese Formel umschrieb keinen Geschäftsvorgang.

Er hatte das Kinderzimmer für sich. Der süßliche Duft ungerauchten Tabaks, der von den Orient-Zigaretten herrührte, die Dietmar im oberen Fach der Spiegelkommode in Stapeln häufte, einzeln abgezählt, dahinter die Lucky Strikes, die er den zumeist farbigen amerikanischen Soldaten im Café Gammel abgeschachert hatte. Er strich die Tabakkrümel in seine offene Hand und hob den Handteller behutsam zur Nase. Der Tabakgeruch würde sich verflüchtigen, nur eine Frage der Zeit.

An die Innenwand waren Bilder geklebt, fromme Bildchen als Belohnung für brave Schulleistungen. Maria, in weiße Schleier gehüllt, kniete vor einer Couch, auf der das Jesuskind saß; beide hoben sie ihre gefalteten Hände, dachten sicher Gutes, beteten sich an. Dietmars Leistungsabzeichen für ein fehlerfreies Aufsagen des Abc. Ein bunter, langschwänziger Gockel, der stolze Kopf mit zackigem, blutrotem Kamm, beugte sich zu einem flaumigen Küken hinab; ein sanfter Hirte in wallendem Gewand neigte duldsam sein Haupt; kreisrund, eigelb war sein Heiligenschein. Alle dachten sie fortwährend Gutes, alle duldeten und ertrugen, alle fügten sich einem Schicksal, das es irgendwann, irgendwo einmal gut mit ihnen meinte. Alle standen sie über der Sache, über einer Sache, die ihm das Leben, vor allem nachts, schwermachte. Ausgerechnet Dietmar hatte sich diese Bilder an die Innenwand seiner Schmuggler- und Hehlerkommode geklebt; ließ es zu, daß der süß nach Sünde duftende Tabak erschacherter Orient-Zigaretten in die Nase des Jesuskindes aufstieg. »Leistung bleibt Leistung« war sicher auch Dietmars Devise. Zu jedem »Gut« hatte er ein Bild kassiert, und eine gute Leistung war etwas anderes als eine gute Tat. Für Pfadfinder war in der freien Marktwirtschaft, in der »Leistungsgesellschaft«, kein Raum, zumindest aber kein Vorwärtskommen.

Hatte er die Leistungsabzeichen aus seiner Volksschulzeit an der Innenwand der Kommode vergessen? Oder waren sie als Hinterlassenschaft für ihn, den kleinen Bruder, bestimmt? Er begann, mit den Fingernägeln das Papier von dem Holz zu kratzen. Er zerschnitt den Heiligenschein. Ein Bild aber löste sich von selbst. Auf seiner Rückseite las Christ:

Vom Kampf um die Reinheit gilt:

Besser fliehen, als die Schlacht verlieren!

Jedes eine Mal, wo Du die Schlacht nicht verloren hast, macht Dich stärker.

War Dietmar jemals geflohen? Dietmar auf der Flucht? Nein. So gesehen hatte Dietmar die meisten Schlachten verloren; so gesehen war er ein Schwächling. Aber man konnte ihm keine Schwäche ansehen. Er selbst hatte keine Schlacht verloren. Aber es lag nicht daran, daß er geflohen wäre. Es gab keine Schlacht, die er geschlagen hatte.

Das Bücherregal war ausgeräumt. Dietmar hatte die wenigen Bücher, die er besaß, mit nach Frankfurt genommen. Er bezweifelte, ob Dietmar jemals einen der Romane gelesen hatte. Das Leben findet nicht in Romanen statt. Das wirkliche Leben ..., hatte ihn Dietmar belehrt. Das wirkliche Leben – was war das für ein Leben? Wer lebte das wirkliche Leben? Lebten nicht vielleicht

Schriftsteller das wirkliche Leben, um in Romanen dann davon zu berichten? Und wo fand es statt? Er hatte den Eindruck, daß es immer dort stattfand, wo er gerade nicht war. In den Büchern, die er las, waren die Personen glücklich, oder es widerfuhr ihnen Unglück; stets waren sie aber am wirklichen Leben beteiligt, von der ersten bis zur letzten Seite. Und er las jedes Buch von der ersten bis zur letzten Seite. Am Abend eines Ferientages hatte er die zweihundert Seiten in der Klammer von Daumen und Zeigefinger, las im rückseitigen Klappentext die Vorausschau auf neue Verstrickungen; im nächsten Band begegnete er der »Liebe seines Lebens«. »Die Liebe seines Lebens« erwies sich als ein Abenteuer, ein Liebesabenteuer; die Liebenden gingen auseinander, um sich ein paar Seiten weiter in jemand anderen zu verlieben. Wie konnten sie so schnell vergessen? Sie kamen darüber hinweg, nur er nicht. Wie konnten sie ihn so enttäuschen? Es war wie mit den Photographien, die in den Schaukästen vor dem Gloria ausgestellt waren: Die Photos versprachen etwas, was der Film dann nicht hielt. Die Bilder logen zwar nicht, aber sie sagten auch nicht die Wahrheit. Wenn auf dem Standphoto O. W. Fischer Ruth Leuwerik küßte, war das für immer. Im Film wurde durch jede Bekanntschaft, die die beiden im Zug oder in der Straßenbahn machten, die ewige Liebe gefährdet. Wer konnte es Dietmar verübeln, daß er Romane nur »anlas«, sich auf Prologe, schön formulierte Widmungen beschränkte, die er ihm vortrug, mit rauher und doch geschmeidiger Stimme, die um die Höhen und Tiefen bedeutungsvoller Sätze wußte. Er, am Tisch, den Kopf in der warmen Beuge des Arms, wagte nicht, sich zu bewegen, bevor nicht Dietmar das Buch in einer blinden Gebärde schloß, den Kopf hob: Sein Blick war endlos, auf keinen Gegenstand, keine Materie, aber auf den für Christ fühlbaren Sinn der soeben verklungenen Worte gerichtet, der sich irgendwo außerhalb ihres Kinderzimmers, außerhalb irdischer Räume zu dem verdichtete, was im Deutschunterricht Aussage hieß; ein Blick, der sich schließlich verkürzte auf die Strecke zwischen Bücherregal, an dem Dietmar stand, und Tisch, auf dem Christs Kopf ruhte, um schließlich auf Christ lange und in einer Nachdenklichkeit, die er sonst an Dietmar nicht kannte, zu verweilen. So ist das, Bruder, sagte er wissend.